第1話　ちくわぶ

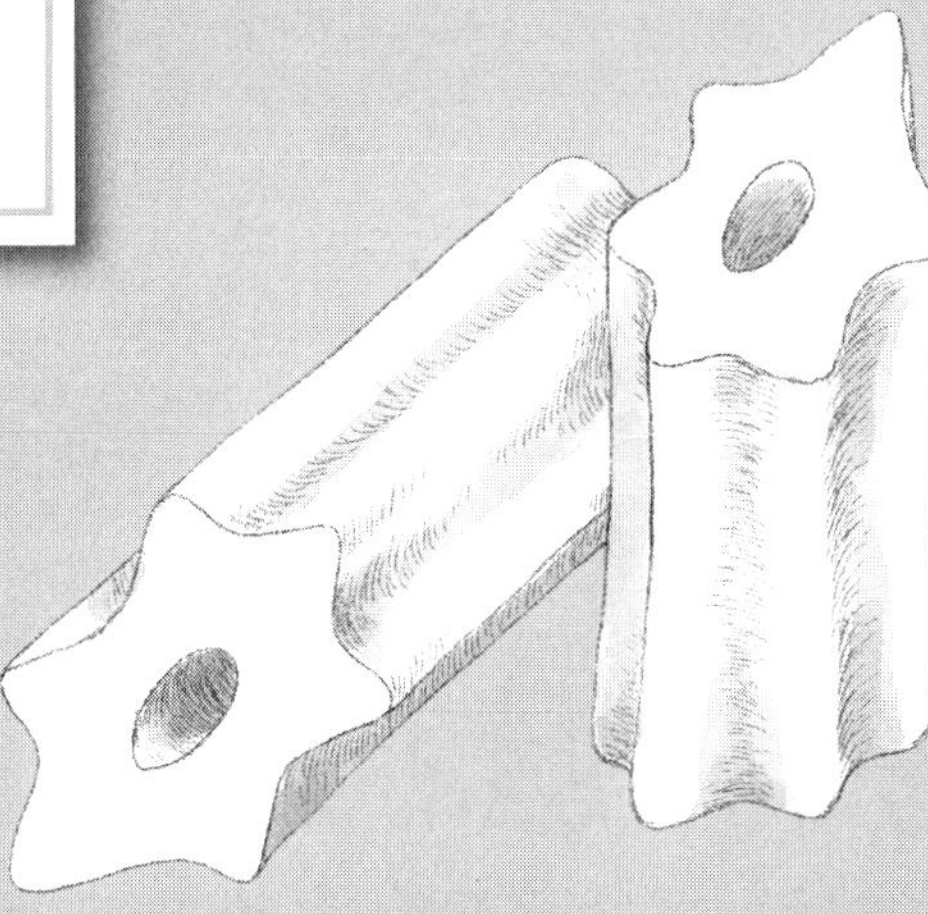

○△□。

いったいなんだろう。

「お待たせしました」

有野静香《ありのしずか》はそう言いつつ、つみれ三個を載せた皿をカウンターの端に座る女性の右側に置いた。いつおでんの出汁《だし》で割った焼酎を片手に、広げた本に視線を落としたまま軽く会釈するだけだ。いつものことなので気にならない。常連のひとりで、最初は決まって、つみれを三個頼むので、静香は胸の内で、つみれさんと呼んでいた。

女性にしては背が高い。百七十センチ近くあるだろう。だがそれを恥じるように、いつも猫背だ。細身で肩まで伸ばした直毛にほぼスッピン、眉毛の手入れもしておらず、銀縁眼鏡をかけている。歳《とし》は二十代なかばといったところか。グレイ系で無地の服ばかり着ているのが、つみれっぽい。はっきり言って野暮ったいというか垢抜《あかぬ》けていない。でも本人はとくに気にしていないようだ。

○△□はつみれさんの読む本に載っていた。横並びに墨で書かれ、△の右側が○に突き刺さり、左側は□に少し触れている。彼女はその絵を穴が開くほど見つめていた。どうやら本は画集らしく、さきほどから頁《ページ》をめくるごとにあらわれるのは墨で描かれたと思《おぼ》しき絵ばかりだ。観音様や仏様だとわかるものもあれば、お腹《なか》がせりでた半裸のおじさんや、ゆるキャラみたいな虎とか龍《りゅう》とか、子どもの落書きのようなものまであった。その中でも○△□はいちばんよくわからない。意味不明だ。

ここは静香が経営するおでんの屋台である。伊竹銀座《いたけぎんざ》商店街の一角に、約九坪のほぼ真四角な角地がポッカリ空いており、歩道から一メートルほど内側に置いている。隣は昔、布団屋だったが、静香が東京にいたあいだに、コインランドリーになっていた。住んでいた老夫婦は県庁所在地に暮らす息子夫婦の元へ越しており、無人だった。

屋台自体は幅二・五メートル、奥行き一・五メートル、高さ二・三メートルで、屋根の四つ角に赤い提灯をぶら提げ、歩道側に暖簾《のれん》をかけていた。真ん中で分かれて、元は白地だったのが、いい具合に黄ばんでいる。そして〈かいっちゃん〉と黒々と筆で縦に書いてあった。上手《うま》い下手はともかく、勢いのある文字だった。最後の「ん」の先っちょが伸びて、文字ぜんたいを丸く囲っている。

カウンターは静香のトイメンに四人、右側にふたりだ。詰めればあとひとりずつ座ることはできるものの、感染防止のために少し距離をとっていた。その代わり、屋台とはべつにふたり掛けのテーブルが二卓ある。椅子は背もたれがない四本脚で、足元にはかかとを乗せることができる横棒がついている。

おでん鍋は電気式だ。コンセントはコインランドリーとの境のブロック塀にあり、そのすぐ隣には洗面台も設置されている。かいっちゃんを開業する際、業者に依頼して、電気と水道を引き入れ、取り付けてもらったのだ。トイレは駅方面に五十メートルもいくと、公衆トイレがあるので、客にはそこを使ってもらう。

おなじ伊竹銀座商店街で、駅とは反対方向に二百メートルほど先にある有野練物《ねりもの》が静香の実家だ。おでん種を中心に練物を製造販売している。二階建ての一軒家で一階の四分の三が店と工場だ。四半世紀以上、御年六十五の母がパートや学生バイトを雇って、切り盛りしている。朝早くに伊竹魚市場にでむき、祖父の代からのつきあいである鮮魚仲卸の店から魚を仕入れ、工場ですり身にして、練物をつくる。この屋台のおでん種の八割方が有野練物の商品だ。残りの二割、非練物系の野菜やたまごなどは静香自身がパートやアルバイトに手伝ってもらい、仕込んでいる。

あと三日で九月だが、暑い日々がつづき、夜の九時でも、気温は三十度近かった。陸から海へ吹く風はあるものの、暑さを凌《しの》げるほどでない。こんな夜におでんを食べようと思うひとはいなくて当然だ。屋台をはじめて半年、今月がいちばん低い売上げとなるのは決定的である。インスタとツイッターで、今日のメニューを毎日アップし、拡散を希望したとて客足が増えることはほぼない。そもそもいずれもフォロワー数が三百にも満たないのだ。

そんな中、つみれさんのような常連客は貴重と言っていい。なにを気に入ったのか、ほぼ毎日訪れていた。遅くとも八時前後に訪れ、一時間はいる。ただし注文以外で言葉を発したことはほとんどない。いるあいだはずっと、本を読んでいるのが常だった。

「くぅぅん」

足元で寝そべっているアルゴスが、ほんの少し身体《からだ》を起こし、静香を見上げた。垂れ耳で短い足に長い胴が特徴のバセット・ハウンドだ。毛の色は多い順で黄褐色、白、黒の三色である。客が訪れたのを報《しら》せてくれたらしい。やがてひとの話す声が聞こえてきたのだ。徐々に近づき、話す内容もはっきりとわかるほどになった。

「やっぱボウリングのネタ、弱い気がするんだよねぇ」

「どこがよ」

「どこって言われると困るんだけど」

「それじゃ直しようがないって」

「そうなんだけどさぁ」

話しているのは女性ふたりで、揃《そろ》ってかいっちゃんの暖簾をくぐり、入ってきた。

「かいっちゃんさん、こんばんは」

「こんばんはぁ、かいっちゃんさん」

いずれもつみれさんと同世代で、ふたり揃って訪れる常連だ。ひとりは紫色のTシャツに七分丈のパンツとスポーティーな恰好《かっこう》でリュックサックを背負っている。がっしりとした身体つきなので、アスリートにしか見えない。もうひとりは一回り小さくて、いつもスーツ姿で、ショルダーバッグを肩から下げている。大きなほうがみのり、小さいほうがはるかと呼びあっていた。上の名前は聞いたことがない。ふたりは静香の正面のカウンターに並んで腰をおろす。いつもどおり静香から見て、左にはるか、右にみのりだ。ちなみに静香をかいっちゃんさんと呼ぶのはこのふたりだけである。

「お飲物はどうされます？」

「私はラムネで」

「私もおんなじのください」

静香は地べたに置いたクーラーボックスを開き、ラムネを取りだした。そして屋台の棚にある玉押しを右手に持ち、瓶の口に当てて、まっすぐ上から押していく。コロンとビー玉が落ちる音が鳴る。炭酸の泡が引いたところで、「どうぞ」とはるかとみのりに渡す。受け取ったふたりはマスクを顎の下までおろし、瓶に口をつけた。

「かいっちゃんさん、ラジオ点《つ》けていいですか」

「どうぞ」

屋台には静香が立つ左側に、奥行きが二十センチほどの三段の棚が備え付けてある。未使用の割り箸の束や持ち帰り用の容器、そしていちばん上の段の端にトランジスタラジオを置いてあった。おでん鍋を挟んで静香の右側には、ウイスキーや日本酒、焼酎、紹興酒などの酒瓶が並んでいる。

静香が答えるよりも先に、みのりは腰を一旦浮かせてそのラジオを手に取りオンにした。流れてきたのは道路交通情報だが、はるかとみのりのお目当てはこれではない。

「厚揚げに大根、こんにゃくください」とはるか。

「私ははんぺんにたまご、それとちくわぶをお願いします」とみのり。

「こらこらこら」

「なになになに」

「はんぺんにたまごときたら、ふつうはちくわでしょ。なんでちくわぶ？」

「ちくわぶが好きだからだよ」

「ちくわぶのどこがおいしいの？」

「食感がいいんだよねぇ。くたくたに煮込んだのが好きなひともいるけど、私は硬めのほうが好きで、ここのは、ちょうど私ごのみなんだ。よその店ででるちくわぶは、垂直に切ってあるのに、斜めに切ってある。これは出汁をちゃんと沁《し》みこませるためでしょ、かいっちゃんさん」

「はい」と答えたものの、よそのは垂直に切ってあるのだと静香は知らなかった。

「それにちくわぶはおでんでしか食べられないし」

「だからっておでん種の中で、いちばん人気ってわけでもないのって悲しくない？」

「悲しくなんてないよ。そういう地味で目立たず、奥床しいところも私は好きなんだ」

みのりは毎回、ちくわぶを頼んでおいしそうに食べているので、好きなのは知っていたが、そこまでちゃんと理由があるとは思っていなかった。

「あと、そうだ」とみのり。「かいっちゃんさん、東京揚げありますぅ？」

「ごめんなさい、今日はないんですよ」

♪ふぅぅく、ふぅぅく、福がくる
　口にふくめば福がくる
福々銘菓の福々ヨォォォカンッ♪

流れてきたコマーシャルに静香は少しだけ心が揺れる。福々銘菓は県内では知らないひとはいない、伊竹市の製菓会社だ。戦前からあって、いまの社長が三代目である。その息子の辺根《あたりね》六平《ろくへい》太《た》と高校時代に同級生で、元カレだった。高校二年の夏からつきあっていたが、卒業後は自然消滅してしまった。六平太は長男でありながら、製菓会社の跡を継がず、三歳年下の弟に譲り、いまは県警で働いているらしい。高校時代、警官になるなんて話を本人から聞いた覚えはなかった。しかし六平太ならばあり得ると納得できる。人一倍正義感が強く、実直な性格だったからだ。

「福々銘菓が九時をお知らせします」

　そして九時の時報が鳴る。

「こんばんは、アカコとヒトミのアカコです」

「アカコとヒトミのヒトミです」

　はるかとみのりはおでんを食べながら、ラジオに耳を傾ける。他の日もちょくちょく訪れるが、毎週月曜はこの漫才コンビの番組、『アカコとヒトミのラジオざんまい』を聞くため、夜九時前にふたりは揃ってあらわれた。

　彼女達も漫才師なのだ。ただしいまのところ、まだ自称でしかない。伊竹市内にある県立大学に在学中、お笑いサークルに所属し、大学の全国お笑いグランプリでベスト8に残ったことがあるらしい。去年の春に卒業したあともカラオケボックスで漫才の練習をつづけており、その帰りにかいっちゃんに立ち寄っていく。

　この五ヶ月のあいだ、ふたりが話していたことをまとめると、はるかは地元の信用金庫の営業職で、市内の得意先を車で巡る日々を送っていた。みのりはスーツを着るのが嫌だからという理由で就職活動をせず、大学三年からはじめたスポーツジムのインストラクターのバイトをいまもつづけている。漫才のネタを書くのは、はるかの担当らしい。

九時からの三十分間、ふたりはおでんを食べながら、一言も発しないで、アカコとヒトミのおしゃべりを聞いている。なにもわざわざ電波の入りが悪いトランジスタラジオでなくとも、スマホのほうが音はクリアだし、別の時間帯で聞くこともできる。以前、ふたりにそう指摘したところだ。

「この屋台で聞くと臨場感があるんですよ。

みのりの言うとおりです。アカコさんとヒトミさんをより近くに感じられるんですよね。

アカコとヒトミが屋台のカウンターに座り、話をしているように思えるのはたしかだった。静香はこのラジオ番組でアカコとヒトミをはじめて知ったが、ネットで検索したところ、芸歴が二十年近かった。いま流れているのは三十分番組で録音なのにほぼ無編集、リスナーのお便りを読むことはあっても、これといったコーナーもなく、延々とふたりがしゃべりつづけるだけなのに、なぜかおもしろい。今日のオープニングトークはアカコが町内会長に選ばれたという、それだけでつかみはオッケーの話だった。

「町内会長？　どうしてあんたが？」

「先祖代々の地元民で、人望もあるからだよ。ぜひお引き受けくださいって、町内のお年寄り達に頭下げられちゃったもんだからさ」

「独り身でヒマなオバチャンだからじゃないの？　有閑マダムならぬ有閑ボッチ」

「はは。ウマいこと言うね、ヒトミ」

「あんたに褒められると不安になるよ」

「ウチのおばあさんには、ひとに頼られているうちが花だって言われたんだ」アカコは九十歳を過ぎてもピンシャンしている父方のおばあさんと、ふたり暮らしなのだ。「なんにせよ長がつく役職って、生まれてはじめてだからさぁ。精一杯頑張ろうと思うんだ。リスナーのみなさんもぜひ応援してください」

静香はマスクの中で笑ってしまう。つみれさんも本を読んだままでいたが、身体が少し震えていた。本を読みながらも、アカコとヒトミの話を聞き、笑いを堪《こら》えているのだろう。

「もうオシマイの時間だぞ」

気づけばヒトミがそう言っていた。静香も三十分間、余すことなく聞き入ってしまった。

「それじゃアカコ、最後に町内会長になって、今後の抱負を聞かせてくれない？」

「地球温暖化防止を考えていきたいと思います」

「町内でやるにはスケールがでかすぎない？」

「小さなことからコツコツしてけばどうにかなるよ」

アカコの口ぶりはどこかトボケていて、本気かどうかわからない。それがまた妙なおかしみがあった。

「お疲れ様でしたっ」

番組がおわった途端、はるかとみのりが声を揃えて言う。トランジスタラジオにお辞儀までしていた。カウンターに額をつけるほどだ。毎週のことなので驚かない。ふたりにとって、アカコとヒトミは心の師匠なのだ。

「さっきの話のつづきなんだけどさ」

頭をあげるなり、はるかが言った。

「ちくわぶはマジうまいよ」

「じゃなくて、ここにくる前まで話していたこと。ボウリングのネタが弱い気がするって、みのり、言ってたでしょ」

「うん」

「あれを手直しするより、べつのネタをつくってみようと思う」

「できるの？」

「うん。いまここで思いついた」

「明日までに書ける？」

「無茶言わないでよ。私、仕事あるんだからさ」

「はるかならできるって」みのりが無邪気に言う。

「わかった」と答えながらも、はるかの顔が強張《こわば》るのを、静香は見逃さなかった。

「あ、そうだ。危うく忘れるところだった」みのりは足元に置いてあったリュックサックから、大きめの封筒を引っ張りだす。そして静香を見あげた。「かいっちゃんさんにひとつお願いがありまして」

「私に？　なんでしょう」

「これ、今日の夕方にできあがったんですが」

　みのりは封筒に入った紙束から一枚引き抜き、静香に差しだしてきた。

『ツインパインズ単独ライブVol．0　日時九月十日土曜　午後一時半開場　午後二時開演
入場無料（ただしお店のメニューを一品以上オーダーしてください）』

　カラオケボックスらしき場所で、カラーボールに照らされたはるかとみのりがいて、それぞれの腰のあたりに〈松崎遥《まつざきはるか》〉、〈松原実里《まつばらみのり》〉とあった。

「遥の名字が松崎で、私が松原なんですよ。ふたつの松だからツインパインズとしました」

　訊《たず》ねてもいないのに、実里がコンビ名を説明した。ライブ会場は駅前の繁華街にあるギャレットというカフェの二階だ。静香はオーナーの塀内《へいうち》とは知りあいで、互いの店を行き来もする。その話を実里にしたところ、塀内は大学のお笑いサークルの二年先輩で、会場を無料で提供してもらったそうだ。

「このチラシ、屋台のどこでもいいんで、貼ってもらえませんか」と遥。

「この裏はどう？」

　どの裏かと言えば棚の裏だ。縦二メートル横一・二メートルくらいはあるので、掲示板としてぴったりと言えなくもない。ただし人通りがさほどないので、宣伝効果があるとは言い難い。

「かまいません」実里が答える。

「お客さんに配ってもいいわよ」

「ぜひお願いします」遥と実里の声が揃う。

「わ、私もいいですか」

つみれさんは横に置いた鞄《かばん》を開く。そこからでてきた紙を見て、静香はぎょっとした。ざんばら髪で恨めしそうな顔をしたひとが、大きく口を開いている絵が描かれている。不気味なことこのうえない。

『美術館がおばけ屋敷に？　納涼 こわ〜い浮世絵展 二〇二×年七月十六日（土）〜九月二十四日（土）【火曜休館・開館時間午前九時〜午後五時】　観覧料六百円（中学生以下無料）　伊竹美術館（相会《あいあい》江丘《え》陵公園内）』

その紙を受け取ってよく見れば、ざんばら髪のひとの顔が提灯《ちょうちん》と一体化しているのがわかった。右端に〈葛飾北斎《かつしかほくさい》画　百物語 お岩《いわ》さん〉と記されている。

「今日はその一枚だけで、あ、明日、もっとたくさん持ってくるので配っていただければありがたいです」

「私達、その展示、見にいきましたよ」と言ったのは遥だ。

「館内ぜんたいの照明を落として、展示物それぞれにスポットライト当てているとこなんか、おばけ屋敷っぽくしていて超ウケました。小《ち》っちゃい子どもなんかマジでビビってたし」実里が言う。「でもきっと江戸時代のひと達も夜中に、ろうそくの灯《あか》りだけでおばけや幽霊の浮世絵を見ていたんでしょうね」

「よくぞわたくしどもの意図を汲《く》み取ってくださいました」つみれさんは華奢《きゃしゃ》な右腕の肘を曲げ、その拳をぐっと握りしめてガッツポーズを取る。「まさに狙いはそこだったんです。わかってくださる方が、こんな身近にいたとは思ってもいませんでした。感激です」

「わたくしどもって美術館の関係者ですか」

「が、学芸員をしています」静香の質問に、つみれさんは小声で答えた。

「キュレーターなんだ」「カッコイイッ」

遥と実里に言われ、出汁割の焼酎で桜色になっていたつみれさんの肌が赤みを増していく。

「キュ、キュレーターだなんてそんな。美術館で働きだして二年目の私などまだまだ勉強中です。あ、め、名刺、お渡しします」

つみれさんは三人に名刺を渡す。名前は〈板倉《いたくら》すみれ〉だった。惜しい。つみれと一字ちがいではないか。

「ライブいきますんで、チラシいただけますか」

「ぜひお友達も誘って」と遥が渡す。

「私、こっちには友達が全然いないんで」

美術館で働きだして二年目と言っていたが、その前は伊竹市ではない、べつの場所にいたのだろう。

「午後二時からはじまって、どれくらいでおわります？」と静香が訊ねた。

「漫才三本だけなんで四十分前後でおわります」

「だったら私もいきますよ」

土日は平日より一時間早めの午後四時に店を開く。朝のうちに仕込んでおき、三時にギャレットをでれば間にあう。遥と実里がどんな漫才をするのか、興味はあるし、毎日のようにおでんを食べにきてくれるお礼の気持ちもあった。

「私と友達になってくれるってことですか」

つみれさんが真顔で言う。どうしてそうなるのだと思いつつ、ちがいますとは言い難い。

「ギャレットって繁華街にあるマッチ箱を縦に置いたようなほっそい二階建てのカフェですよね」つみれさんは腰をあげ、訴えかけるように言葉をつづけた。「私、一度いってみたかったんです。お願いです、ライブの前に、いっしょにランチを食べていただけないでしょうか」

「わかりました。そうしましょう」

断わる理由もない。静香も伊竹市に帰ってきてから、だれかとランチを食べにいったことがなかった。


静香は東京の大学を卒業後、大手商社に総合職として採用され、資源・化学品事業部門・基礎化学部に配属、無機化学品事業の会社に投資し、資産管理をおこなうチームの一員として働いていた。

海外の顧客やアセットの許《もと》へ出張にいくことが、あるにはあった。でも基本はオフィスのデスクにへばりつき、パソコンとにらめっこの日々を送っていた。投資先の会社の収益と損失を比較するため、一定期間の経営状況・経営成績を表す決算書の管理が、静香の主な仕事だった。売上げの増減があれば、その理由を調べもする。地味なことこのうえない。しかもどれだけ働き方改革が進もうとも、海外の顧客の都合にあわせると、大半は夜中のミーティングになってしまう。気づけば会社に二泊三日していたこともざらだった。

その多忙さも三年も経《た》てば馴《な》れた。大学時代のカレシとはとうに別れていたが、新たなカレシをつくる暇などなかった。それでも一向にかまわなかった。男といちゃつくよりも、地球の裏側にいる顧客と交渉していたほうが楽しいと本気で思っていたからだ。

身体に変調を来したのは三十歳になった頃だ。床に就いても仕事のことが頭から離れず、不安にかられ眠れなくなった。寝ても眠りが浅く、夜中に何度も起きる。手足の痺《しび》れが数日つづくこともしばしばあった。規則正しかった生理も遅れ気味で、以前より重くなった。目眩《めまい》を起こすようにもなり、出勤途中に見舞われて、地下鉄の階段を転げ落ちかけたこともあった。食後には鳩尾《みぞおち》のあたりがシクシクと痛み、市販の胃薬を飲んで紛らわした。これはマズいと思ったのは、冷房が効いたオフィスで汗が止めどもなく流れてきたときだった。

当然ながら仕事にも支障がでてきた。電話のかけ間違えやメールの誤送信、会議室の取り忘れなどはまだご愛嬌《あいきょう》のうちで、決算書の数字を見間違えて報告してしまったり、稟議書《りんぎしょ》の草稿を上司から全ボツを食らったり、顧客とのズームミーティングをすっぽかしたりと日を追うごとにミスが増していった。どうにか挽回《ばんかい》しようとすると、またべつのミスを引き起こし、まわりに迷惑をかけてしまう負のループが、延々とつづいた。疲労回復のドリンクやサプリメントの服用や、ニンニク注射を打ったりすれば一時は調子がよくなる。しかし長持ちしなかった。それでもチームに迷惑をかけてはいけないと、医者に診てもらわずに、ひたすら働きつづけていたのがまずかった。

通常業務に加え、中東のとある会社に入札するため、資料づくりをしなければならず、その日の朝、静香は七時半に出社し、だれもいないオフィスで仕事に取りかかろうとした。ところがパソコンを起動した瞬間、身体の力が一気に抜けたかと思うと、視界が徐々に小さくなり、意識が途切れた。

つぎに瞼《まぶた》を開いたとき、真っ白な部屋にいた。ここは天国だと確信したが、そうではなかった。左腕には点滴が打たれており、真っ白だったのは自分のベッドのまわりをカーテンで囲んでいたからで、病院だと気づくまでに一分とかからなかった。枕元のブザーを押すと、すぐさま看護師が訪れ、事情を説明してくれた。定時前に出社したチームの後輩社員が、口から泡をふき、白目を剝《む》いて倒れていた静香を見つけ、慌てて救急車を呼び、会社近くの大学病院に搬送されたらしい。つづけてあらわれた医師は、静香の倒れた理由を神経調節性失神だと言った。

その日は病院に泊まり、精密検査をおこなった結果、胃潰瘍が発覚し、そのまま入院しなければならなかった。手術をしないまでも、数日のあいだ絶食し、点滴治療が必要だったのだ。だれも見舞いにこなかった。当然だ。チームは入札の準備で大忙しだった。静香が倒れ、そのぶん人手が足りなくなったとなれば余計にちがいない。静香は心の底から申し訳なく思った。実家には知らせなかった。母が心配するからだ。

退院できたのは二週間後だった。会社にいくと、みんな快復を祝ってくれながらも、どこかよそよそしかった。中東の会社は落札できずにおわってしまい、チームの士気が下がってもいた。その理由が自分にあるように思え、静香はひどく落ちこんだ。

するとと復帰してひと月も経たないうちに、事務職への異動を命じられた。通常であれば人事異動は春先のはずで、異例といってよかった。静香はチームの上司に抗議したところ、「本調子になったら戻してやる。とにかくいまは休め」となだめるように言われた。

静香の身体を思っての処置だったのかもしれない。だがそのときは使いものにならないから捨てられたのだと傷つき、身体は本調子どころか、ふたたび悪くなっていった。元の部署はべつのフロアなのだが、それでもエレベーターなどでおなじチームだった上司やメンバーに会うのが耐え切れず、会社を休みがちになった。

そんな娘の状態を察したかのように一月末、母が上京してきた。工場の機械をメンテナンスするため、業者に三日間、預けることになり、ならばと店を休んで娘の顔を見にきたのだった。

実物の母を見たのは五年振りで、静香は少なからずショックを受けた。ひどく老けていたのだ。以前は黒々としていた髪は七割方が白髪だった。理由を訊ねたら、五十代のなかば過ぎから白髪染めをしていたが、今回、時間がなかったため、そのままできたのだと笑った。髪以外にも、皺《しわ》や染みが増え、心なしか背中が丸まって縮まったようにも見えた。

今日明日に食べないと駄目んなっちゃうけどと、母は有野練物の商品をいくつか持ってきて、鍋で煮こんでくれた。

十八歳で上京した当初は、実家の練物から解放されたのがうれしかった。しかしひと月も経たないうちに恋しくなり、ゴールデンウィークは実家で練物三昧、その後は月イチのペースで、詰め合わせを送ってもらっていた。

だが総合商社で働きだしてからは忙しくなり、一日三食すべて外食やコンビニ弁当で済ませるので、添加物が入っていない実家の練物を冷蔵庫の中で腐らせてしまうことがつづき、もう送らないでいいと母に断っていた。

三十歳になって、数年振りに食べた実家の練物はおいしくてたまらず、箸が止まらなかった。しかも気づけばおいおい泣きだしていた。故郷の思い出が一気に甦《よみがえ》ってきたからだ。母はそんな娘を慰めたり励ましたりせず、慈愛に満ちた目で黙って見つめるだけだった。やがて静香が泣き止《や》むと、昨年末から犬を飼いはじめているのよと話しだした。

常連客に保護犬のボランティアをしている女性がおり、彼女の誘いで譲渡会にでかけた。とくに犬が欲しかったわけではなく、どんなものかと興味本位だったらしい。ところが二十四近くいるうちの一匹、バセット・ハウンドに潤んだ目で見つめられ、心を動かされた。

これもなにかの縁だと思って譲ってもらったの。

犬の名前はアルゴスだった。保護施設でそう呼ばれていたせいか、母がつけた名前で呼んでも反応しなかったそうだ。母はスマホでアルゴスの写真を見せてくれた。仰向《あおむ》けで母にお腹を擦《さす》ってもらい、上機嫌な動画もだ。

よかったらアルゴスに会いにこない？　あなたと気があうと思うんだ。

それから一ヶ月後、静香は実物のアルゴスに会っていた。会社を辞め、実家に戻ったのだ。

「もう店じまいですか」

カウンターに消毒液を吹きかけ、布巾で丹念に拭いていたところにあらわれたのは、伊竹市役所産業振興課町おこし担当、若菜恵《わかなめぐみ》だ。アイドルみたいな名前だが、四十なかばのオジサンである。ただしその歳でもお腹はせりだしておらず、スマートな体つきだ。細面で切れ長な目、鼻筋が通って唇は薄く、顎は尖《とが》っている。常に身ぎれいで品格があり、量販店で二万円だと言うスーツも、若菜が着ていると高級そうに見えた。

「閉店は十時なので、まだ十五分ほどありますが」

「持ち帰りをお願いします」さきほどまで実里が座っていたところに若菜は腰を下ろす。「それとラムネを一本ください」

静香は屋台の裏にまわり、クーラーボックスからラムネをだし、玉押しでビー玉の蓋を開けて若菜に渡す。そして「お持ち帰りはなにを?」と訊ねた。

「野菜はなにが残っています?」

「じゃがいもとたまねぎです」

「ではそれとこんにゃくを。日替わり巾着は残っていますか」

「あります」定番のもち巾着とはべつに、中身が毎日ちがう日替わり巾着を提供している。

「今日の中身はなんでしょう」

「豚挽肉《ぶたひきにく》と春雨、しいたけを混ぜあわせ、ピリ辛にしたのが入っています。でも一個だけですが」

「それはここでいただいていって、よろしいですか」

「どうぞ、どうぞ」日替わり巾着を皿に載せ、若菜の前に置いた。そして持ち帰り用の容器をひとつだして、注文の具を入れていく。

「これはおいしい」日替わり巾着を頬張り、しばらくしてから若菜が言った。日頃から表情が乏しく、話し方に抑揚がない。いまもそうだが、世辞ではないのは伝わってきた。「ピリ辛が効いていますね。ご飯のおかずにもあいそうだ。ビールも欲しくなる」

「お呑みになりますか」

「生憎《あいにく》、車なのでそうはいきません」自家用車で、近くのタイムパーキングに停《と》めてきたという。

「今日は定時よりも少し早めに役所をでまして、伊竹市活《い》き活《い》きプロジェクトの店を巡っておりまして、ここが最後になります」

　伊竹市役所では市内において開業をしようとする者、あるいは開業して間もない者を募り、将来性があり優れた事業計画に対して、助成金が支払われる制度がある。それが伊竹市活き活きプロジェクトだ。昨年二月の〆切だった第一回目には四十八件の応募があり、審査に通って助成金を得ることができたのは八件となかなかの倍率で、かいっちゃんはそのうちの一件だった。遥と実里が漫才のライブをおこなうギャレットもいっしょで、かいっちゃんとほぼ同時期にオープンしている。そして若菜はこのプロジェクトの発案者にして責任者だった。屋台のオープン前、若菜には価格設定やメニューづくり、食器選び、各種のお酒の入れ方など一通り教わった。かいっちゃんに限らず、活き活きプロジェクトの八店舗すべてのオーナー達に出店までのアドバイスだけでなく、その後のケアもきちんとしており、親身になって相談に乗ってくれた。どこの店舗もつづけられているのは、若菜の助けがあってこそと言って過言ではない。市役所の一職員がどうしてここまでと思ってしまうくらいだ。

伊竹市役所に転職する前、若菜は外食産業の会社で店舗開発業務の部署にいたという噂《うわさ》がまことしやかに流れている。社内でトップの成績を誇っていたらしいと、もっともらしく話すひとまでいた。本人にたしかめたところ、トップだなんて滅相もないと笑い、それ以上は語ろうとしなかった。

「ここ最近、トラブルやお困りになったことはなにかありますか」

若菜が訊ねてきた。くる度にする質問だ。

「とくにはなにも」

「屋台の脇に、チラシを貼ってありましたが、あれはいつから?」

「ついさっきです」その経緯を、静香は手短かに話した。

「いつも端っこに座って本を読んでいたお嬢さんは、伊竹美術館の学芸員だったんですね。見た目がお若いので、大学生だと思っていました。漫才師のタマゴさん達には会ったことはありませんが、ギャレットのオーナーの塀内くんから話は聞いています。彼女達の大学の先輩で、おなじお笑いサークルだったそうで」

「その話、ふたりに聞きました。だから会場が無料で提供してもらえたって」

「今月のアタマ、ギャレットに頼みにきたそうです。先輩としては願いを叶《かな》えてあげたい、でもまだコロナもおさまりそうにないので、どうしたらいいでしょうと、塀内くんから相談を受けましてね。新型コロナ感染予防対策をとればオッケーですとお答えしました。でもあんな本格的なチラシをつくっていたとは知りませんでした」

「よかったらどうぞ」

静香はツインパインズのチラシを差しだす。ふたりが帰り際、五十枚ほど置いていったのだ。

若菜は受け取ると、脇に置き、それを見ながら巾着を平らげた。そしてラムネを一口飲んでから徐《おもむろ》にこう言った。

「八月の収益はいかがでしたか」

いよいよ本題だ。

「夏場は売上げが落ちるのは覚悟していたんですが」

画面に売上げのグラフを表示したタブレットを渡し、悲惨な現状を正直に話す。

事業計画説明書には売上げ目標を一日三万円、月八十万円前後と掲げていた。しかし今月は一日一万円どころか五千円もいかない日が大半で、月の売上げは十五万円にも届きそうにない。暑さに加え、台風が二度直撃したとはいえヒドい。大ピンチだ。この先、涼しくなるとは言え、盛り返せるか不安でたまらない。自信もなくしかけていた。東京で働いていた頃は、チームで億単位の金を動かすのが当たり前だったのに、いまでは十円単位で気を揉《も》んでいる。情けなくて惨めにさえ思う。

　商店街としては廃れていても、住宅街と駅を繋ぐ通勤路なので、帰りのひと達が立ち寄ってくれると踏んでいたのだが、さほどでもなかった。隣のコインランドリーで洗濯をしているあいだの時間を潰すために訪れる客がほとんどで、それも次第に減りつつあった。

　おでん種は実家のものが八割なので原価は格安だ。半年もすれば屋台は軌道に乗り、実家には原材料費だけではなく、生活費として二十万円は入れるつもりでいたが、とてもそうはいかなかった。母を助けようとはじめた屋台なのに、いままで以上に負担をかける結果になりつつある。だがここで諦めたら、開店準備から今日までの一年半がすべて水の泡になってしまう。いくも地獄、戻るも地獄とはまさにこのことだろう。

　事業報告というより愚痴に近い。それでも若菜はタブレットに視線を落としたまま、黙って耳を傾けてくれた。

「先々週の土曜だけ売上げが跳ねあがっていますね。この日って」

　若菜はふたり組のミュージシャンの名前を挙げた。平成だった頃に朝ドラの主題歌を唄《うた》い、紅白出場経験もある彼らが、伊竹市民会館でコンサートをおこなった日だ。その観客が開演前や終演後に食事を摂《と》ろうとした。ところがみんなおなじ考えになるので、駅周辺の飲食店はどこも満席になってしまい、溢《あふ》れたひと達が駅からやや離れたかいっちゃんに流れてきたのだ。コンサートの前後のあわせて三時間は、ひっきりなしに客が訪れ、ひとりでは捌《さば》き切れず、有野練物の学生バイトに手伝ってもらったほどだ。おかげでその一日だけで、七万五千円稼ぐことができた。

「ああいうメジャーどころが、もっと頻繁にきてくれればいいんですがねぇ」

若菜が言った。静香も同意見だ。この半年間、市民会館でコンサートを開いたメジャーどころは演歌歌手、アイドルグループにつづいて三度目、その度にかいっちゃんは恩恵に与《あずか》っていた。

「有野さんは今後、売上げを伸ばす策をなにかお考えですか」

若菜が訊ねてきた。上目遣いで抑揚のない口調で言われると、本人にその気はなくても詰問されているようで焦ってしまう。地球の裏側の顧客相手に英語で交渉するより緊張しながらも、静香は即座に答えた。

「テイクアウトに力を入れるつもりでいます」

「具体的におっしゃっていただけますか」

「実家に練物はいくらでも売っていますが、ここならば出汁が染みこんでいますし、大根やたまご、じゃがいも、かぼちゃ、その日のおすすめ巾着などもある。これを出汁付きで、〈おうちでんセット〉と銘打って、松竹梅の三種類で販売しようかと。いまのところ松が四〜五人前二千円、竹が二〜三人前千五百円、梅が一人前六百円と考えています」

「悪くありませんね。たとえばですが、キッズセットなんていうのもどうでしょう？　たまごとウインナー巻、ちくわかはんぺんで三百円程度ならば、買いやすいのではありませんか」

なるほど。

「やってみます」

「市が主催するイベントでもあれば参加していただいて、それなりの儲《もう》けになるのでしょうが、コロナのせいでそうもいきませんからね。夏祭りも三年連続中止になってしまいましたし。お望みどおり、駅前で出店できればよかったのですが」

ほんとだよと静香も思う。だができないものは仕方がない。

「ウォンウォン、ウォン」

アルゴスだ。いつの間にか静香の足元から若菜のほうに移り、ひさしぶりだな、元気にしてたかといった調子で吠えていた。

やっべっ。

静香が胸のうちで呟くのを気づくはずがなく、アルゴスは仰向けに寝そべった。すると若菜は椅子から下りてしゃがみこみ、アルゴスの腹を撫ではじめた。

「有野さん」

「はいっ」

「アルゴスがここにいるぶんにはかまいません。しかし以前にも申しあげたとおり、伊竹市の条例では犬の放し飼いは禁じられています」

「ご、ご覧のとおり、リードはつけてあるのですが、屋台の柱に結んでおくのをうっかり忘れてしまって」

アルゴスはここにいても いつも寝ているばかりで、わざわざリードを結んでおく必要もあるまいと心のどこかで思っているせいだ。

「客にちょっとでも危害を加えたらアウトです。今日のところは見逃しますが、以後、気をつけてください」

　アルゴスのお腹を撫でながらでは説得力がない。

　それでも静香は「申し訳ありません」と素直に詫びた。


　Uターンしてから、静香は有野練物の一員として働いていた。東京の大学に通い、名の知れた商社に勤め、世界を相手取って働いていた自分が、いまさら地元の小っぽけな会社で経理事務をしたり、スーパーでレジ打ちをしたりなんて、プライドが許さなかった。ならば実家で働いていたほうがまだマシだと思ったのである。

　朝五時起きで母に付き添って魚市場へでかけ、工場で練物をつくり、店先に立って接客もおこない、総合商社のときよりも、長時間働くことが時折ある。しかも練物屋は身体を動かす作業が多く、大半が立ち仕事でくたくたになる。でもそのおかげで夜はぐっすり眠れるようになった。生理は順調に訪れ、手足の痺れや目眩もいつしか起きなくなり、なにもしていないのに汗を流すこともなくなった。

　ただし度重なる緊急事態宣言やまん延防止等重点措置のせいで、販売方法の変更や営業時間の短縮を余儀なくされ、有野練物は客足が遠のき、売上げは厳しくなる一方だった。戻ってきたからには、母の役に立ちたい、有野練物にプラスになることがしたい。しかしコロナ禍を乗り切るので精一杯だった。

Uターンした年の十二月もなかば、駅前の通天閣《つうてんかく》飯店にいったときのことだ。餃子巻《ギョーザ》と焼売巻《シューマイ》に使う、生の餃子と焼売をもらうためである。できあがるまでもう少し待っててと主人に言われ、片隅の席で待つことにすると、すぐ横の壁に貼ってあるポスターに自然と目がいった。

〈コロナに負けるな！　あなたが活き活き働けば、街も活き活き！　伊竹市活き活きプロジェクト〉

ダッサッ。

そう思いながらもよくよく読むと、伊竹市役所からの助成金の告知だった。応募の対象者は、伊竹市内に事業拠点を設け、再来年三月末日までに創業、または創業から五年以内の個人あるいは中小企業者で、オリジナルの事業計画をお持ちの方だという。募集期間は翌年の一月から二月末の二ヶ月間に、市役所へ事業計画説明書をはじめとした書類を郵送あるいは持参すること、ただし書類に不備があった場合は書き直しが必要なので、なるべく余裕をもって提出してくださいとあった。

有野練物には関係ないかと思ったのも束《つか》の間《ま》だ。静香はぱっと閃《ひらめ》いたことがあった。

ウチの練物で、おでん屋を開くのはどうだろ。

とてつもないグッドアイデアに思え、静香はスマホを取りだし、ポスターの端っこにあるQRコードを読みこみ、ひとまずオンライン説明会に参加するため、メールを送った。

つぎの週におこなわれた説明会は、参加者が五十人を軽く超していた。顔をだすださないは本人次第で、ちょうど半々だった。静香は顔をだすことにして、背後が襖《ふすま》の白い部分になる仏間にノートパソコンを持ちこんだ。そして念入りに化粧を施し、商社で働いていた頃のスーツに着替え、説明会に挑んだ。

「こんにちは、伊竹市役所産業振興課町おこし担当の若菜恵と申します」

短い自己紹介のあと、若菜はプロジェクトの説明をはじめた。

助成対象経費は店内の改装費用、事業の遂行に必要な機器や設備の購入あるいはレンタル料、商品の開発費、ポスターやチラシなどの作成や広報媒体を活用する際の広告費などで、事業計画の評価により百万から五百万円の範囲で決定するという。

つづけて若菜は助成金申込書、事業計画説明書、収支計画書、資金計画書、助成対象経費内訳書といった提出書類について、見本例を画面にだし、どう書けばよいのか、ひとつひとつ丁寧に説明していった。起業の動機、競合する他店と差別化できるセールスポイント、安定した収益モデル、伊竹市民の要望にどう応えることができるのか、起業開始前後にどれだけの資金が必要なのかなど、表情は乏しいものの、歯切れのいい口調で、話もわかりやすかった。ウケを狙った、つまらぬ冗談を挟まないのも好感が持てた。

外部の有識者による審査委員会で、来年三月上旬に書面審査がおこなわれ、これを通過した者はおなじく三月下旬に面接審査がある。その際には応募者本人がパワポなどを用いたプレゼンテーションを約十分、審査委員会からの質疑応答が約十五分とのことだった。そして四月の早い時期に採択されたかどうかの通知が届くという。

総合商社で鍛えられていたので、書類の作成もプレゼンテーションも静香にとってはお手の物である。しかしだ。説明がすみ、若菜が質問の受付をはじめると、伊竹駅前のどこそこに、これだけの坪のカフェを開きたいのですがとか、伊竹港にむかう国道沿いに民泊経営を考えておりましてとか、相会江丘陵公園そばに地ウイスキーの工場と直販の店をオープンするにあたってといった具合に、事業内容を明確に決めているひとが多かった。ギリギリ再来年三月に創業するとしても一年三ヶ月しかないのだから当然かもしれない。すでに事業をはじめているひとも少なくなかった。

それに引き換え、静香は有野練物の練物をおでん種に、おでん屋をするというだけしか決まっておらず、焦りを感じはじめてきた。そのときになって、ばっちり化粧をしてスーツまで着ているのが自分だけだと気づき、ほぼノープランのくせして、なに気負っているんだ、私はと顔から火がでるほど恥ずかしくなった。

仏間の長押の上には額に入った証書や賞状が飾ってある。大半は静香のものだが、小中学生の頃のばかりだった。証書はそろばんと習字と英検で、賞状はそうした習い事の大会でもらったものが多い。中にはまるで記憶がない賞状もある。伊竹市主催の夏休み自由研究コンクールでユニーク賞を受賞しているが、いったいどんな自由研究だったのだろう。

証書や賞状の他に、家族の写真を引き伸ばしたパネルも何枚かあった。静香のちょうど正面にある祖父の写真が目が入った。伊竹駅前で営んでいたおでんの屋台を背にして、厳《いか》めしい顔で、こちらを睨《にら》みつけている。いまの静香よりも年下だろう、若かりし頃だ。もしかしたらまだ十代後半かもしれない。母の話によれば屋台でおでんを売っていた祖父は、やがて自分ならばもっとウマいおでん種がつくれるのではと考え、東京にでて、練物の有名店の門戸を叩き、弟子入りしたそうだ。伊竹からならば、小田原の方が近い。ただ単に東京にいってみたかっただけではないかというのは母の推測だ。なんであれ数年後には伊竹に戻ってきて、いまの家を中古で購入、一階を店と工場に改装して、前の東京オリンピックの年に練物屋をはじめた。

ではスーツの女性。

若菜が言った。自分にちがいない。気づいたら挙手ボタンを押していたのだ。静香は軽く咳払《せきばら》いをしてから訊ねた。

私、おでんの屋台をやりたいのですが。

「ほんとはおじいさんとおなじように、伊竹駅の前でやりたかったのよ。でも県だか市だかの条例が厳しくて実現しなかったんだ」

「それでいまの場所に？」

静香に訊ねてきたのは、つみれさんだ。

「そうなの。あの角地、おばあさんがひとりでたばこ屋をやってたんだけど、私が中学生の頃に亡くなって、しばらく経ってから家は取り壊されたんだ。それから十数年、空き地のまんまだったの。雑草が伸び放題なのはまだしも、不法投棄がつづいたこともあって、商店街ではちょっと問題になっていたんだ。だったらそこを借りて、屋台を置こうと思って」

約九坪の角地の所有者は、たばこ屋のおばあさんの遠縁で大阪に暮らしていた。伊竹銀座商店街振興組合の組合長である通天閣飯店の主人から連絡先を聞き、早速、問いあわせた。事情を伝えたところ、渡りに舟とよろこばれ、土地の管理をしてくだされば月三万円でお貸ししますと言われた。ただじゃないのかよと思いつつも静香は了承した。月十五万円にも満たない売上げのいま、三万円はけっこうな負担だ、という話はつみれさんにはしなかった。

今日は九月十日土曜、ふたりがいるのはギャレットの一階だ。正午に約束をして、静香は十分前に訪れたのだが、つみれさんはすでにいた。

オーナーの塀内から、ツインパインズの単独ライブの整理券をもらうと一番と二番だった。そして窓際の席に座ってランチを頼むと、改めてお互いの自己紹介となった。静香が七月に三十三歳になったばかりと言ったところ、つみれさんに驚かれた。二十七、八歳だと思っていたらしい。それだけで静香はちょっとイイ気分になり、ランチを奢《おご》ってあげることにした。つづけてつみれさんから、おでん屋台をはじめた理由を訊かれた。端的に答えるつもりが、つみれさんの食いつきがよく、つぎつぎと質問を重ねてくるので、ランチを食べているあいだ、余計なことまで長々としゃべってしまった。

「私は駅前よりも、いまのとこのほうが隠れ家っぽくて好きですけどね」

「隠れ過ぎるのが問題なのよ」

静香は思わず愚痴をこぼすように言ってしまう。

「屋台はどなたがつくったんです?」つみれさんの質問がつづく。

「ネットで調べた市内の工務店をいくつか回って、おじいさんの屋台の写真を見せて、これと似たのをつくってほしいと頼んで、あいみつを取ったの」

「なんですか、あいみつって」

「相見積り。数社に見積りをだしてもらうことよ。そしたら額にけっこう幅があってさ。高いのは手が届かないし、安すぎるのは不安でしょ。だから中の上くらいのとこを選んで、なおかつ会っていちばん感じがよかったとこにつくってもらったんだ」

「あの屋台、静香さんが立ってるほうと、その反対側に車輪がついてますよね」

「公園や施設などのイベントに参加するとき、現地までトラックで運ぶにせよ、会場までは車が入れなかったりするだろうから、そのために引っ張っていけるように、引くためのハンドルもあるんだけど、あそこでは外しているんだ。でもコロナでイベントなんかなくってさ」

いかん、いかん。また愚痴っぽくなってしまった。

「どうして、かいっちゃんなんです？」

「おじいさんの名前が嘉一《かいち》でみんなに、かいっちゃんって呼ばれててね。あの暖簾は、おじいさんが屋台をやっていたときのもので、おじいさんが自分で書いたみたい」

屋台の開店準備の最中、母が家のどこからかだしてきて、静香に渡したのである。

「味のあるいい文字ですよねぇ」

「ありがと」帰ったら仏壇に焼香をあげて、祖父に報告しよう。「そう言えばすみれさんがこのあいだ読んでいたって言うか見てた本でさ。○△□って墨で書いてあるのが載っていたでしょ。あれ、なぁに？」

「センガイという江戸時代の禅僧が描いたものです」

　センガイと聞き、静香は選外という文字しか思い浮かばなかった。いまの自分の人生がまさにそうだからだ。むろんちがっていた。つみれさんは仙人の仙に崖のアタマの山がない厓《がけ》だと教えてくれた。

「ゆるキャラみたいな虎とか龍とかの絵とかもあったけど、みんなそのひとが描いたの？」

「そうです。○△□は仙厓の描いた絵の中では最もシンプルで、最も難解な作品と言われています。彼の絵には円相図という○をひとつ描いたものがあって、禅の教えでは○は悟りの境地や宇宙観を表す図様とされているのですが、これはただのお餅に過ぎない、茶菓子にして食べてしまいなさいと仙厓自ら、絵の脇に解説を書いています。ところが○△□にはなんの言葉も添えられていません。静香さんはあの絵を見て、どう思われます？」

「私にはおでんにしか見えないけど」

「私もです」我が意を得たりとばかりにつみれさんは頷《うなず》いた。「○は大根、△ははんぺん、□は厚揚げといった感じで。あ、でもかいっちゃんのはんぺんは○か。だとしたら△はなんですかね」

「△そのものはないよ。豆腐や厚揚げ、こんにゃくといった□のものを対角線に切るしかないな。○は多い。たまごも団子全般そうだもの」

「長らくお待たせしましたぁ」背が高く、手足もやたらに長い男が階段を下りてきた。ギャレットのオーナー、塀内だ。「ツインパインズの単独ライブ開場でぇす。整理番号順に入っていただきまぁす」

「有野さん、じゃなくて静香さん、いきましょ」

つみれさんがわざわざ言い直したのは、友達同士なのだから、名前で呼びあいましょうと、彼女から提案してきたからだ。

「はい、つ」危うくつみれと言いかけ、咳払いでごまかす。「すみれさん」


階段をあがったところに、バスケットに入った色鮮やかな花束が飾られていた。その中に立てられた小さな札には、『御祝　ツインパインズさんへ　伊竹市役所産業振興課町おこし担当』とあった。若菜にちがいない。昨夜、仕事があって明日のライブにはいけませんので、ふたりによろしくお伝えくださいと店に電話をしてきたんですよと、さきほど塀内から聞いた。

二階はパイプ椅子が二十脚前後並べてあり、静香とつみれさんは一列目の端に並んで座る。新型コロナ感染予防対策のため、椅子と椅子とのあいだがひとり分も空いていた。

階段をあがってくるひとは、「よう」とか「やあ」とか「おひさしぶり」と会場のだれかしらに声をかけていた。まわりのひと達が小声で話すのを聞くとはなしに聞いていると、遥と実里とおなじ大学のサークル仲間ばかりだった。大学を卒業後もコロナ禍でリアルに会えず、このライブをきっかけに集まったらしい。

実里からもらった五十枚ほどのチラシは、かいっちゃんの客にぜんぶ配った。「面白そう」「いってみようかな」と興味を示したひともいたはずなのに、だれひとり訪れていない。あんまりだ。

静香は実里に申し訳ない気持ちになった。いや、ひとりだけいた。

「こんちは静香ちゃん」

軽快な足取りで階段を駆け上がってくるなり、静香に声をかけてきたのは悦子《えつこ》さんだった。そそくさと近づいてきて、つみれさんと反対側に腰を下ろす。

有野練物では魚魯《ぎょろ》という、伊竹魚市場にある鮮魚仲卸の店から、練物の材料となる魚を仕入れている。そこの女主人だ。御年七十の彼女は、かいっちゃんがオープンしてから半月にいっぺんはひとりで訪れ、自分が出荷した魚でできたおでん種をつまみに、熱燗《あつかん》をちびちびと呑んでいく。いでたちはいつも若い。今日は派手なアロハシャツにジーンズ、そして真っ赤なスニーカーを履いている。

悦子さんとつみれさん、それぞれを相手に紹介した。というのも悦子さんは午前二時に魚市場に出勤する身なので、かいっちゃんには開店と同時に訪れ、遅くとも午後七時には帰ってしまう。なのでいずれもオープン以来の常連でありながら、一度も顔をあわせたことがなかったのだ。

午後二時ちょうどに賑《にぎ》やかなポップスが流れ、遥と実里が階段を駆けのぼってきた。拍手が沸き起こる。客席から見て右にスポーツウェアの実里、左にスーツ姿の遥が立つ。屋台での座る位置とおなじだ。

「実里です」

「遥です」

「ふたり揃ってツインパインズです。よろしくお願いします」

拍手が起きる。どちらも笑顔だが、強張っていてぎこちない。緊張しているのがバレバレだ。

「私達も大学をでて二年目、社会人らしさが板につきまして」

「あんたのどこが社会人なのよ。就職もせずに毎日ブラブラしているだけじゃない」

「毎日ブラブラしてたら疲れるから一日置きだよ」

ここでまわりのみんながどっと笑った。ウケたというよりも、このへんで笑っておかねば、いつまでも遥と実里の緊張が抜けそうにないと、客のほうで気を遣っているようだった。

「ブラブラしてない日はなにしてんのさ」

「家にこもってパズドラやってる」

「だいじょうぶ、あんた？　心配になってきた」

「残業ゼロなのに仕事を家に持ち帰ってやらねばならなくて、土日も仕事で潰れて嘆いている遥ちゃんよりはだいじょうぶ」

「ひととして自分のほうが正しいように言うな。でもあんたが羨ましくなってきちゃったよ」

「そんな社畜の遥ちゃんはさ」

「社畜呼ばわりしないでよ。あながち間違っていないから堪えるじゃんか」

「なにかでストレス発散してる？」

「やっぱお酒だね。でも学生んときみたいに、無茶な呑み方はもうできないからさ。オイシイものを食べながら、じっくり呑むようになった。あんた、近所にできたおでんの屋台によくいってるって話してたけど、そこはどう？　おいしい？」

「おいしいよ。そうだ。そこに通っているうちに、私、ある発見をしたんだけどさ。聞いてくれる？　社畜の遥ちゃん」

「その呼び名やめて。でも相方だから聞いてあげないでもないよ。なに発見したの？」

「ひとは好きなおでん種に似ているんだ」

「相方がおかしなことを言いだしましたが、もう少しおつきあいくださいね」遥が客席に訴えかけるように言う。

「遥ちゃんは好きなおでん種はなに？」

「ちくわかな」

「ちくわってどれだけ煮こんでもカタチはくずれないし、おでんと言えば、ちくわだよね。だからちくわが好きなひとは身持ちが堅くて人気者なんだ」

「なるほど」遥は満更でもない顔をする。「なんかわかるような気がする」

「だけど中身は空っぽ。つぎに大根が好きなひとは」

「待て待て待て」

「なになになに」

「さらりとひとの悪口言っただろ。中身がからっぽって」

「遥ちゃんの悪口じゃなくて、ちくわがそうなんだから、しようがないよ。でもほら、中身が空っぽじゃないと、社畜としてやっていけないでしょ」

「たしかに自分を無にしないことには、辛《つら》くて仕事などやっていられない。っておい」

「つぎに大根が好きなひと、いらっしゃれば手を挙げていただけます？」

何人かの手が挙がる。そのひと達を見ながら、「あぁあぁあぁ、なるほどなるほど」と実里は訳知り顔で頷く。

「大根って千切りにされておみおつけに入れられるのはまだいいとして、さらに細く切られて刺身の横に置かれたり、おろしがねで擂《す》りおろされて原形をとどめなくなって秋刀魚《さんま》に添えられたりしても、箸をつけられることなく、捨てられてしまうじゃないですか。ブリ大根はブリのほうが断然、主役だし、ふろふき大根なんてわざわざつくるひとはいないでしょう？」

「だんだん大根がかわいそうになってきたぞ」

「でもおでんではどうですか。存在感があって主役級ですよね」

「まあね」

「つまり大根が好きなひとはですね。よそでは脇に追いやられ、相手にされないのに、身内ではモテはやされ、威張り散らしているひとなわけで」

「おい、こら」と実里を叱りつけてから、遥はペコペコ頭を下げる。「あくまでも相方、一個人の意見ですので、真に受けないでください」

「たまごが好きなひと、いますかぁ」

これまた数人、手を挙げた。

「たまごは使い勝手がよくて、主役でも脇役でもどんな料理でも活躍してるじゃないですか」

「よかったですね、たまご好きのひと。今度は褒めてもらえそうですよ」

「なのにわざわざ、おでん種になったのは、性格になにか問題が」

「ディスらなきゃ気がすまないのか、あんたは」

「はんぺんが好きなひといます？」

「まだやるのか」

静香の隣で、つみれさんが手を挙げる。

え？　つみれじゃなかったの？

「はんぺんは見た目どおり純真無垢《むく》」

「あら、いいじゃない」

「でも気づいたらおでん鍋に入れられ、おでん汁に身を穢《けが》され、最後には食べられてしまう運命なの」

「かわいそ過ぎるって。だいたいなんだよ、おでん汁に身を穢されてって。すみません、どうぞお気になさらずに」

遥にあやまられると、つみれさんは笑いながら首を横に振った。

「実里はなにが好きなのよ」

「ちくわぶ」

「ちくわの紛《まが》い物みたいなあれ？」

「いけない？」

「いけなかないけど。ちくわとおんなじように穴が開いているんだから、中身は空っぽなんでしよ」

「あの穴はわざと空けてあるの。出汁が沁みやすいようにね。そうすればひととしての味わいがでてくるでしょ」

「でしょじゃないよ。自分が好きなものだからっていいように解釈するのはずるくない？」

「だって、ちくわぶはほんと、えらいんだよ。小麦粉と塩と水でできているんだ。だったら、うどんになろうとするのがふつうでしょ。なのにちくわぶの道を選び、おでんの世界に飛びこんできたんだからね」

「ごめん、言っていることが一ミリもわからん」

遥はツッコミと言うよりも戸惑いを口にしているようだった。そんな彼女を無視して、実里はさらに話をつづける。

「おでんの世界は厳しい。大根にたまご、ちくわのビッグスリーを頂点に実力者揃いで、新人の入る隙間はどこにもない。それでもちくわぶはよその世界にうつつを抜かしたりはせず、ひたすらおでん一筋」

「ちくわぶは、べつの料理でお目にかかることはないからな」

「いつかきっと、おでん界の星となってみせるという夢を実現するために、日夜、努力しているわけですよ。まさに私そのもの。いっしょに頑張れば、遥ちゃんも自分を無にして働く社畜から抜けだせるよ」

「よくわからないけど、頑張ろうって前向きな気持ちにはなってきたよ。ともかくおでんの屋台、今度、連れてってくんない？」

「いいよ。でもほら、ブラブラとパズドラで忙しい毎日だから、お金がないんだ。社畜の遥ちゃんが奢ってね」

「いい加減にしろ」


どうしたのかな。

静香は心配になった。単独ライブの二日後だ。月曜の夜にもかかわらず、ツインパインズこと、遥と実里はかいっちゃんに訪れなかった。『アカコとヒトミのラジオざんまい』もおわっている。それを聞きおえたつみれさんもいましがた帰っていき、客はひとりもいない。

でもまあ、あれか。ライブがおわったんで、ひとまずお休みってことかな。

トランジスタラジオは点けっぱなしで、片付けにかかろうとしたときだ。暖簾をくぐってきたひとがいた。

「こんばんは」遥だった。いつもどおりのきちんとしたスーツ姿だ。「まだいいですか」

「どうぞ、どうぞ」と静香は招き入れる。

「ラムネもらえますか。おでんははんぺんにたまご、それとちくわぶを」

「ちくわじゃなくて？」と静香は一応、確認する。

「はい、ちくわぶで」

「今日、実里さんは？」「実里、きました？」

ふたりの声が重なってしまった。

「ってことはきてないんですね、実里のヤツ」と遥は険しい顔つきになる。

実里となにかあったのだろうか。気になる。でも客のプライベートに踏みこむのは無神経に思え、静香は黙ったまま、まずはラムネをだし、皿に注文の品を盛って、遥の前に置いた。彼女はちくわぶを口に含み、ゆっくりかみしめ味わっている。やがてラムネを一口飲むと、ポツポツと話しだした。

「こないだのライブのあと、お笑いサークルの現役やOBと会場の片付けをしていたら、つぎ、いつやる？　って実里が突然言いだしたんです。一ヶ月後はどう？　なんだったら毎月、ここで新ネタをおろさない？　って。あまりに無邪気というか、無責任に聞こえて、無理言わないで、ネタ書くの私だよ、できっこないよって拒んだんです。そしたら実里のヤツ、遥ならできる、心配ないってなだめるように言うもんだから、私、カチンときちゃって、あんなにたくさんチラシをつくって町中配って歩いたのに、きた客は知った顔ばかり、所詮は大学のサークルの延長線にしか過ぎない、ここでいくらやったって、プロの漫才師になんかなれっこないって思ってたこと、ぜんぶブチまけちゃったんです」

遥は淡々と話す。まるで懺悔《ざんげ》を聞かされているようだった。

「それじゃあ大学時代からいままでやってきたのは、ぜんぶ無駄だってことになるじゃんって、実里が言うもんだから、そのときにはもう、私はブレーキが利かなくなっていて、そうだよ、いままでのはもちろん、この先だってなにやっても無駄だから、いまやめるべきだと」

「言っちゃったの？」

「はい」

「実里さんはなんて？」

「なにも言わずに飛びだしていきました。塀内さん達には、いますぐあとを追って、仲直りしたほうがいいと言われたんですが、そのときはなんか意地になってしまって。その夜、スマホにLINEを送っても未読のままで、電話をしてもでなくって。昨日の夕方に自宅までいってきたんですが、彼女のお母さんの話だと二、三日留守にすると、キャリーケースを持っていたらしいんです。私とふたりでまた、どこかオーディションにいくのかと思っていたそうで」

トランジスタラジオから伊竹市民会館に訪れたアイドルグループの新曲が流れてきた。ポップなメロディにのせて唄う彼女達の歌声が、この場をよりいっそう物哀しい空気にしていくように思え、静香はスイッチを切る。

「このあいだのネタでは、実里ひとりが、ちくわぶだってことにしましたけど、ツインパインズふたりこそちくわぶなんです。ちくわぶがちくわのカタチに似せているように、私達もアカコとヒトミの真似《まね》をしているだけに過ぎません。ちくわぶがちくわになれないように、私達もアカコとヒトミになれるはずがないんです。でも実里はそれに気づかずに」

遥の言葉が途切れた。双眸《そうぼう》から大粒の涙が溢れだし、両手で顔を覆う。かけるべき言葉がなにひとつ思い浮かばない。するとアルゴスがむくりと起きあがった。私がどうにかいたしましょうという顔で静香を見あげてくる。ここはひとつ任せたほうがよさそうだと思い、静香は屋台の柱に結ってあったリードを解く。アルゴスは屋台の外をぐるりと回って、遥の足元に辿《たど》り着くと、仰向けに寝そべった。

「お腹を擦ってあげてください」

遥は素直に従った。そうすることで、ひとが癒されるのをアルゴスは知っている。商社を辞めて、Ｕターンしてきたばかりの頃の静香は、これでずいぶん救われた。アルゴス自身も気持ちがいいのでウインウインだ。遥にも効果は抜群だった。目はまだ赤いものの、涙はもう零《こぼ》れていない。アルゴスが起きあがり、遥に礼を言うこともなく、静香のほうに戻ってくる。

「私達のチラシ、まだ貼ってあったんですね」

屋台の側面を見ながら遥が言った。

「よかったら、これ、いただけません？　あちこち配っちゃって、一枚も手元に残ってないんです」

「かまいませんけど、半月長く貼ってあったんで、よれよれですよ」

「かまいません」遥はチラシを剥がしてくると、鞄から透明のクリアファイルをだし、大事そうに挟んだ。


「こんばんは、アカコとヒトミのアカコです」

「アカコとヒトミのヒトミです」

午後九時の時報が鳴ったあと、『アカコとヒトミのラジオざんまい』がトランジスタラジオから流れてきた。遥がかいっちゃんを訪れて一週間が経つ。その後、彼女はあらわれず、実里がどうなったのかわからない。客はつみれさんただひとりだ。カウンターに分厚い本を広げ、おでんの出汁で割ったカップ酒を呑んでいる。

ラジオではアカコが町内会長としての仕事について、話していた。なんの衒《てら》いもなく、淡々としゃべるだけだ。ヒトミもツッコミらしいツッコミを入れない。なのに、なぜかおかしくてたまらなかった。つみれさんもクスクス笑っている。

「来月には町内の神社で例大祭があって、いまはその準備に追われててんてこ舞いでさ。でもまあ、先週からちくわぶちゃんが手伝ってくれるようになったんで、いくらか楽になったけど」

ちくわぶちゃん？

つみれさんも、その名前が引っかかったらしい。本から顔をあげ、トランジスタラジオのほうをむく。

「ちくわぶちゃんってだれ？」

「先週、ラジオ局の前で私達の出待ちしてて、弟子にしてくださいって言ってきた彼女だよ」

「待って待って」ヒトミが動揺を隠し切れずにいるのが、電波を通じてもはっきりわかった。「邪険に扱うのもなんだからって焼肉屋に連れてって、私達は弟子なんかとってないし、他の芸人のところへいっても追い返されるだけだよって懇切丁寧に説明してあげて」

「そのあと漫画喫茶に泊まるって言うんで、だったらウチ《ち》にきなよって、私が誘ったじゃない。あれからずっと、私ん家にいるって話してなかったっけ？」

「いまはじめて聞いたよ。弟子にしたってこと？」

「まさか。ウチのおばあさんが、えらく気に入っちゃって、彼女がでていこうとする度に引き止めるんだ」

「それで一週間も？」

「この先もまだしばらくいるんじゃないかな。いいヤツだよ。がたいがよくて、体力もあるしね。昨日も一日かけて庭の手入れをしてもらったんだ。人当たりもよくて、町内会のひと達にも評判いいし」

「だけどなんで、ちくわぶ？」

「芸名を決めてほしいって頼まれて、だったら自分がいちばん好きな食べ物の名前にしたらって言ったら」

「ちくわぶにしたの？」

「ちくわぶちゃんって、ちゃんまでが芸名」

「だけどおでん種でも、ちくわぶがいちばん好きなひと少ないんじゃない？　そもそも関東ローカルだし」

「自分が芸人としてメジャーになって、ちくわぶを全国区にするって言ってたよ。ウチのおばあさんはいい名前だって褒めてた。ちくわぶ自体に味はない、でも出汁を吸いこむことによって味わいがでる、あんたもそうやって芸を磨きなさいって」

「なるほど。モノはいいようだな」

「有野さん」つみれさんが声をあげたあと、慌てて口を隠す。マスクを顎まで下ろしていたのだ。

「このちくわぶちゃんって」

静香はこくりと頷いた。

第2話　こんにゃく

〈常春の町 伊竹市にようこそ〉

伊竹駅の改札口をでると目の前にそう書かれた横断幕が貼ってある。静香が物心ついた頃からずっとだ。

嘘である。そんなはずがない。誇大広告もはなはだしい。伊竹市は太平洋側の半島の付け根に位置しており、一年を通して温暖な気候なのはたしかだ。しかし夏はきちんと暑いし、冬は雪こそ降らないが、氷が張る日もある。常春のはずがない。

そしていま、秋が訪れていた。

ネットで仕入れた情報によれば、おでんが売れるのは気温が急に下がったときだという。十月最初の金曜である今日、かいっちゃんの混み具合は、その説を立証しているのかもしれない。なにしろ昨日の気温は昼日中、二十八度を超えていたのに、今日はずっと曇りで十五度、夜になるとさらに冷えこんだ。

いまは午後九時近く、屋台のカウンターは満席、いずれもお一人様で、その中にはつみれさんもいた。友達だから下の名前で呼びあうことにしたので、彼女をすみれさんと呼ぶ。だが胸の内ではつみれさんが定着し、そのままだった。いつもどおり、つみれを三個頼み、焼酎の出汁割を呑みながら、本を読んでいる。

　かいっちゃんでは九月からテイクアウトをはじめた。おうちおでんセット松竹梅の三種類に加え、若菜から提案されたキッズセットも販売中だ。そしてこのキッズセットがいちばんの売行きだった。

　ただしターゲットである子どもより、おとなに人気が高く、夜八時頃から売れだす。今夜もそうだ。隣のコインランドリーの利用者をはじめ、帰宅途中のひと達が男女問わず買い求めていく。何人かに話を聞いたところ、値段が手頃で、多からず少なからず夜食にちょうどいいらしい。伊竹銀座商店街が通勤路で、かいっちゃんから、おでんのいい香りが漂ってきて気になっていた、でもいまいち入る勇気がない、しかし三百五十円でテイクアウトできるので、モノは試しというひとも多かった。リピーターもいて、一日で十から三十個は売れる。キッズセットでは足りないからと、梅を買うひともいれば、今日は一杯呑んでいこうというひともいる。おかげで九月の売上げは二十万円近くまで盛り返し、十月は三十万円を目標に掲げていた。

「熱燗、もう一杯。飛び切りで」

「少々お待ちくださいね」

　注文をした客に答えながら、静香は注ぎ口がある容器に日本酒を入れていく。ちろり、あるいは酒たんぽと呼ばれる代物で、容器に付いた把っ手を鍋の縁にかけ、出汁に浸して湯煎する。熱燗には飛び切りとふつうとぬるめの三段階があり、五分も浸ければ熱々の飛び切りの完成だ。時間を計るため、キッチンタイマーをセットした。

「あと、ちくわと焼売巻もください」

おなじ客が言うと、彼の隣の客は「つみれ、もらおっかな」と言いだす。「それと大根」

「私はさつま揚げにちくわぶをお願いします」またべつの客だ。

ひとりが注文をすると、他の客がつぎつぎと注文をする現象はよくある。店をはじめた頃には、こうなるとパニクっていたものだが、いまでは冷静に対応ができるようになった。ちくわと焼売巻を皿に盛っていると、これを注文した客が、「かぼちゃもお願いできますか」と言った途端だ。

「私も」「俺も」

静香はタッパからかぼちゃを三個だす。長時間、鍋に入れておいたら煮崩れて、姿かたちもなくなってしまう。なので予《あらかじ》め茹《ゆ》でておき、注文をいただいてから鍋に入れて温める。ぜんたいに湯葉を巻いているのは、関西のおでん屋さんのをそっくりそのまま真似た。

つみれと大根、さつま揚げにちくわぶを掬《すく》いあげ、べつべつの皿に載せていくあいだに、ジリリリリとキッチンタイマーが鳴った。ちろりを鍋からだし、五十五度から六十度になった熱燗の飛び切りをグラスに注ぎこんでから客の前に置く。そのときだ。

「嘘《うそ》だろ、コゾノ」

耳障りな甲高い声がする。さきほどから聞こえていたものの、音量がワンランクアップし、一言一句はっきりと聞こえてきた。

ふたり掛けのテーブル二卓を繋《つな》げ、スーツ姿の四人が囲んでいる。今日はじめて訪れた客だが話す内容からして彼らが番場バルブの社員だとわかった。伊竹市内で三本の指に入る大手メーカーである。甲高い声の男は四十代なかば、他の三人からチーフと呼ばれていた。吊《つ》り目で眼鏡をかけたその風貌は、昭和の未解決事件で、犯人の一味と目されるキツネ目の男にそっくりだった。

「その歳になるまで、こんにゃくの原料が芋だって知らなかったのか」

「み、みんな知っていることなんですか」

真向かいに座るコゾノが聞き返す。屋台に背をむけていても、体格がいいのはわかる。腕や脚の太さもスーツでは隠し切れていない。ただし身体を丸め、広い肩幅を無理矢理狭めているのが哀れに思えた。

「そりゃみんな知ってるさ。ジョーシキだよ、ジョーシキ」

常識というほどでもあるまい。それより他人の無知を嘲笑《あざわら》うことのほうが、ずっと恥ずかしいし、みっともないだろう。そう思ったのは静香だけではない。屋台を取り囲む老若男女五人が一様に不愉快そうだ。

「おまえらだって知ってたよな。こんにゃくが芋だってこと」

「はあ」「なんとなくは」キツネ目の男に訊《き》かれ、他のふたりは適当な返事をする。

「芋からどうやって、こんにゃくができるんですか」コゾノが聞き返しても、キツネ目の男は訝《いぶか》しげな顔をするだけで、なにも言わなかった。「ご存じないんですか」

「自分の無知を棚にあげて、俺を莫迦《ばか》にするつもりか」

「ち、ちがいます。知っていれば教えてもらおうと」

「そういうとこが、おまえの駄目なとこなんだよ。仕事もおんなじ。なんでもひとに教わろうとするな。だからいつまで経っても成績があがんないわけ。な？　それがウチの課の足を引っ張ってるっていう自覚もないんだよ、おまえには」

「でもわからないことは教えていただかないと」

「じゃあ、なにか。俺が悪いっていうのかよ」

「そうは言っていません」

「しょうがねぇか。高校大学はスポーツ推薦、ウチの会社もスポーツ入社で、脳みそも筋肉でできてるヤツだからな。監督やコーチに教わらねぇと指一本動かせねぇんだよな」

ヒドい言われようだ。聞いているだけで胸くそが悪くなる。キツネ目を軽く睨む。するとそれに気づいたのか、こちらに顔をむけたので、慌ててそっぽをむく。

やべ、ずっとこっち見てんじゃん。

遂には立ちあがり、グラスを片手に寄ってくる。気味悪い薄ら笑いを浮かべながらだ。ただしキツネ目の視線は静香ではなく、つみれさんにむけられていた。

「お嬢ちゃん」と言うなり、つみれさんの隣に腰を下ろす。「なにひとりで本を読んでるの？駄目駄目。お酒はみんなで楽しく呑まなきゃ」

なんとキツネ目は本を勝手に閉じてしまった。いままでひとりで呑む彼女に、ちょっかいをだす酔客はいるにはいた。しかし無言のままで相手にしなければ、みんなおとなしく引き下がった。ここまでの暴挙にでたのはキツネ目がはじめてだ。つみれさんは顔を強張らせたまま、フリーズしていた。

「お客さん、他の方に話しかけるのはやめてもらえませんか」静香はやんわりと注意する。

「なんで駄目なの？　酒を呑んでおでんをつまみながら、知らないひとと話をする。呑ミニケーションができるのが、屋台の醍醐味《だいごみ》ってヤツじゃないの？」

「感染予防対策です」静香は語気を荒くする。キツネ目のふざけた口調が我慢ならなかったのだ。

「うっさいなぁ。みんな二言目には予防対策って言うけどね。いまや世界中で日本人だけだよ、マスクして出歩いているのは。神経質過ぎるっつうの」

適当なこと抜かしやがって。

「なんにせよそちらの女性は嫌がっていますので、やめてもらえますか」

「嫌がってなんかないさ。ほんの少し驚いているだけだよね、お嬢ちゃん。これから私が面白トークで存分に楽しませてあげるから」

キツネ目はつみれさんの顔を覗《のぞ》きこみ、左腕を彼女の肩にまわそうとした。だができなかった。その腕をコゾノが摑《つか》み、止めたのだ。

「な、なんだ、おまえ」

コゾノからの返事はない。思いつめた顔をしているだけだった。

「いい加減にしてください」静香は強気にでた。ここで怯《ひる》んだら負けだ。屋台とは言え、静香にとっては城である。たとえ客でも好き勝手にはさせない。「あなたのしていることはセクハラで、私の店に迷惑をかけてもいます。なんなら一一〇番通報したっていいんですよっ」

「そんな大袈裟《おおげさ》な」

「番場バルブの社員さんですよね」言い返そうとするキツネ目に、静香はさらに畳みかける。「警察沙汰になったら、会社に迷惑がかかりますが、それでもいいんですか」

キツネ目がまだなにか言い返そうとする。

「ウォンウォン、ウォンウォンッ」

アルゴスだ。静香の足元でキツネ目にむかって吠えまくった。

「いきましょう、チーフ」

「うるさいっ。おまえが俺に命じるなんて、百年早いんだ。その手も放せっ」

そう言って、コゾノの手を振り払いはしたものの、キツネ目が観念しているのはわかった。屋台にいるだれもが、彼を睨みつけているのだから当然だ。

「こんだけあれば足りるだろ」とキツネ目が静香に五千円札を差しだしてくる。

「あと六百円足りません」

「俺、あります」コゾノがズボンのポケットから五百円玉と百円玉をだす。そのときにはキツネ目は屋台に背をむけていた。「お騒がせして申し訳ありません。おでん、おいしかったです」さらにコゾノはつみれさんに頭を下げる。「嫌な思いをさせてしまいました。許してください」

静香がまだ子どもの頃には、伊竹銀座商店街に、朝の早さを競う店舗はいくらでもあった。だが豆腐屋や魚屋、八百屋など、軒並み店を畳んでしまい、いまや商店街の中ではいちばん早いはずだ。

母は月木土と週に三回、朝四時半に起床、小型の冷凍車に乗って二十分ほどかけ、伊竹魚市場へいき、魚魯で練物の材料となる魚を仕入れてくる。定番は北海道産のスケソウダラと気仙沼《けせんぬま》産のヨシキリザメとアオザメで、いずれも切り身の状態だ。さらにイカやタコ、ホッケ、エソ、グチ、イトヨリダイなど、その日に水揚げされた新鮮な魚から魚魯の女主人、悦子さんと相談して選ぶ。

有野練物の工場にはすり身をつくる擂潰機《らいかいき》が二台、壁際に並んで置いてある。どちらも静香よりも年上の機械で、太い鉄製の杵《きね》が二本、高速で回転し、石臼の鉢で魚を擂《す》っていく。昔ながらの石臼練りなのだ。石臼は熱を持たないため、魚の鮮度が保てるうえに、ざらざらとした表面のおかげで、魚の繊維を壊さずに擂ることができて、いい具合に練りあがる。

擂潰の工程は粗擂り、塩擂り、本擂りの三段階ある。

粗擂りは温度があがらないよう水を加えるだけで、他にはなにも入れず、魚肉を擂っている。つづけて魚肉の二から三パーセントの量の塩を入れるのが塩擂りだ。塩のナトリウムイオンや塩素イオンによって、魚肉の中のタンパク質が溶けていき、その構成成分であるミオシンとアクチンが結合して、アクトミオシンが形成され、弾力が生まれる。これは母に教わった。母が若い頃、まだインターネットが普及する前で、図書館に足を運んで調べた話をいままで十回は聞いている。

最後に味付けをしながら擂るのが本擂りだ。有野練物で使う砂糖は、さとうきびからつくられたもので、母によれば精製を最小限に留《とど》め、ミネラルを残しているらしい。舐《な》めてみるとわかるのだが、白砂糖よりも甘みが穏やかで、黒砂糖よりもクセがない。味付けにはあと本みりんしか使わず、つなぎは馬鈴薯《ばれいしょ》でん粉だけで、化学調味料や保存料などは一切入れない。

六時前に魚市場から帰宅すると、母は休む間もなく、仕入れた魚を工場に運びこむ。まずは切り身のスケソウダラをさらに細かく切って擂潰機一号に入れる。おなじく切り身のヨシキリザメとアオザメは通称ガチャンの魚肉採肉機にかけて、魚肉とすじに分けていく。そして一度しぼり、あるいは一番肉と呼ばれる最初の肉を擂潰機二号で擂っていき、塩と調味料の他に、山芋と卵白を投入する。

スケソウダラはさつま揚げや団子類、ヨシキリザメとアオザメはすり身をさらに濾《こ》して、はんぺんの材料になる。近海で水揚げされた魚は、パートがきたところで捌《さば》いてもらい、それからスケソウダラをすり身にしおえた擂潰機一号にかけ、ときどきによってちがう練物のすり身をつくる。

擂潰機の扱いは母の役目だ。魚の種類や質は毎日ちがうため、すり身の粘り気を見極め、水や練り具合を調節しなければならない。塩や調味料などを、どのタイミングでどれだけの量を入れればいいのか、といったことは職人歴三十年以上の母にしかわからないのだ。なにせ季節によってもすり身が仕上がる時間がちがう。夏場だと一時間ですむが、冬場になると一時間半はかかる。

有野練物のパートはぜんぶで五人、三十代なかばから五十代なかばの主婦達だ。長いと三十年近く、短くても十年は働いているベテランばかりで、彼女達によって有野練物は成り立っているのは間違いない。そして大学生のアルバイトがひとりいる。

その日にどんな練物をつくるか、母が決めて更衣室のドア脇に掲げたホワイトボードに書き並べる。一日二十品前後で、すり身をさまざまなカタチに形取ったり、野菜やイカ、タコなどを細かく刻んで混ぜたりしたら、蒸したり焼いたり揚げたり茹でたりと作業は多岐に亘《わた》る。これを母はパートとアルバイトにそれぞれの実力にあわせて振り分け、七時には作業がはじまる。

　戻ってきたばかりの頃、静香は月木土のいずれか一回、母とおなじ時間に起きて魚市場に付き添っていたものの、かいっちゃんをオープンしてからはお役御免となった。二階の自室で寝ていて、一階の工場で擂潰機が二台とも動こうとも、その音と振動には生まれたときから慣れっこなので、目覚めることはない。しかしパートやアルバイトが訪れ、朝の挨拶を交わす声で瞼が開く。おなじ屋根の下、人様が働いているのに、自分だけ惰眠を貪っている気がするからだ。

　トースト一枚にコーヒーと簡素な朝食をすませ、裏庭にでて、犬小屋で丸くなっているアルゴスを起こす。朝の散歩をするためだ。しかしおとなしく小屋からでてはくるものの、かったるそうなのが後ろ姿だけでもわかった。大きめな公園でリードを外したとて、よその犬と遊ぼうともせず、あたりを所在なげにうろついたら、もう帰りましょうよと言いたげな顔で戻ってきてしまう。犬としてのやる気が感じられなかった。

　九時過ぎに帰宅してアルゴスに餌を与えたら、いよいよ有野練物に出勤だ。住居と工場の境に二畳ほどの更衣室がある。そこへ住居側のドアから入って、三角巾を被《かぶ》り、マスクで口を覆い、白衣を着て、黒いゴムエプロンを付け、白い長靴を履き、工場側のドアをでていく。

「コゾノって、小さいに公園の園よね」パートの奈々《なな》さんが言った。ちくわ焼き機に並んだちくわを注視しているのは、焼き具合を見て、火加減を調節しなければならないからだ。「下の名前が英雄の英に明るいで英明《ひであき》だったはず」

「なんで漢字まで知ってるんです？」

不思議に思い、静香は訊ねた。魚のすり身で手の平サイズの団子をつくっている。作業台を挟んで、おなじ作業をする母に、昨日の出来事を話しおえたところだった。

「地方局のニュースや情報番組によくでてたのよ」と奈々さん。「新聞の地方版でも試合の度に、でっかく写真が載っていたもの」

「試合ってなんの？」

「レスリングよ。県立大学から番場バルブにアスリート社員で採用されて、東京オリンピックの出場も決まって、金メダル確実とまで言われてたの」

静香の問いに答えながら、奈々さんは蓋を開き、きれいなキツネ色に焼けたちくわを焼き機から一本ずつ手早く取りだす。

「ところが延期になったオリンピックの直前、練習中におっきな怪我《けが》しちゃってね。オリンピックどころか再起不能で引退せざるを得なくなったのよ。ほんと気の毒にねぇ。でもまだ会社にいたとは知らなかったわ」

奈々さんのつづきを話したのは美々《みみ》さんだ。彼女は右手に持った狭匙《せっかい》というしゃもじに似たカタチの道具で、すり身をしゃくり、左手で持つお椀《わん》に入れ、型取りをして、湯が沸いた大鍋へつぎつぎと放りこんでいた。これは祖父の代からのつくり方を、母が教えたものだ。できあがるはんぺんは一般的な四角のではなくて丸い。美々さんはおしゃべりしながら、すいすいこなしている。一個につき三秒とかかっていない。

奈々さんと美々さんは双子の姉妹で、地元の高校を卒業したあと、奈々さんは郵便局、美々さんは信用金庫に就職し、ほぼ同時期に勤め先の男性と結婚して二十代なかばで寿退社、伊竹銀座商店街とおなじ町内に新居をかまえ、翌年にはいずれも男の子を生んだ。

静香の父が亡くなったあと、有野練物の常連客だったふたりは、私達が力になるわと揃って母を手伝いに訪れ、以来パートとして働き、三十年近くが経つ。六十を間近にしたいまでも髪型や化粧で多少のちがいはあれど顔立ちはよく似ており、恰幅《かっぷく》がよくて丸みのある体格はほぼいっしょだった。

工場にはアルバイトの田町早咲《たまちさき》もいた。伊竹市内にある県立大学経営情報学部経営情報学科の三年生で、一年生の春から働いている。七、八年前、店番として雇ったアルバイトが、四年生になって就職活動のために辞める際、ゼミの後輩を連れてきた。さらにその子も四年になったとき、おなじ理由で辞めるタイミングで、新入生だった早咲ちゃんにアルバイトを引き継いだのである。二年半働く彼女は店番のみならず、練物づくりも接客も達者にこなし、母やパート達からの信用が厚い。いまはすり身の団子をフライヤーで真剣な表情で揚げていた。女の子にしては凛々《りり》しい容貌をしており、ジブリアニメにでてくる女主人公のようだった。いちばん近いのはナウシカだろう。

工場にブザーの音が鳴り響き、静香は我に返った。母が作業台から離れ、キャビネットタイプの蒸し器のドアを開く。溢れでる水蒸気を浴びながら、角せいろをつぎつぎとだして、脇にある台に積み重ねていった。

「これ見て」母に言われ、角せいろの中をのぞくと、かぼちゃのおばけがずらりと並んでいた。すり身になにか混ぜて色づけし、クッキーに使う型で型取りしてつくったにちがいない。

三日前、テレビの情報番組で、ハロウィンのグッズが紹介されているのを見ながら、ウチでもこういうのつくってみたらどう？　と静香が冗談まじりに言ったのを、真に受けたらしい。これまでも母はお雛様《ひなさま》や五月人形の兜《かぶと》や金太郎、サンタクロースなど季節にあわせた練物をつくっており、お手の物なのだ。

「いい出来でしょ」母はドヤ顔だ。ここは褒めておくべきだろうと、口を開きかけたときである。

「さっきつくっていたの、できたんですね。チョーかわいいっ。ぜったい売れますよ、これ」

早咲ちゃんに先を越されてしまった。作業の手を休め、かぼちゃのおばけを見にきたのだ。

「でしょう？」母はうれしそうに笑った。

いまから六十五年前、大久保真知子《おおくぼまちこ》は海がない県に生まれ育った。東京の女子大に実家から片道二時間半かけて通い、コピーライターになるのが夢だったという。当時は最先端の花形職業だったらしい。

しかし大学卒業後に就職した会社は、大手広告代理店の子会社の子会社の子会社で、その仕事内容はイベントの企画運営だった。コピーライターには程遠い。それでも社会勉強のつもりで働いていたところ、気づいたら三年が経ち、大っきめの仕事も任されるようになっていた。そしてとある建設会社の何十周年だかの記念パーティーを担当した際、クライアントの窓口だった有野太一《たいち》と恋仲になり、二年後には結婚して寿退社した。ところがさらに二年後、太一の勤めていた建設会社が倒産、太一の実家に夫婦揃って、転がりこむ羽目となる。太一の母、澄子《すみこ》はすでに亡くなっており、太一の父、嘉一の一人暮らしだった。

太一は三十を越えていたが、実家を継ぐと決め、嘉一に練物のつくり方を一から教わった。真知子はしばらく家事に専念していたそうだが、そのうち工場にでて働くようになった。いまよりも伊竹銀座商店街に活気があって、売上げも倍以上だったため、手伝わざるを得なかった。つくればつくるだけ売れる、いい時代だったのだ。

しかし太一が一人前にならないうちに、嘉一が亡くなってしまう。十年以上、一人暮らしだったのがまずかった。食事が不規則で、好きな酒を止めるひとがおらず、太一夫婦が戻ってきたときにはもう、肝臓を壊していたのだ。嘉一の葬式のとき、真知子は子どもを身籠っており、おなじ年の七月に生まれた。これが静香である。親子三人、幸せに暮らしていたのも束の間、静香が五歳のとき、工場で働いていた太一が突然倒れ、そのまま息を引き取った。脳溢血《のういっけつ》だった。

つまり静香の母、真知子は自らの意思とは関係なく、有野練物を引き継ぎ、四半世紀以上もつづけてきたのだ。昔は別段なんとも思わなかったが、母が自分を生んだ年を過ぎたいま、よくもまあ、そんなことができたものだと静香は感心する。

私だったら無理だな。

もっと前の段階で音をあげている。夫の実家に連れていかれ、家業を手伝うなんて、ぜったいに嫌だ。だが母はそのすべてを受け入れた。それどころかいまもなお定休日以外は練物をつくりつづけている。

母にすれば練物屋になるなんて、まったく思いも寄らぬ人生だったはずなのに、どうしてここまで仕事熱心なのか、娘である静香でもよくわからなかった。

「え、マジマジ？　ちょっと待ってちょっと待って。早咲ちゃん、どうすればいいの？」

「落ち着いてください、静香さん。振りむいて芥子《からし》砲を放てば退治できます」

「振りむくのはどのボタン？」

静香が訊ねているあいだに、スマホの画面の中では、バンブーリングが背後から敵にツンツンされ、やられてしまった。これでゲームオーバーだ。

「どうです？　面白かったですか」

「面白いよ。でももうやめとかないと。これ以上やってたら、仕事ができなくなっちゃう」

そう言って、静香はコントローラーを取り付けたスマホを早咲ちゃんに返した。

有野練物は午前十時開店、昼前に一旦、ピークを迎えたあと、午後一時過ぎには客足はぱったり止《や》む。朝早くからおこなっていた練物づくりも一段落し、早番のパートはあがり、母は昼休みに入る。

静香は店番をしつつ、この時間を利用してかいっちゃんで販売する非練物系の下拵《したごしら》えをおこなう。茹でたまごの殻を割ったり、水で浸けてふやかした昆布を切って結ったり、大根やじゃがいも、かぼちゃなど野菜の下茹でをしたりと、地味だが手間のかかる作業が多い。なのでだれかしらに三時まで残ってもらい、いっしょに店番をしながら手伝ってもらう。今日は早咲ちゃんだ。アルバイトの身だが仕事熱心で、有野練物のスタッフの中で唯一、年下なので気を遣わずにすむので、おでん種の下拵えもさくさく進む。

早咲ちゃんの趣味はゲームだ。やるだけではない。つくってしまう。ゲーム好きが高じて中学二年のとき、母親にゲームエンジンを買ってもらい、独学でゲームをつくりだしてから、これまでいくつかのコンテストに応募し、上位の結果をだすほどの腕前なのだ。

この話を早咲ちゃん本人に聞いたのは、彼女がここでアルバイトをはじめて一ヶ月も経たないうちだった。やはり今日のように店番がふたりきりになった際、その頃に発売したばかりのゲームソフトについて話をふったところ、静香さんってゲームやるんですかと聞き返してきたのがきっかけだ。

今日はかいっちゃんの下拵えが一段落したところで、新しいゲームができたんですけど見てもらえます？　と早咲ちゃんがスマホを取りだしてきた。見本の動画を見つつ、どんなゲームか説明を受け、試しにやらせてもらうことになったのだ。

今回の新作のモチーフは、なんと〈おでん〉だった。プレーヤーが操作する主人公、バンブーリング《ちくわ》が、仲間のハーフペン《はんぺん》、ボーン《ばくだん》、イートゥナイト《こんにゃく》を呼びだし、敵のツンツン軍団と戦いながら、おでん帝国の秘宝、フライングドラゴンヘッド《ひりゅうず》を奪還する戦略アクションゲームだ。プログラムのみならず、おでん種達のキャラクターデザインやBGMもすべて早咲ちゃんがつくったというのだからすごい。

「つくる度にグレードがあがってくよね。感心しちゃう」

「ありがとうございます」

早咲ちゃんが礼を言う。ジブリアニメの女の子のように歯切れがいい。

「これもできればなにかしらのコンテストに応募したいんですけどね。まだまだ細かいバグがあって、ぜんたいのつくりこみも甘いんで、来年になってしまうかと。シューカツもしなくちゃいけませんし」

「やっぱゲーム会社、狙っているの？」

「ええ、まあ。でも大手のゲーム会社って狭き門なんで、どうなるかわかりません」

「こんなに面白いゲームつくれるんだったら、だいじょうぶなんじゃない？」

「こんくらい、いくらでもいますって」

謙遜ではないのは、自嘲気味の口ぶりからわかる。ゲーム業界について、まったくわからない自分がとやかく言うのはやめておくべきだろう。静香はそう判断し、下拵えの準備を再開しようとしたところだ。

「静香さんはハロウィン、どんな恰好します？」

早咲ちゃんの不意な質問にいささか面食らう。

「どんな恰好もなにもするつもりはないけど」

「なんでです？　しましょうよ。去年一昨年は自宅でお楽しみくださいって市からの呼びかけで、ほぼ中止に近い状態でしたけど、今年は感染拡大防止の対策をって、マスク着用必須を条件でやることになったんですし。駅周辺の歩行者天国も再開されるって」

その話を静香も知っていた。昨日の昼間、通天閣飯店の主人が有野練物を訪れ、報せにきたのである。シャッター街と化しながらも、伊竹銀座商店街には振興組合があり、長きに亘って彼が組合長を務めているからだ。ハロウィンの日には、この商店街も車両が通行止めになるという話だった。

「再開ってことは前にもしてたんだよね」

「もちろん。静香さん、知らないんですか」

「私が東京へいく前にはやってなかったもの」

「そうだったんですか？　ちょっと待ってください」早咲ちゃんはまだ手元にあったスマホからコントローラーを外し、画面を幾度かタップし、スクロールしてから静香にむけた。「これ、私が高三のときの写真です。このへんで撮ったヤツでして」

早咲ちゃんの自撮りなのだが、その恰好はナウシカだった。自分でも似ているのを自覚していたらしい。そして彼女の背後は祭りかと思うくらいの人通りで、そのほとんどが仮装をしているのもわかった。

待てよ。そしたら。

「市民会館でコンサートがあると、駅周辺が混むじゃない？　あんな感じ？」

「もっとでした。この商店街も混み混みだったくらいで。そうだっ」早咲ちゃんは膝を叩《たた》く。いや、ほんとは叩いていないが、そんな勢いだった。「かいっちゃんには売上げを伸ばす絶好のチャンスじゃないですか。コンサートのときより客が押し寄せてくるにちがいありません」

「私もいまそう思った。たとえばさ、キッズセットをハロウィンセットって名前に変えて、ちくわの代わりにかぼちゃのおばけを入れて販売したら売れると思わない？」

「グッドアイデアですよ、静香さん。私、売り子やりますよ」

「いいの？」

「かまいません。高校のときの友達と仮装して歩く約束はしてますけど、そのへんうろついて、仮装を撮りあってSNSにアップするくらいしかやることないですからね。適当に切り上げて、かいっちゃんにいきます。仮装のまんまでいいですか」

「もちろん。どんな仮装にするか、もう決まっているの？」

「一応。でも当日までナイショってことで」

早咲ちゃんは自分の唇に人差し指を縦に当てる。そうした仕草もジブリアニメの女主人公っぽい。

「楽しみにしているわ」と答えてから、静香は工場の壁にかかったシンプルな時計に目をむけた。もうじき午後三時だ。土曜の今日、かいっちゃんは四時からなので、しばらくしたら開店の準備にかからねばならない。その前に、いまの話を母にしておきたい。かいっちゃんがおえてからでは駄目だ。母は九時には寝てしまうのである。

「早咲ちゃん、ごめん。ちょっと母さんに話してくるから、店番しててくんない？」

母はソファでナマケモノの抱き枕を抱きかかえて横たわり、文庫本を読んでいた。その恰好が、いちばん腰に負担がかからず楽らしい。ヘルニア持ちなのだ。

「母さん、いまいい？」

「なぁに？」

文庫本を閉じただけで起きあがろうとしない母と視線をあわせるため、静香は床にしゃがみ、いましがた早咲ちゃんにグッドアイデアと言われた件を話した。

「そのハロウィンセットとやらを、あなたはいくつ売るつもり？」

「二百」静香の答えに、母が正気を疑う顔つきになる。「ハロウィンの日は平日だけど、午後四時からはじめて十時まで六時間、一時間につき三十三から四個でしょ。メジャーどころのコンサートとときの人出よりもずっと多いらしいし、確実な数字だよ」

「百にしておきなさい」母はぴしゃりと言った。

「それはいくら何でも足りないって」

「足りないくらいがちょうどいいの。八時でも九時でも早めに売り切れたほうが、売れ残って廃棄するよりずっとマシだもの。しかもこれって、はじめての試みでしょう？　なまじ欲をかいたら、失敗するのがオチよ。どんなものか様子を見る程度にしておきなさいな」

母の意見は正しい。だがここでおとなしく引き下がるのは面白くない。

「せめて百五十」母は首を横に振る。「ならば百三十」

食い下がる娘をじっと見てから、「百二十」と母は言った。「これでもし一個でも売れ残ったら、百二十個分の材料費を全額、払ってもらうからね。かぼちゃのおばけをつくるのも手伝ってよ。いい？」

　週が明けて月曜は祝日だった。体育の日改めスポーツの日である。そしてまた、おでんの日でもあった。大手練物メーカーが定めたそうで、一〇一〇《いいおでん》ということらしい。じつは二月二十二日もおでんの日だ。新潟県の越乃おでん会が制定、日本記念日協会によって認定・登録されてもいる。こちらは二二二《ふーふーふー》と、おでんを冷ますときの息が由来だ。正直、どちらもこじつけというか無理矢理な気がしないでもない。

　それでもせっかくなので、〈本日おでんの日、一品サービス〉と便乗することにした。しかし四時から店を開いても、客足はさっぱりだった。それもやむを得ない。先週の金曜から昨日まではコートが欲しいほどの寒さだったのに、今日は打って変わって半袖で過ごせる陽気で、陽《ひ》が沈んでからも生暖かかった。祝日のため帰宅途中のひと達がおらず、テイクアウトもほとんど売れていない。そもそも商店街に人通りがないときた。コインランドリーの利用客も寄ってこない。屋台の商売は天候で左右されるのはある程度、覚悟はしていたものの、ここまでとは思っていなかった。

　午後八時近くなって、ようやくひとり客がきた。つみれさんだ。いつもの席に座り、つみれ三個と焼酎の出汁割を頼むと、分厚い本をだし、カウンターに広げた。

それから十分もしないうちに、伊竹市役所産業振興課町おこし担当の若菜恵があらわれた。きてくれたのはありがたいが、素直にはよろこべなかった。常連がひとりしかいない、閑古鳥が鳴いている実情を目の当たりにされたのが気まずかった。しかし若菜はいつもどおり無表情で、内心どう思っているのか、さっぱりわからない。背広姿なのは、祝日を返上して仕事だったらしい。今年のアタマ、第二回伊竹市活き活きプロジェクトが実施され、七十三件の応募で八件が審査に通り、その開店準備の指導をしてきたのだという。

「今日のオススメはなんですか」静香のトイメンから若菜が訊ねてくる。

「ハロウィン限定のかぼちゃのおばけの練物ですかね。母の力作です。本物のかぼちゃもあります。それと今日は伊竹湾で水揚げされた魚介類でつくったものがいくつかあるんですよ。エビしんじょのエビ、小柱巻の小柱、さつま揚げはタチウオをすり身にしてつくりました」

伊竹湾では九月から五月なかばまで、底引き網漁がおこなわれている。三角形の袋網を海に沈め、船で引き、海底の魚介類を捕獲するのだ。伊竹湾は深いところだと水深が二千五百メートルにも及び、昔からこの漁法がおこなわれていた。エビやタチウオなどは底引き網漁で獲《と》れたもので、魚魯の女主人、悦子さんに勧められ、母が仕入れてきたのである。

「いまおっしゃったのをひとつずつ。それと今日は車ではないので、焼酎の出汁割をもらえますか」

グラスに焼酎を入れ、おでん鍋からお玉で出汁を注ぐ。

「七味、入れますか」

「はい。多めでお願いします」

静香は七味を出汁割に三回かけ、若菜に渡した。彼は口のほうからグラスに寄せて啜《すす》る。つぎに注文の品を皿に盛ってだすと、なによりも先に、かぼちゃのおばけの練物を褒め讃《たた》えた。

「これは素晴らしい。見事なものです。食べてしまうのが勿体《もったい》ないくらいだ。魚のすり身にかぼちゃを練りこんだのでしょうか。しかしそれだけでは、この赤みはでませんよね」

「にんじんも入っています。目や口の黒い部分は、木炭パウダーをすり身に練りこんで貼りつけました」

「味もいい」一口食べてから若菜は言った。「かぼちゃとにんじんの甘みがあって、優しい味わいになっています。これなら子どももよろこんで食べるでしょう」

そこから話は自然と伊竹市で催すハロウィンの話となり、いつからはじまったのかを若菜に訊ねた。

「私が市役所で働きだしてからなので、七、八年前ではないでしょうか。県立大学では文化の日に学祭がありましてね。その宣伝のために学生の有志が仮装をして、町中を練り歩いていたのがはじまりで、年を重ねる毎《ごと》に参加者が増えて、三年振りの今年は五千人を超すひとが集まるのではないかと予想されています」

「それだけの人出であれば、ウチも売上げが期待できますよね」

「もしかして」若菜の口元が僅かにあがる。これが彼の笑みだと気づくのに半年以上かかった。

「ハロウィンの日、かいっちゃんではなにか特別なプランをお考えなのでしょうか」

若菜は察しがいい。静香はハロウィンセットの件を手短かに話した。二百個つくろうとしたところ、母にたしなめられ、百二十個に抑えたこともである。

「さすがお母様、長いあいだ、店を切り盛りしているだけはあります。数字にシビアかつ現実的だ」

母が褒められるのはいいが、同時に自分の浅はかさを指摘されるようで、静香はいまいち面白くなかった。

若菜は最初の皿をきれいに平らげ、大根とたまご、こんにゃくを注文する。つづけて彼は「ここ最近、トラブルやお困りになったことはなにかありますか」といつもの質問を投げかけてきた。

「先週末、私、ここで酔っ払いに絡まれました」

そう答えたのはつみれさんだ。本は開いたまま、若菜に顔をむけている。そして番場バルブの四人が呑みにきたときの話をしはじめた。理路整然としてわかりやすいが、少し鼻息が荒い。

「小園さんなら知っています」

話がおわってから、若菜は徐に言った。番場バルブは伊竹市が主催する町おこしのイベントにも積極的に協力し、小園も現役だった頃にはよく参加していたそうだ。

「礼儀正しくて性格もいい、真面目な青年でした。レスリングなんて興味がなかった私でもファンになり、東京で開催された試合に自腹で応援しにいったほどです。オリンピック直前の怪我のせいで、選手生命を絶たれてしまったのは、ほんとに残念でなりません。もしもコロナがなくて、一昨年にオリンピックが開催されていたら、小園さんもちがった人生を歩めたでしょうに。どんな結果でおわったとしても、いまもまだ選手で、つぎのオリンピックにむけて練習に励んでいたはずです」

表情は変わらず、抑揚のない口調であっても、若菜が残念に思う気持ちは伝わってきた。

「こんにゃくの原料が芋だと知らない彼を莫迦にして、悦にいっていた男はチーフと呼ばれていましたか」

「そうです」つみれさんがコクコクと頷く。「彼も知りあいなんですか?」

「いえ、直接は知りません。番場バルブの広報担当とも親しくさせていただいていまして、その方から引退後の小園さんについて、よく話を聞くんですよ」

小園が選手を引退したのは昨年の六月だった。小園は退職願をだしたものの、一社員として働いてくれればかまわないと社長自らが引き止めたそうだ。

「番場バルブとしては怪我して辞められたら、会社が追いだしたように思われる、社会貢献として、スポーツ振興による地域経済活性化を掲げている番場バルブとしては、そんな噂《うわさ》がたつだけでもマズいでしょうし」

「だけどなんであんなヤツの下で働いているんですか」つみれさんの鼻息がまた荒くなる。

「もともと小園さんは総務部備品管理課だったんです。それをあのチーフが、私にお任せください、彼を立派な営業マンにしてみせますと申しでた。かくして小園さんは営業に異動となったのです。通常だと新人はすでに取引のある代理店への営業が主で、まずはそこで業界や製品についての知識や顧客への提案方法、注文書の内容確認、工場への製造依頼など、営業マンとしてのノウハウを学び、一年後にはひとりで仕事ができるよう育てられる。なのにあのチーフときたら、小園さんが異動してきた翌日、飛びこみで仕事を取ってこいと命じたらしい。それまで社内の備品を数えて、足りない分を発注するだけだった人間が、おいそれとできることではありません。見るに見かねたおなじ部署の同僚が外回りに連れていくと、勝手な真似をするなとチーフが叱りつけ、小園さんは部署で孤立無援となった。それでもへこたれることなく、小園さんは県内だけでなく、近隣県のゼネコンや商社にでむき、自社商品を売りこんだものの、成果はあがらない。するとチーフは定例会議の度に吊るしあげ、罵詈雑言《ばりぞうごん》を浴びせたそうで」

「立派なパワハラじゃないですか。会社はなにやっているんです？」

つみれさんが言った。ここで怒ったとて意味がないのに、鋭い声になっている。

「以前から部下に対してのあたりが強く、社内で何度か問題視されていた人物でありながら、営業実績は抜群、取引先にも評判がいいので、会社側はいつも彼の肩を持ち、すべてうやむやになってしまうのだと、広報担当の方は話していました」

「話を聞いているとチーフはいじめるのが目的で、自分の部署に小園さんを招き入れたとしか思えないのですが」

「おっしゃるとおりです」静香の言葉に若菜は同意する。

「なんでそんな真似を？」とつみれさん。「なにか個人的な恨みでもあるんですか」

「チーフはキャッチボールもできないほどの、ヒドい運動オンチで、スポーツ入社という制度が気に入らず、俺が稼いだ金を運動しかできない奴《やつ》らにつぎこむなんて莫迦げていると、以前から公言して憚《はばか》らなかった。要するに小園さんは恰好の獲物だったわけです」

「そんな会社、辞めちゃえばいいのに」

つみれさんが憤る。彼女がここまで感情を露《あらわ》にするのを見たのははじめてだ。

「そうはいきません。彼には家族がありますし」

「結婚して子どもがいらっしゃるとか？」と静香。

「両親です。闘病生活をつづける父親を母親が面倒を見ているんですよ」小園が選手だった頃には、地方局だけでなく、ＮＨＫでも美談として取り上げられたらしい。「息子の活躍が心の支えだったのに、再起不能で引退してしまった。小園さんが踏みとどまったのは、これ以上、両親に心配をさせまいと思ってのことでしょう」

「小園さん、だいじょうぶですかね」つみれさんが心配そうに言う。

「現役時代、小園さんは粘りの小園と呼ばれていました。どれだけ追い詰められても、粘りに粘って終了間際に逆転勝利することが多かったからです。仕事もおなじように粘って頑張っているように思えます」

だといいんだが。

身体を丸め、広い肩幅を無理矢理狭めていた小園の後ろ姿を静香は思いだす。あんなふうに職場でも上司に小言を言われていたら、たまったものではないだろう。

「あっ」と声をあげ、つみれさんが静香を見あげる。

「もうじき九時です。ラジオ点けてください」
おっと、いけない。静香は棚からトランジスタラジオを手に取り、スイッチを入れる。
♪ふぅぅく、ふぅぅく、福がくる
　口にふくめば福がくる
　福々銘菓の福々ヨォォォカンッ♪
「福々銘菓が九時をお知らせします」
時報が鳴ると、アカコとヒトミの声が聞こえてきた。

静香は翌日から一日一個、てるてる坊主をつくった。ハロウィンの日が晴れることを願ってである。雨が降ろうものなら、すべてがおじゃんだ。そうならないよう、できることと言えば、これくらいしかなかった。

百均ショップで端切れを購入した。白だけでは物足りないと思い、ピンク、赤、黄色、緑、紫など数色だ。頭の中身はちり紙を使い、油性ペンで顔を描き、屋台の屋根に並べていった。

ハロウィンセットは客用のふたり掛けテーブル二卓で販売することにした。たまごや大根などを茹でる際に使う大型鍋で、ハロウィンセットのおでん種三品を実家の工場で煮こんで鍋ごと運び、ＩＨコンロで保温しつつ売っていく。大型鍋はふたつあるので、交代に使って四往復すれば、目標の百二十個に達する計算だ。

屋台の裏側の空き地スペースには、客用のテーブルの代わりにスタンドテーブルを置く。中古品を売買するサイトで、受け取りにきてくれれば、スタンドテーブル三脚を無料で譲るという提供者を見つけた。隣の県だが車で片道二時間とかからない。早速、連絡を取りつけ、定休日に冷凍車でむかい、無事にゲットできた。

屋台で販売するおでん種は、通常の一・八倍でいくことにした。これもまた母に相談し、静香が二・五倍と言ったのをここまで下げるよう命じられたのだ。

ハロウィンセット百二十個分は前日の昼間につくった。母や早咲ちゃん、奈々美々姉妹にも手伝ってもらい、できあがったら粗熱が取れるまでしばらく置いてから、工場の冷蔵庫に入れた。

そのあと、かいっちゃんを夜十時まで営業し、家に帰るとクタクタだった。にもかかわらず、床に就いてもなかなか寝付けず困った。商社で働いていたときのように、仕事のことが頭から離れないのはおなじだが、だからといって不安になったのではなく、やたら気持ちが昂揚《こうよう》していたからだ。期待に胸が膨らんでいると言ってもいい。

ハロウィン当日の売上げ目標は八万円だ。商社にいた頃はチームでこの十万倍、百万倍の金を動かすことが日常茶飯事だった。もしいまの静香を商社の同僚だったひと達が見たら、落ちぶれたと思うだろう。しかし静香自身はいまのほうがずっと充実感があり、仕事に対して前向きでもあった。強がりではなく本心だ。

ふと思いつき、静香はスマホを手にした。先週放送分の『アカコとヒトミのラジオざんまい』をラジオのアプリで聞くためだ。彼女達の軽妙かつ、まったりとしたしゃべりは静香の心を落ち着かせる。そして十分もしないうちに眠りにつくことができた。

ハロウィン当日、てるてる坊主が功を奏したのか、雲ひとつない晴天に恵まれた。

早咲ちゃんが有野練物を訪れたのは午後三時前で、かいっちゃんが開店する一時間も前だった。ジブリアニメの女主人公に仮装してくると思っていたが、まるでちがった。肩まるだしで膝上丈ワンピースを身にまとい、レギンスを穿《は》き、ショートボブのかつらをかぶっており、すべて紫色だった。さらにはモノトーンカラーのアイシャドウを駆使したゴシックメイクを施しているせいで、店頭にあらわれたときはだれも彼女とは気づかなかったくらいだ。

「このコスプレは『オバケデイズ』のニャルラなんですよ」

『オバケデイズ』は日曜の朝に放送中のアニメでコンビニやスーパーで食玩が並んでいるのを、見かけることはある。主人公の男の子、エンリョーくんの宿敵、ドクター・ラヴクラフトの配下で、双子の妹、ホテプと組んで悪事を働く魔女なのだが、大きいお友達からは絶大な人気を誇っていることを、早咲ちゃんは教えてくれた。たしかに子どもむけのアニメのキャラにしてはセクシー過ぎる。

「ホテプの衣装を着るはずだったゼミ仲間の子が、体調不良で今日、休んじゃいましてね。ニャルラとホテプ、姉妹揃ってこそなのに」

そう言いながら早咲ちゃんは自分のバッグから、透明な袋に入った服を取りだす。色違いの緑色ではあるが、彼女の衣装とおなじデザインだと静香はすぐに気づいた。嫌な予感しかしない。しかも的中した。

「せっかくなんで静香さん、着てみません？　私、メイク道具も持ってきましたから」

「三十過ぎて、そんな服、無理だって」

「そんなことないですよ。ニャルラとホテプの声優さんは、おふたりとも四十代なかばですけど、この恰好でステージにあがって唄っていました。静香さんは二十代なかばにしか見えませんし、なによりも脚が細くて長いから、このコスプレ、私より似合うはずです」

それでもまだゴネる静香に、早咲ちゃんは脅し文句のようにこう言った。

「ニャルラとホテプが店頭に並んでいたら、売上げは確実に三割増しです。それでも着ないんですか」

早咲ちゃんの有無を言わせぬ迫力に押され、ホテプのコスプレを着ざるを得なくなった。着替えが済んでから、メイクもやってもらった。マスクで隠れてしまうのだが、唇には黒リップを塗り、口の右端から血糊《ちのり》を滴らせた。ニャルラは左端から血が滴っているんですと言って、早咲ちゃんは自分のマスクを外して見せてくれた。奈々美々姉妹にはよくお似合いですよと褒めてもらい、母には馬子にも衣装だねと笑われた。

そうこうしているあいだに、伊竹銀座商店街は人通りが増えていた。屋台までおでん種にお酒、食器などを運ぶのに一苦労したほどだ。空き地で開店準備をしているうちから、行き交う人々の視線ははっきりと感じた。スマホをむけるひとも少なくない。しかし早咲ちゃんはまるで気にする様子もなく、静香の指示通り、テキパキ動いていた。するとハロウィンセットの売場をセッティング中、大学生と思しき男性三人が、いっしょに写真を撮ってもらえませんかと話しかけてきた。

「ごめんなさい。あと十五分も経てば開店しますので、そのときハロウィンセットを含めて五百円以上をお買いあげくだされば、いっしょに撮ってもオッケーです。ね、静香さん？」

「あ、はい。そうね」

そんなことを決めた覚えはない。だが静香は頷いていた。ハロウィンセットは三百五十円だ。あと百五十円、ラムネや烏龍茶《ウーロンちゃ》といったソフトドリンクか、おでんを単品でもう一個か二個、買う必要がある。もちろん早咲ちゃんはそこまで見据えて言ったのだろう。売上げ三割増しは口からでまかせではなかったのだ。

開店後、ニャルラとホテプと撮影したい客がコンスタントに訪れた。早咲ちゃんにハロウィンセットの売り子を任せ、彼女からお呼びがかかれば、静香は表にでて客とともに写真を撮った。

屋台のほうの客入りは開店当初こそまばらだったが、午後六時を回った頃から満席状態となった。常連はほとんどおらず、大半は大学生らしき若者だ。おでん一皿とドリンク一杯で済ませていくので、滞在時間は長くても三十分程度と回転率が早い。空き地内にあるスタンドテーブル三脚も空くことがなかった。かいっちゃんが三月にオープンして以来、いちばんの盛況ぶりだ。そんな中、静香はハイになっている自分に気づいた。忙しくなればなるほど、気分が昂揚していく。脳内ではドーパミンが噴きでているにちがいない。アルゴスは最初のうちこそ戸惑っていたが、いつしか台車の上で寝そべり、おとなしくしていた。リードは屋台の柱に結わってある。

いつからか駅のほうからマイクを通した男性の声が聞こえてきた。内容までわからないものの、屋台を訪れる客が交わす会話から、ＤＪポリスだとわかった。パトカーの上に設置された台に立ち、マイクを用いて交通誘導をする警官である。渋谷《しぶや》のスクランブル交差点だけではなく、いまや全国そこらじゅうにいるのだとべつの客が話した。ただし伊竹市では今回がはじめてらしい。

静香はその声が気になって仕方がない。駅前までひとっ走りして、ＤＪポリスが何者か、たしかめたいところだが、そうはいかなかった。

「ニャル・シュタンッ、ニャル・ガシャンナッ。ニャル・シュタンッ、ニャル・ガシャンナッ」

静香は早咲ちゃんとふたりで呪文を唱える。そして左手を腰に、右手を前にだし、軽くしなをつくった。ニャルラとホテプは変幻自在で、なにかに化けるときにこうするらしい。真ん中に立つ青年はご満悦だ。その手にはハロウィンセットとラムネがあった。

「こんな感じですが、いかがです？」

スマホの画面を青年にむけ、確認をとったのは若菜だ。ちょうど訪れたところで、自分から撮影を買ってでたのである。

「あ、だいじょうぶです。ありがとうございます」

青年はスマホを受け取り、静香と早咲ちゃんにペコペコお辞儀をして去っていった。

「どうです？　目標の額には届きそうですか」

若菜が訊ねてきた。

「この調子でいけばどうにか」

もうじき八時、この四時間で六万円は稼いだ。ここまでの勢いを考えれば、残り二時間で二万円は射程に入っている。

「それはよかった。私も売上げに貢献します。屋台もスタンドテーブルもいっぱいですから、テイクアウトで千円分、適当にみつくろってもらえませんか」

「わかりました」

「それにしても有野さんが、ここまでがっつりと仮装をなさるとは思ってもいませんでした。コスプレがご趣味だったんですか」

「ちがいます」静香はきっぱり否定した。「売上げ向上のためにとバイトの彼女の勧めでして」

とうの早咲ちゃんはハロウィンセットの売場に戻り、つぎの客の相手をしている。

「若菜さんは仮装なさらないんですか」

「私はこのままです。ある意味、これは私の仮の姿ですので」

にこりともせずに若菜が言うので、静香には冗談か本気かわからなかった。

その後、ハロウィンセットが完売したのは九時近かった。二百個は厳しかったにせよ、百五十個はいけたと思わないでもない。でもこれで母に材料費を払わずに済んだのだから、よしとしようと静香はひとり納得した。

ハロウィンセットの売場を片付け、テーブル二卓はイートインの席として置いておくと、静香でも知っている流行のアニメのキャラに仮装した四人がすぐさま陣取った。そこへ早咲ちゃんが注文を取りにいく。閉店と片付けまで、手伝ってもらうことにしてあるのだ。

伊竹銀座商店街はまだまだ人通りが絶えなかった。ただし仮装をしているひとより背広姿が目立つ。会社をおえて訪れているようだった。屋台の客の話に耳を傾けていたところ、ＳＮＳではだれがはじめたかわからないが、#打倒渋谷というタグがあり、伊竹市に集まろうと呼びかけがおこなわれているらしい。二年半にもおよぶコロナ禍で、マスクを付けていながらでも、少しはお祭り気分を味わいたいと集まってきているのかもしれない。

九時半を回ると、屋台のおでん種もだいぶなくなりつつあった。あと三千円売れれば、目標の八万円に達する。いまから二、三人、新規の客がきてくれればと静香が思っていると、暖簾を開くひとがいた。屋台の客は一斉にそちらに視線をむけ、おしゃべりどころか呑み食いも止めた。

キャットウーマンだったのだ。光沢を放つ黒い革製のスーツは身体にぴったりフィットしており、おなじ素材の仮面で顔の上半分を覆っている。衣装にあわせたのだろう、口には黒い立体マスクをしていた。

「どうしたんですか、その恰好？」

静香にむかって、キャットウーマンが言った。声でだれかがわかった。つみれさんだ。

その言葉、そっくりそのままお返しするよ。

「ウチの美術館で一昨日の土曜からハロウィンの今日までの三日間、館長に学芸員、受付などの事務員、さらには館内にあるカフェの従業員に至るまで、仮装をしたんですよ。来館者にはどの仮装がよかったか、投票もしてもらって、即日開票で、私、一位になったんです」

「すごぉぉい」早咲ちゃんが無邪気に褒め、手まで叩いた。「おめでとうございますぅ」

「ありがとうございます」つみれさんが礼を言う。

午後十時にかいっちゃんを閉め、早咲ちゃんだけでなく、つみれさんにも片付けを手伝ってもらったあとだ。ギャレットに食べいかない？　と提案したのは静香である。そして三人はいま、伊竹駅にむかって歩いていた。

つみれさんと早咲ちゃんは初対面ではない。かいっちゃんで何度か会ってはいる。だが言葉を交わすのは今日がはじめてだ。つみれさんのほうから友達になりましょうと言い、下の名前を呼びあうことになっていた。

早咲ちゃんはニャルラ、静香はホテプのままではある。しかし、肩をだしているのは寒いし恥ずかしいので、静香はアルゴスを実家に連れていったついでに、自分の部屋から持ちだしたカーディガンを羽織っていた。

「だけどどうしたの、その衣装？」

静香は言った。百七十センチ近くで細身の彼女には、キャットウーマンのコスプレがよく似合っていた。いつもは猫背なのに、いまはぴんと背筋を伸ばしている。眼鏡はかけていない。使い捨てのコンタクトをしているそうだ。

「大学時代、友達に誘われて渋谷のハロウィンにいくことになって、自分でつくったんです。今回、母親に頼んで、実家から送ってもらいました」

「渋谷のハロウィンにいったことあるんですか」

驚くべきは手作りの衣装のほうじゃないのと、静香は早咲ちゃんにツッコミを入れたくなる。

「その一回きりですよ。翌年はコロナだったし。まさかこの衣装をもう一度着ることになるとは思ってもいませんでした」

「実家から送ってもらったってことは、すみれさんって伊竹のひとじゃなかったんですね。どこ出身なんです？」

「生まれも育ちも東京です」

「ほんとですか」

「ほんとです」

つみれさんの答えに、早咲ちゃんは納得がいかない顔をしている。野暮ったくて垢抜けない、つみれファッションの彼女が、生まれも育ちも東京だとは信じられないようだ。

伊竹銀座商店街をでて右に曲がり、四車線道路の歩道を歩いていくと、やがて楠《くすのき》があらわれた。駅前のロータリーの真ん中に生えている樹齢百年だかの大木だ。こぢんまりとしたつくりの伊竹駅は、その陰に隠れてなかなか見えない。

「渋谷にも負けない盛り上がりでありながら、とくに事故もなく、怪我人もでておりません。これもひとえに皆様の協力のおかげであります。ありがとうございます」

ＤＪポリスだ。ロータリーの端に停車した大型のパトカーの上にある台の中でマイク片手にしゃべっている。その声は拡声器を通して周囲に響き渡っていた。

「そんな楽しいハロウィンももうじきオシマイです。終電まで上り下りとも電車の本数が五本しかありません。混みあう前にお帰りになることをお勧めします。みなさん、お楽しみのところ水を差すわけではありませんが、今日は平日です。明日は学校も仕事もあります。そろそろおばけから人間に戻って、現実に帰りましょう」

この声ってもしかして。

「ごめん、ちょっと寄り道していい？」

まっすぐいけば繁華街で、五分とかからずギャレットに辿り着く。だがその前にどうしてもDJポリスの顔を見てみたくなったのだ。

「どこいくんです？」

つみれさんに当然の質問を投げかけられ、静香は返答に詰まる。するとだ。

「DJポリス、見にいくんですよね」

早咲ちゃんが言った。なぜわかった？　心が読めるのか？　そんなはずはなかった。

「どういうこと？」

「SNSの#打倒渋谷で、DJポリスの写真が載っているんですよ」つみれさんに訊かれ、早咲ちゃんが答える。「めっちゃイケメンで、DJポリスだけは渋谷に勝ったってバズってます」

言われてみればDJポリスが立つパトカーのまわりには女性が群がり、彼にスマホをむけていた。

「いきましょう」

早咲ちゃんが先頭を切って歩きだし、ちょうど青信号だった横断歩道を渡っていく。するとその途中で、派手なクラクションが鳴るのが聞こえてきた。地鳴りかと思うほどの爆音もする。四車線道路をバイク数台が蛇行運転でこちらにむかって走ってきていたのだ。しかも信号を無視して突っ込んできた。横断歩道を渡っていたひと達は、いずれかの歩道に駆け足で逃げていく。静香達三人は駅のほうへむかった。

令和のいまもこうした輩《やから》がまだいたとは、静香は信じ難かった。ハロウィンの仮装ではない。ガチの本物だ。さらにバイクは駅前のロータリーに侵入し、けっこうなスピードでぐるぐる回りだした。

「そこのバイク七台、ただちに停まりなさい。このロータリーは一般車両進入禁止ですっ」

ＤＪポリスの声が鋭くなる。しかしバイクは停まる気配がない。ロータリーのまわりにいたひと達の大半は足を止めて様子を窺《うかが》っている。スマホで撮影するひとも目立つ。警官の数が瞬く間に増え、俄《にわか》に緊張感が高まっていった。

静香達三人は横断歩道を渡り切ったところから身動きがとれなくなっていた。ＤＪポリスが立つパトカーと十メートルも離れていない。しかし斜めうしろなので、その顔まで見ることはできなかった。

「そちらのライオンさん、ロータリーにでないでくださいっ。危険ですっ。ライオンさんっ」

ＤＪポリスが叫ぶ。安っぽいライオンのコスチュームを身にまとったひとが、バイクが爆走するロータリーに入っていた。駅の真ん前からＤＪポリスのほうに歩いてきているのだが、ひどい千鳥足だ。コスチュームは顔丸だしのタイプではある。しかし街灯の灯りだけでは、たてがみに囲まれた顔は判然としなかった。体つきからして男性ではあるようだ。

不意にあらわれたライオンを避けようとしたのだろう、一台のバイクがハンドルを切り損ね、ロータリー中央の花壇に乗りあげ、樹齢百年の楠にぶちあたって倒れた。とうのライオンは気にも止めず、ふらつきながら前へ進んでいる。

「ラ、ライオンさん、止まってください」

あまりのことにＤＪポリスも動揺を隠し切れていない。するとライオンを囲むようにして、残りの六人がバイクを止めた。

「ざけた真似してんじゃねぇぞっ、俺のダチになにしてくれてんだ、こらぁ」

真っ先にバイクを下りた特攻服の男が、ライオンの胸倉を摑む。拡声器からのＤＪポリスの声にはもちろん劣るものの、ロータリーの隅々まで聞こえる怒声だ。しかしライオンはまったく動じない。それどころか特攻服男の両手をいともたやすく払いのけ、歩きだそうとした。

「ひとの話、聞いてんのかよ」

特攻服男が自分の前に立ち塞がると、ライオンは腰を落とした。そして相手の懐に入ると両脚を抱きかかえ、前に進みながら立ちあがる。

「うわっ」

悲鳴とともに特攻服男は背中から倒れていく。なおかつ仰向けの彼の上にライオンは覆い被さり、動きを封じてしまった。十秒とかからぬ早業に「おぉぉぉお」と感嘆の声が沸き起こった。

「あれってレスリングの技ですよね」静香の隣で早咲ちゃんが呟《つぶや》く。「もしかしてあのひと」

「痛《いて》ぇな、放せよっ。てめえらなにぼさっと見てんだ、助けねえのかよっ」

特攻服男が怒鳴り散らす。しかし仲間はいっこうに動こうとしない。ライオンに圧倒されているのだ。

「申し訳ありません、ライオンさん。あとは我々にお任せ願えないでしょうか」

「DJポリスだって、ああ言ってるじゃないッスかぁ」特攻服男の口調は嘆願に変わっている。

「もう勘弁してくれよぉ」

「こんにゃくはなんでできてる？　答えられたら放してやってもいい」ライオンが言った。

「こんにゃく芋っ」

「知っているんだ」

「当然だろ。そのくらい小学生だって知っているさ。ひとを莫迦にすんのもたいがいにしろっ」

約束どおり特攻服男を解放すると、ライオンはふらふらと立ち上がった。すると丸出しの顔に街灯の灯りが射《さ》す。小園英明にちがいなかった。

「莫迦なのは俺だ。俺はなんにも知らないんだ。こんにゃくのことばかりじゃない。パソコンどころかコピー機やファクシミリの使い方、電話の取り方や名刺の出し方、お辞儀の仕方、タクシーに乗る順番、あらゆるビジネスマナーをひとつも知らなかった。こんな俺が会社で働いていたって意味がないんだ。レスリングができなくなったいま、俺は会社どころか世の中にとっても不要な人間なんだ」

独り言にしては声がデカすぎる。だれかに訴えかけているわけでもない。かと言って酔って管を巻いているだけにしてはあまりにも切実だった。

「知っていることより知らないことのほうが多いのは当たり前です。知らないことがあれば調べて知ればいい」ＤＪポリスが噛《か》んで含めるように言った。「それに我々みんながいるからこそ、世の中は成り立っているのです。だから不要な人間なんてひとりもいません」

その言葉が心に刺さったのか、小園は人目も憚らずにおいおいと泣きだし、膝から崩れ落ちて、その場にしゃがみこんでしまった。


ハロウィンの日、かいっちゃんの売上げは目標の八万円プラス三千五百五十円だった。十月の総売上げは二十六万円七千円と、目標の二十五万円を上回ることができた。しかし翌日はもとの閑散とした伊竹銀座商店街に戻り、かいっちゃんには片手で収まる程度しか客がこなかった。
#打倒渋谷のタグには静香と早咲ちゃんのコスプレ姿が何枚もアップされていた。かぼちゃのおばけの練物もである。〈おでん、おいしかったぁ〉〈また食べたぁい〉というコメントも少なくない。またのお越しを心からお待ちしております、と静香はスマホにむかって拝んだ。
#打倒渋谷でなによりもバズっているのは、ＤＪポリスだった。写真の数は半端ない。あらゆる角度から撮られている。やはりそうだ。思ったとおり、高校のときの元カレ、辺根六平太だった。
いまでも人気あるんだなぁ、六平太。

静香は誇らしく思う。だがそれについてひとに話す気は起こらず、スマホで六平太の写真を見て、ニヤつくだけだった。

ハロウィンから四日後、昼間に木枯らしと思しき冷たい北風が吹き、夜になって止んだものの、冷えこみは厳しかった。足元から底冷えがするほどだ。なおかつ金曜の夜ということもあって、かいっちゃんはまずまずの混み具合となった。常連だけではなく、ハロウィンのときにきた学生も幾人か連れ立って訪れていた。静香の願いが通じたのかもしれない。テイクアウトも順調だ。キッズセットだけでなく、松竹梅のおうちでおでんセットも売れていった。

九時をまわると客もだいぶ引いていき、つみれさんとふたりきりになった。もう一波こないかなと思っていると、屋台の外に、ひとが立ち止まっているのに気づいた。暖簾があるので腰から下しか見えないが、どうやらスーツ姿の男性っぽい。

「まだやってますので、どうぞお入りください」

静香は声をかけてみる。すると入ってきたのは小園だった。

「おひさしぶりです」と静香は思わず言ってしまう。

「俺、あ、いや、私のこと、覚えていましたか」

「番場バルブの方ですよね」

「はい。先日はお騒がせして申し訳ありませんでした」

「あなたが詫びることはありません」

つみれさんが言った。そのときになって彼女に気づいたらしい。小園は「ど、どうも」とペコペコ頭を下げる。

「どうぞお座りになってください。最初はビールでも？」

「はい。あ、いえ、俺、酒やめたんで。ラムネください」

そう言ってから小園はメニューに視線を落とす。

「ちくわにはんぺん、大根、たまご、もち巾着、さつま揚げ、つみれ、いか団子、エビしんじょ、それとこんにゃくをそれぞれ二個ずつください」

「そんなに？」

「駄目ですか？」

「とんでもない」

つみれさんは、分厚い本を開きながらも、上目遣いで小園を窺っているのはバレバレだった。

ひとつの皿には乗り切らない量なのでふた皿に分けてだす。

「いただきます」子どものように両手をあわせて大きな声で言ってから小園は食べはじめた。

いまもまだキツネ目にパワハラを受けているのだろうか。そうでなければ、ハロウィンの夜、あんなことにはならないだろう。#打倒渋谷のタグにはライオン姿で号泣する小園の写真もアップされていた。気の毒としか言いようがない。

しかし目の前で大きな口を開き、おでん種を平らげていく当人は、なにひとつ悩みがないように見えた。そう振る舞っているのか、あるいは自分の中のわだかまりが吹っ切れたのかもしれない。

「俺の気のせいかなあ」

独り言にしては大きな声で小園が言った。

「なにがです？」と静香は訊ねてみる。

「このこんにゃく」いままさに小園は食べていた。「ふつうのと比べて、やわらかくって弾力があるだけじゃなくて、出汁がよく沁みこんでません？　噛むたびに溢れでてくる感じがするんだけど」

「気のせいなんかではありません」こんにゃく芋を摺りおろし、ノリ状になったら、バタ練り機という鉄の箱に入れる。その中にある羽根を回すことによって、空気を巻きこみつつ練っていくと、こんにゃくに均一ではない気泡ができて、そこに出汁が沁みこむのだ。

「昴田山《すばるたやま》の麓のこんにゃくの専門店でつくっていて、そちらの主人に教えてもらったことなのでまちがいありません」昴田山は伊竹市の北端にある市街地と隣接したクジラに似たカタチの山だ。標高は二百メートルにも満たないが、伊竹市のシンボルとして市民に親しまれている。「その店の裏側にはこんにゃく畑が広がっているんです。ちょうどいま時分、こんにゃく芋を収穫しているはずです」

「そのこんにゃくのお店に連れてってもらえませんか」

「え？」小園の突然の申し出に、静香は面食らう。

「知らないことは調べて知ればいいと、ひとに言われたんです」

「面白そう」つみれさんが本を閉じて顔をあげた。「私もいきたいです。静香さんもどうですか」

「あ、うん。そうね」突然の誘いに思わず頷いてしまう。

「ではまず、いついくか決めましょうか」

「俺は土日で。あ、いや、いつでもかまいません。有休とりますから」

「私もそうします。だったら静香さんが休みの水曜はどうです？」

小園もつみれさんも声が弾んでいる。

だれかとでかけるなんて何年ぶりだろう。

静香は気持ちが華やぎ、自然と笑みがこぼれている自分に気づいた。

そうだ。ときには人生を楽しまないと。

第3話　がんもどき

「がんもどき三個に、ちくわ二本、焼売巻三個、たまねぎ天としょうが天をひとつずつ」

三十代なかばの女性が矢継ぎ早に言っていく。有野練物の店頭は練物を入れた銀色のバットに、母が油性ペンで書いた値札を立てて並べてある。だがそれぞれの値段は静香の頭にインプットされており、客が言う練物をトングで摑んで竹籠に入れると同時に、がんもどき百円×三個＋ちくわ百円×二本＋焼売巻百十円×三個＋たまねぎ天九十円＋しょうが天九十円と暗算していく。

戻ってきたばかりの頃はいささか手間取った。しかし小学校三、四年から高校まで店を手伝っていたので、すぐに勘を取り戻し、そつなくこなせるようになった。十数年前から値段はあがっているものの、せいぜい十円から三十円だ。

「千十円になります」

「ママ、ウインナーまきは？」

女性の隣にいた男の子が言った。五歳くらいだろう。黄色い帽子を被り、近所の幼稚園の制服の上に、ダッフルコートを着ている。そして『オバケデイズ』の主人公、エンリョーくんがプリントされたマスクで、口を覆っていた。

この母子は週に二、三回、幼稚園のお迎えの帰り、有野練物に寄っていく。ふだんは四、五品だが、今日はおでんにするらしくだいぶ多めだ。

「そうだったわね」と男の子に答えてから、母親は静香に言った。「ごめんなさい、がんもどきを二個にして、ウインナー巻二本にしてください」

竹籠からがんもどき一個をだし、ウインナー巻を二本足す。ウインナー巻は百二十円だ。百円引く足すことの百二十円×二だから「千百五十円です。他にはなにか」

「ママ、あれほしいっ」と言って男の子が指差したのは、サンタクロースだった。

「あら、かわいい。これも練物？」

「はい。他のとおなじ魚のすり身に野菜パウダーを使って着色したんですよ」

「じゃあ、それも」

ハロウィンの際、限定販売したかぼちゃのおばけとおなじく母の力作だ。かぼちゃのおばけはぜんたいが一色で、目や口をつけるだけだった。しかしサンタクロースは顔だけつくるにしても、帽子と顔とヒゲの三色が必要な分、手間がかかる。顔の大半を占めるヒゲの白のすり身を土台に、野菜パウダーを混ぜた赤と白のすり身を薄くして貼りつけてあるのだが、ひとつひとつ手作業だった。一日限定三十枚、イブとクリスマス当日は両日ともに百枚を売る予定だ。ちなみに十一月はこれといった行事がないため、いちょうの葉のカタチのをつくったが、売上げはいまいちだった。

静香は竹籠に入れた練物をビニール袋に入れて口を結ぶ。口の先を引っ張れば、簡単に開くことができる引き解け結びだ。これを紙袋に入れる。そして決済端末機を差しだすと、母親から受け取ったスマホを男の子がタッチした。そして練物が入った袋を彼に渡す。

「今度の日曜にこういうのがあるんですが、よろしければどうぞ」

がんもどきのつくり方教室のチラシだ。毎月第三日曜、伊竹市活き活きプロジェクトのうち、飲食店のオーナーやシェフが講師を務め、自分の店のメニューを一品教えるという料理教室が、秋口から市民センターの調理室でおこなわれている。そして四回目の今回、静香にお鉢がまわってきた。この催しの主催者で運営も兼ねているのが伊竹市役所産業振興課町おこし担当の若菜恵だ。彼からは家でも手軽にできる、おでん種でお願いしますとの要望があった。

となるとはんぺんやちくわ、さつま揚げなどは魚のすり身が必要なので難しい。考えた末にがんもどきと相成った。会場は市民センター二階の調理室で午後二時から大人百円、中学生以下はタダ、食材はこちらで準備し、参加者が持参するのはエプロンだけという旨がチラシに書いてある。

今日は火曜なので五日後だ。午前中、若菜から二十人になったとLINEが届いた。ちなみに静香ひとりだと大変そうなので、早咲ちゃんにアシスタントをお願いしたところ、二つ返事で引き受けてくれた。もちろんバイト代は支払う。

「がんもどきが自分でつくれるんですって。マモル、つくってみたい？」

「つくる、つくるぅ」

よっしゃ。

「この子、最近、料理に目覚めちゃいましてね。夕飯をつくるときはいつも手伝ってくれるんです」

「まぁ、すごい」静香は必要以上に大きなリアクションをとった。「男の子なのに料理をつくるのが好きなんてえらいわね」

「リョーリをつくるのに、オトコのコもオンナのコもないよ」

「あ、うん。そうね」小さな子どもに真っ当な意見を言われ、静香はしどろもどろになる。「えっとあの、お名前と連絡先を教えてくだされば、いま予約しますが」

「いたけようちえんももぐみのアンザイマモル、五さいです。アンシンのアンにトーザイナンボクのニシ、マモルはうかんむりのマモルです。よろしくおねがいします」

守くんは大きな声で言い、深々と頭を下げる。母親の携帯の番号も教えてもらい、スマホに打ちこむとＬＩＮＥで若菜に送る。

母子は商店街を住宅街のほうへと去っていった。母親と手を繋いで歩きながら、こちらに顔をむけて、もう片方の手を振りつづける守くんに、静香は店先に立って振り返した。守くんの愛らしい仕草を見ると、カレシはさておき子どもは欲しいと思ってしまう。

クリスマス間近にもかかわらず、伊竹銀座商店街はひっそりと静まり返っていた。静香が子どもだった頃は、どの店にもクリスマスの飾りつけが施され、陽が沈めば街路樹に巻きつけられたイルミネーションが光り輝き、街灯に設置したスピーカーからは四六時中、クリスマスソングが流れていた。いまはさっぱりだ。これではサンタクロースも気づかずに素通りしてしまうだろう。

伊竹市は古くからの港町なので、漁業関係者が多い。だが昭和のおわりから宅地開発が進み、県庁所在地のベッドタウンの一面もあり、サラリーマンの移住者も増えていた。伊竹銀座商店街はそのおかげで盛況だった時期があったのだ。ところが新興住宅街のむこうに大型ショッピングモールができた途端、客を根こそぎ持っていかれてしまい、瞬く間に廃れてしまったのである。

県立大学があっても学生の町とは言い難い。日用品や食品、電化製品などの売店や、カフェ、レストランといった飲食店がキャンパス内に充実していて、わざわざ町にでる必要がない先日のハロウィンみたいなことは超レアケースなのだ。遊びにいくとなると、県庁所在地まででていく。現役の県立大生の早咲ちゃんが言うのだから間違いない。

「静香さぁん、おいも、茹《ゆ》であがったんで、鍋からだしますねぇ」

「お願ぁい」

工場にいる早咲ちゃんにむかって言う。彼女にはかいっちゃんの下拵えを手伝ってもらっているのだ。すると肩寄せあう女性三人が有野練物の前で立ち止まった。花柄の立体マスクで口を覆い、赤、緑、黄色と色ちがいのコートを着ている。三人とも五十代なかばから後半といったところか。

「こんにちは」

黄色の女性が、静香に軽く会釈をしてきた。常連客だとそのときになって気づく。いつもと少し雰囲気がちがっていたのだ。

このひとって。

「ママッ」工場にいた早咲ちゃんが叫び、店頭まででてきた。

「あら、早咲。おひさしぶり」

「この子がリーダーの娘さん？」緑の女性が早咲ママにむかって言う。

「こんなかわいいお嬢さんが、リーダーの娘のはずないでしょ」赤の女性が笑いながら言った。

なぜリーダー？

「正真正銘の娘よ。よくご覧なさいな。目元と鼻筋はそっくりでしょ」

「ちょっとごめんなさいね」と断ってから、緑が早咲ちゃんに顔を近づけ、しげしげと見る。

「言われてみればたしかに似てる」

「娘さんのほうが目鼻の位置が整っているわ」と赤。

「ヒドくない？」

早咲ママが文句を言うと、三人は揃って笑いだす。彼女達に気圧《けお》されながら、早咲ちゃんが恐る恐る訊ねた。

「おふたりはお母さんといっしょにお住まいの」

「そうよ。緑がヨシエで、赤がミワ」

「リーダー、紹介が雑」と緑のヨシエ。丸顔でふっくらとした頬に黒目がちな瞳がリスやハムスターなどの小動物を思わせる。

「昔っからそうじゃない、リーダーは」赤のミワは骨格ががっちり、目鼻立ちははっきりと、インパクトがある顔立ちである。こちらも動物に喩《たと》えるならば虎といったところか。

ふたりに比べると早咲ママは至ってふつうだ。凹凸のない平べったい顔で、これといった特徴がなく、喩えられる動物がなにも思いつかない。

「今夜はおでんパーティーをすることになったんで、あなたがバイトしているここにきたのよ」

「こんなに種類があるとは思っていなかったわぁ」店頭に並ぶ練物を眺めながらヨシエが言う。

「どれもおいしそうで迷っちゃう」

「だったらこうしない？」とミワ。「リーダーの娘さんに選んでもらいましょうよ。ね？」

「どう、早咲。やってくれる？」

「お客さん相手ならば、そのくらいしますよ」

早咲ちゃんは竹籠を左手、トングを右手に持つ。他には客はいないし、くる気配もないので、工場に戻ってもよかったのだが、静香はその場に残って様子を窺うことにした。早咲ママを含めた三人の女性が気になってならなかったからだ。

「スタンダードなのでいい？　ちくわにはんぺん、さつま揚げ、がんもどき、もち巾着」

「いいわよ。どれも三個。こんにゃくもいただける？」

こんにゃくは専門店から一個ずつビニールの袋に詰めた状態で仕入れており、そのまま銀色のバットに並べていた。

「他に欲しいものがあれば言ってちょうだい」早咲ママは友達ふたりに言う。

「これも」ヨシエがエビしんじょを指差す。

「私はウインナー巻に餃子巻に焼売巻」

「あんたはわんぱく坊主か」ミワに早咲ママがつっこむように言う。するとまた三人は声をあげて笑った。まるで箸が転んでもおかしがる女子高生のようだ。

「見て、かわいい」つぎにヨシエが指差したのはサンタクロースの練物だ。「私、これ、いただくわ」

「私も」とミワ。

「じゃあ、サンタを三個」

三人に言われるがまま、早咲ちゃんはトングで練物を挟み、竹籠に入れていく。

「楽しそうね、ママ」

「もちろんよ」なんのてらいもなく早咲ママは答えた。「こんなに楽しいの四十年ぶりだわ」

「年末年始どうするの？　ウチに帰ってくる？」

「駄目よ。みんなと沖縄へ旅行にいくんだもの」

「沖縄？」早咲ちゃんは母親をじっと見つめた。だがそれ以上、なにも言わなかった。

「ぜんぶでおいくら？」

「三千五百二十円になります」早咲ちゃんが答える。正解だ。静香も暗算していたのである。

「ここはスマホで支払い、できる？」

「いつスマホにしたの？」早咲ちゃんが母親に訊き返す。

「ひと月くらい前だったかな。ガラケーじゃＬＩＮＥできなくて不便でしょって、このふたりに言われちゃってさ。あなたに言ってなかったかしら」

「初耳」早咲ちゃんが不服そうに言う。

「でも早咲からの電話、スマホででていたのよ。ガラケーのときより聞こえがよくなかった？」

「そんなわけないでしょ」

「だってガラケーより、私の声がはっきり聞こえるって、このふたりが」

「やだ、信じてたの？」とヨシエ。「チョーうけるんですけどぉ」とミワ。

「勘弁してよ、あんた達」

そしてまた三人で笑い転げた。仲間に加わりたいほど楽しそうだが、そうはいくまい。

「そうだ、早咲、ＬＩＮＥのアドレス交換しておきましょうよ。ね？」

頷きながらも、早咲ちゃんは釈然としない顔になっている。それはふてくされているようにも見えた。


工場に戻ってから静香と早咲ちゃんは作業台に並んで、鶏の挽肉にたまねぎとにんじんのみじん切りを混ぜあわせたものを、油揚げに詰めこんでいた。肉いなりと呼ばれている金沢おでんの一品で、今日の巾着として、かいっちゃんでだす。最初、二十個つくるつもりが、十四個にしておいた。いまはまだ曇り空だが、スマホの天気予報アプリによれば、六時過ぎから雨が降りだすとあったからだ。雨の日は客足が鈍るし、屋台の外のテーブル二脚もださないので、おでん種はふだんの七割に抑える。

「さっきのママ達を見て、静香さん、どう思いました？」

「楽しそうで羨ましいくらいだったよ」伊竹市に戻ってから、昔の友達とはひとりも会っていない。都落ちした自分が恥ずかしくて会う気になれないのが正直な気持ちだった。「あの三人はどういう仲なの？」

「アイドルグループだったんです」

「え？」

静香は手を止め、早咲ちゃんのほうに顔をむける。油揚げに具を詰めこむ彼女はジブリアニメの女の子とおなじ真剣な表情だった。とても冗談や嘘を口にしたとは思えない。

「高一の夏休みに三人で、東京へオーディションを受けにいって合格して、一年後にはセイレーンズっていう名前でデビューしたんです。ところがその直後に所属事務所が倒産、デビューシングル一枚だけで、引退を余儀なくされてしまって」

セイレーンの複数形はセイレーネスじゃない？　とも思ったが、いまここで訂正してもなと言わずにおいた。

「お母さんがリーダーって呼ばれていたのは、当時そうだったから？」

「ええ。でもセンターはミワさんだったみたいです。それとコートの色、ママが黄色で、ヨシエさんが緑、ミワさんが赤だったのも当時のメンバーカラーなんですよ」

「いまでもつきあいがあるってこと？」

「それがですね。デビュー前に三人で上京して、東京の高校に転入までしたのに、三ヶ月足らずで地元に帰ってきてしまって、当時はけっこう大変だったらしいんです。辞めた高校に戻るわけにもいかず、口さがないひと達にはとやかく言われ、あらぬ噂が立ち、家庭でも居場所がなかったそうで」

言われてみれば遥《はる》か昔、静香が小学生だか中学生だった頃、この町にアイドルになりかけたひとがいる話を耳にしたことがあったのを思いだす。

「それでもというか、だからこそ三人はお互いを励ましあい、友情を深めていき、四十年近く経ったいまも強い絆《きずな》で結ばれているのはいいんですが」

「ですが、なに？」静香は思わず先を促すように訊ねてしまう。

「ひと月半前から三人でシェアハウスをはじめたんです」

「いまになって？」

「夏の盛りにヨシエさんの旦那さんが亡くなったんです。子どもがいなくて、ひとりぼっちだったせいで、半病人のような状態に陥り、ママとミワさんで彼女の自宅に通って面倒を見ているうちに、いっそのこと、三人で暮らそうって話になって」早咲ちゃんは小さくため息をつく。「ママがいなくても、私は平気なんですが、問題はパパなんです。結婚して二十年以上、家のことはお母さんにぜんぶ任せてきた、いまになってやれと言われてもできないって。料理や洗濯、掃除、ゴミだしに布団干し、風呂を沸かすのも、ぜんぶ私がやらなきゃいけなくて」

早咲ちゃんの父親の勤め先は、県庁所在地にあるガラス繊維を製造販売しているメーカーだという。去年、六十歳で定年退職をしたものの、その後も再雇用で、おなじ会社で働いているそうだ。ただし出社は週に三度、それも午前十時から午後四時までなので、娘よりも家にいる時間が圧倒的に多い。

「こっちは就活がはじまっているのに、ふざけるなって話ですよ。やり方を教えるんでやってほしいって頼んでも、聞く耳を持ちません」

父親に対する怒りのせいか、早咲ちゃんは頬が赤く染まっていた。

「私、東京のゲーム会社の冬インターンに参加できることになりまして」

就職を望む会社で仕事体験ができるインターンシップは、静香が大学の頃、あるにはあったものの、いまのように一般化はしていなかった。辞めた商社でも、はじめたのは数年ほど前からだったように思う。ゲーム会社の名前を訊ねたところ、静香でも知っている大手だった。

「夏のは選考に洩《も》れちゃったんですけど、今回は通ったんですよ」

「いつ？」どうしていきなり話題を変えたのか、妙に思いつつも静香は訊ねた。

「一月第三週の月曜から金曜です。なのですみませんが、その五日間、お休みをいただければと」

「もちろんかまわないわ。でも五日間、東京で泊まりがけになるわよね。だいじょうぶ？」

「最初、ビジネスホテルに泊まる予定だったんです。でも一昨日、すみれさんとＬＩＮＥでやりとりしてたら、実家に泊めてあげてもいいって」

早咲ちゃんとつみれさんはハロウィンの日以来、友達としての距離を一気に縮めていた。友達になってくださいという、つみれさんの願いを早咲ちゃんが素直に受け入れたのである。

「静香さん、知ってました？　すみれさん家《ち》って渋谷なんですって。そう言われれば、すみれさんって、いつも気取らないナチュラルな装いで、ありのままの自分をさらしているところが、都会のひとだなって感じしますもんね」

つみれ色のファッションが気取らないナチュラルな装いに見えなくもないし、ボサボサの髪のノーメイクがありのままの自分をさらしているということなのだろう。物は言いようだ。

「インターンに参加するのであれば、内定はほぼ確実なんじゃない？」

「もしそうだとしたら大学をでる再来年の春には、いよいよもってパパひとりで暮らさなきゃいけないのに」

そうか。話はそこに繋がっていくのか。

「そのときにはお母さんが家に戻ってくるんじゃないの？」

「パパの世話するためにですか」早咲ちゃんの声が鋭くなった。「そんなのママがかわいそうですよ」

もっともだと静香は自分の発言を反省する。

「ここはもう、パパに独り立ちしてもらわなきゃ駄目なんです」

あたかも自分の父親が目の前にいるかのように、早咲ちゃんは言った。もしかしたらそのときに備えての予行演習なのかもしれない。そんな彼女を静香はちょっとだけうらやましかった。五歳のときに亡くした父親のことはほとんど記憶にない。だから父親に腹を立てたり、ウザがったりするのが贅沢に思えてならなかったのだ。


困ったなぁ。

静香はマスクの中で呟いてしまう。幸い、目の前の客には聞こえなかったようだ。ビニールシートに叩きつける雨の音が騒々しいせいだろう。午後六時頃には小雨がぱらつきだし、二時間経ったいま、ずいぶんと大粒になってきた。屋台が置いてある場所はただの地べたなので、雨が降るとぬかるんでしまう。椅子にかかとが乗せられる棒はあるものの、客には足元にお気をつけてくださいと注意する。傘は預かって、静香のほうに立てかけておく。静香自身は工場で履き古したゴム長靴を履き、アルゴスは台車の上で身体を丸めて眠っていた。

予想どおり雨が降ると客足がめっきり減ってしまう。雨の日サービスで一割引にしたところで、テイクアウトはそこそこ売れたものの、イートインの客はほぼいない。

だが静香が困っていることは他にもあった。

いま屋台にいる唯一の客が困ったひとなのだ。先月のアタマから週に二、三回は訪れるので、常連と言っていいだろう。名前は二本柳洋《にほんやなぎひろし》、年齢五十八歳、誕生日は七夕、職業フリーカメラマン、身長百七十二センチ、体重六十八キロ、体脂肪率十二パーセント、好きなおでん種はたまご、好きな音楽はラテンジャズ、好きな映画監督はルイ・マルとキューブリック、好きな作家はチャンドラーとヘミングウェイとブラッドベリなどなど、どうしてここまで知っているかと言えば、訊ねてもいないのに、二本柳が勝手にしゃべるからだ。よほど自分が好きらしく、話題がいつも自分のことばかりだった。

いまも二本柳は自分の話をしていた。二十代の頃、当時ベストセラーだった旅行小説の主人公が自分と同い年で、すっかり感化されてしまい、仕事をすべて投げだし、香港からインドを経由して、一年がかりでヨーロッパへむかう旅をしたときの話である。いくらでも面白そうな内容なのに、退屈極まりなかった。しゃべりは下手どころか流暢なのだが、どんな些細なことも自慢げに話すのが鼻につき、心に訴えかけてこない。自分の話に自分で笑うところもいただけない。おかげで静香の頭にはまったく入ってこなかった。しかし相手は客である。シカトはできないので、要所要所で相槌《あいづち》を打ち、適当に頷いていた。

彫が深くて、イケメンと言っていい顔立ちだ。白髪混じりの髪はツーブロック、鼻から下の顔半分に蓄えた髭《ひげ》は、いつもきれいに手入れがなされている。どんな服装のときでも首にスカーフを巻き、芳しい香水の匂いを漂わせ、シルバーだかプラチナだかの指輪やブレスレットを塡めている。一昔前に流行《はや》った言葉で言えば、ちょいワルオヤジといったところか。これまた本人が勝手に話したのだが、父方の曾祖父《そうそふ》がアイルランド人で、黒目が少し青みがかっているのだという。よく見てくださいと顔を近づけてきたものの、まるでわからなかった。

ここまでならば、ちょっと毛色の変わった客だ。自分の話しかしない客は他にもいる。下ネタは言わないし、酔って絡んでくることもない。あくまでも紳士的だ。

ではどこが困ったひとなのかと言えば、二本柳は客がいないときを狙って訪れているとしか思えないからだ。確信はない。しかし屋台にひとりでも客がいると、通り過ぎていく彼を何度か見たことがあった。そして今日のように天候が悪い日にはぜったいにくる。こういう日は客が少なく、私とふたりきりになる確率が高くなるからではないかと静香は勘繰っていた。

百歩譲ってそこまでは我慢しよう。なにより困ったところはじっとりとした視線で、静香をときどき見つめることだった。酔いが回るとなおさらだ。実害を被っていないにせよ、セクハラ以外の何物でもない。はっきり言ってキモい。

だれかきてくんないかなぁ。

「でね、スペインからポルトガルに入ったのが、ちょうどいま頃、クリスマスシーズンだったんだ。そしてリスボンであるお菓子を食べたんだけど、なんだと思う？」

知るかよ。

「さあ、なんでしょう」

いかにも興味深そうに静香は訊ねた。商社に十年も勤めていれば、これくらいの芸当はできる。

「フィリョースっていう、小麦粉とたまご、イーストを混ぜて油で揚げて、砂糖とシナモンをかけた、揚げパンみたいなヤツだったたんだ。これは帰国してから知ったんだけど、十六世紀後半、戦国時代の日本にも伝来していてね。がんもどきを関西方面ではひりゅうずと呼ぶのはご存じですか」

「ええ、まあ」飛龍頭と書いてひりゅうずだ。早咲ちゃんがつくったゲームにでてくるおでん帝国の秘宝、フライングドラゴンヘッドがまさにこのことだった。

「ひりゅうずの元がフィリョースだという説がありましてね。遠く異国の地、ユーラシア大陸の西端で、日本と繋がりがあるお菓子を食べていたなんて、思ってもいませんでした」

ああ、そうですか。

「そう言えば今度の日曜、がんもどきのつくり方教室があるでしょう？」

「あ、はい」

八月末にツインパインズと伊竹美術館のチラシを屋台の側面に貼ってからというもの、ウチのチラシもお願いできますかと頼まれることがしばしばあった。しばらく直《ちょく》に貼って、透明ビニールで覆い、雨風を凌いでいたのだが、それでもやはりヨレヨレになって、剝がれてしまうことが多かった。そこで屋台の側面にちょうどおさまるパネルを購入し、チラシを挟んで掲げるようになった。いまは伊竹美術館で開催中の『ウ〜サギ、ウサギ、なに見て跳ねる？　古今東西ウサギ絵画大集合展』、少年野球チーム募集、市民ホールの落語会などに混じって、がんもどきのつくり方教室もずいぶん前から貼ってある。

「私も友達と参加させてもらうことになりまして」

マジかよ、という内心が顔にでないよう、静香は無理矢理、笑顔をつくらねばならなかった。

「友達って、カメラマン仲間とか？」

「いえ、ふつうの会社員さんです。最近、ちょっとしたことで知りあいになりまして」

「こんばんは」番場バルブの小園だ。屋台を囲む透明のビニールシートの境と暖簾の分け目を重ねてある。そこから彼は顔をだしていた。身体がまだ外なのは、傘を畳んでいるからだろう。

「こんばんは」つづけてあらわれたのはつみれさんである。彼女は静香の右側から入ってきて、いつもの席に腰を下ろした。

「駅で待ちあわせでもしてきたの？」

そう訊ねながら、静香は傘を入れる半透明な長細いビニール袋をふたりに渡す。おなじ伊竹市内でも番場バルブは上りのひとつ先の広須《ひろす》駅、伊竹美術館は下りのひとつ先の相会江丘陵公園駅がそれぞれ最寄りになるのだ。

「駅からいっしょにきましたけど偶々《たまたま》です」

答えたのは小園だ。そのあいだにつみれさんはいつものように分厚い本をだし、広げている。

そして「つみれ三個に焼酎の出汁割ください」と注文してきた。

先月のアタマ、つみれさんと小園、静香、さらに早咲ちゃんも誘い、四人で昴田山の麓にあるこんにゃく専門店へ見学にいった。現地に着くなり、畑に連れていかれ、こんにゃく芋の収穫を手伝った。機械で掘り起こした芋を、手作業で集めていったのだ。それだけでもけっこうな仕事量だった。

こんにゃく芋は生子《きご》と呼ばれる種芋を植えて、収穫までに三年はかかる。ただし三年植えたままにしておくのではなく、毎年十月下旬から十一月頭に翌春に植え直す二年目、一年目の芋もぜんぶ掘り返す。芋は寒さと水分に弱く、畑では冬を越すのは難しく、暖かい貯蔵庫で保管しなければならない。

穫《と》った芋をケースに詰め、貯蔵庫に運び入れる際、小園が大いに活躍した。途中でトレーナーを脱ぎ、Tシャツの袖を捲《ま》くって作業をしていたが、彼の腕たるや、静香の太腿《ふともも》よりも太かった。その働きっぷりをこんにゃく屋の主人が気に入って、ウチの従業員にならないかと、冗談半分本気半分でくどかれるほどだった。そのあと工場でこんにゃくができる工程を見学し、バタ練り機でノリ状のこんにゃくを練っているところも見ることができた。さらにこんにゃくづくりの体験までさせてもらい、充実した一日を過ごすことができた。その後、小園はかいっちゃんに足繁《あししげ》く通うようになっている。

「今日のオススメはなんですか」

ショルダーバッグを隣に置いてから、カウンターに置いた消毒液を手に吹きつけ、小園が訊ねてくる。

「肉いなりっていう、金沢のおでん種をつくってみたんですが」静香はどんなものか、簡単な説明をし、早咲ちゃんに手伝ってもらったことも話す。

「ください」小園よりも先に、つみれさんが言った。

「では俺も。それとちくわにはんぺん、たまご、こんにゃく、さつま揚げ、とり団子、餃子巻、焼売巻、ウィンナー巻をください。あとじゃがいももぜんぶ二個ずつで」

静香は昼間に下茹でしておいたじゃがいもをタッパから鍋の中へ移す。

「飲み物は?」

「ラムネで」

小園はハロウィンの翌日から禁酒している。その理由はこんにゃくづくりの帰り道、本人から聞いた。

ハロウィン当日、番場バルブでは本社玄関口で、若手社員が仮装をして、子ども達にお菓子を配るイベントがあり、小園はライオンの恰好で参加していた。お菓子を配りおえたあと、社員食堂で打ち上げがおこなわれた。このご時世なので若手社員が社長を囲み、会食をする程度だったのに、小園はその席でビールをたらふく呑んでしまった。しかも酔った勢いで、社長に絡みかけたところを、社員五人がかりで引き止められ、小会議室へ連行、ここで酔いを覚ませと放りこまれてしまった。小園は抵抗する気力を失い、床で寝転がっているうちに眠りにつき、目覚めたら九時を回っていた。スーツや鞄がある職場は鍵がかかって入れず、しかしライオンのポケットの中にスマホはあった。定期はアプリなので、電車に乗って家に帰ることはできる。シラフならば警備員室へいき、職場を開けてもらっていただろう。しかし酔っ払っていたため、マトモな判断ができず、ライオンの恰好のまま会社をでてしまったのだ。

さらに伊竹駅で下りてまっすぐ家に帰るつもりが、ハロウィンで盛り上がるひと達に流され、いつの間にか立ち呑みの店で、チューハイを呑んでいて、スマホで支払おうとして、充電が切れかかっていたところまでは飛び飛びながらも記憶にあった。

目覚めたら見知らぬ場所にいたんで驚きましたよ。

どこにいたかと言えば、伊竹警察署の保護室、いわゆるトラ箱だった。翌日の朝、迎えに訪れた母親にこっぴどく叱られ、一生酒を呑まないと約束するから許してほしいと詫びたそうだ。

「私はそろそろお暇《いとま》しようかな」

二本柳が腰をあげた。静香が代金を言うと、現金で支払い、そそくさと帰っていった。ふたりきりのところに客があらわれるといなくなるのは、いつものことだ。

しかし小園もつみれさんも気にする様子はなく、注文したおでん種を食べはじめていた。

「あ、そうだ。忘れないうちに渡しておかなきゃ」

小園はショルダーバッグを開き、おなじサイズの細長い箱をふたつ取りだすと、静香とつみれさんに手渡した。

「東京土産です。時間がなかったんで、東京駅ん中で買ったもので申し訳ないんですが。職場の方とお食べください」

「いつ東京にいってたの？」静香が訊ねる。

「このあいだの土日です。東京ビッグサイトで開かれた『中小企業ものづくり見本市』に、ウチの会社が出展しましてね。その手伝いに駆りだされたんです」

奥行き三メートル幅六メートルのブースの中に、番場バルブの製品を並べ、来場者を相手に製品の特徴や機能などについて説明をしてきたのだという。

「チーフもいったの？」とつみれさんが心配そうに訊ねる。

「あのひと、出張NGなんですよ」

「そんな会社員いる？」静香はツッコミを入れるように言う。

「三半規管が弱くて、どんな乗り物も乗り物酔いしちゃうんだそうです。自分で車を運転するぶんにはだいじょうぶらしいんですが。それでまあ、今回も代わりに俺がいったわけで。ひっきりなしにひとがきて、休んでいる暇もないほどでした。あんなにしゃべりつづけたのは、人生でははじめてです。なにせ予め準備しておいた名刺三百枚が、ぜんぶなくなりましたからね。そしたら昨日今日と工務店や建設会社から何件かメールをもらいまして」

「よかったじゃない」静香は心からそう思う。努力が実るのは他人事《ひとごと》でも気持ちがいいものだ。

「はい」小園はうれしそうに頷く。「明日はそのうちの一件と打ちあわせなんです。マンションの給排水設備の修繕をおこなうにあたって、番場バルブの新商品を使いたいとのことで現場も見てきます」

「チーフはあいかわらずパワハラしてくる？」と訊ねたのはつみれさんだ。いつの間にか本を閉じて、脇に置いていた。

「してきますよ」小園は苦笑まじりに言った。「今日も別の物件の見積書に承認のハンコをもらおうとしたら、利幅が薄過ぎて話にならん、技術職の言うとおりにしていたら利益がでるものかと叱られましてね。今日一日で三回つくりなおしましたが、その度に揚げ足取りにしか思えないことを言われて、ハンコをもらえずにおわってしまいました」

「なんだ、あの野郎」つみれさんが小園の代わりとばかりに怒りを露にする。「暴走族の子にやったみたいに、タックルして寝技をかけちゃえば？」

「冗談でもそんなこと言わないでください」小園は眉間に皺を寄せた。「酔っ払っていたとは言え、素人相手にあんな真似をしてしまったことを大いに反省しているんスよ、俺は」

「冗談じゃなくて本気で言ってるの」つみれさんがさらにけしかける。

「なお悪いです。あのひとを倒すには仕事で結果をだすしかありません。今回の東京出張でそのチャンスを摑んだんですからね。いまから巻き返しにかかります。負けてはいられません」

現役時代、小園さんは粘りの小園と呼ばれていました。若菜が話していたのを思いだす。小園の顔はきりりと引き締まり、ライオンの恰好で泣き崩れていた彼と、同一人物とは思えないほどだった。

「いたけようちえんももぐみのアンザイマモル、五さいです。きょうはよろしくおねがいします」

「私は伊竹市役所産業振興課町おこし担当、若菜恵です。こちらこそどうぞよろしくお願いします」

十二月第三日曜、料理教室の当日だ。参加者は昨日の昼間までに三十人に達し、午後二時開始の二十分前、会場である市民センターの調理室には、その半分近く訪れており、そしていま、守くんが母親とともにあらわれた。

若菜はワイシャツにエプロンといういでたちで、調理室の出入口の脇に立ち、バインダーに挟んだリストで参加者の名前を確認し、体温計を手首に当て、アルコール消毒を促している。市民センターの調理室は調理台が七台、そのうち一台が講師用、残り六台をそれぞれ五人に使ってもらう。その組み合わせを若菜が事前に決め、パソコンでつくった座席表を渡してもいた。

守くんの礼儀正しい挨拶に、若菜は丁寧に返し、お互い深々と頭を下げた。そんなふたりの微笑《ほほえ》ましいやりとりに、調理室にいたひと達から好意的な笑いが起きる。

静香はアシスタントの早咲ちゃんと、調理の仕方の最終チェックをおこなっていた。これだけの数の前で話をするのは、商社に勤めていた頃でさえ滅多になかったので、少なからず緊張をしている。

「マジか」早咲ちゃんが突然言った。静香にむかってではなく、独り言のようだった。彼女の視線の先に目をむけると、セイレーンズがいた。今日もそれぞれメンバーカラーのコートを着ている。先日、有野練物にきたときの帰り際、この料理教室のチラシを静香が渡してはいた。でもまさか参加するとは思ってもみなかった。

「あら、やだ。早咲じゃないの」

早咲ママがこちらにむかって手を振ってきた。他のふたりもだ。しかし早咲ちゃんは振り返さず、苦虫を嚙み潰したような顔になるだけだった。

ピィィィィッピィィィィッピィィィィッ。ピィィィィッ、ピィィィィッピィィィィッ。

調理台にはそれぞれ一台ずつ電子レンジがある。そのすべてがほぼ同時に鳴りだす。水切りをするため、木綿豆腐をキッチンペーパーで包み、五百Wで二分、温めていた。ただし豆腐はひとり一丁だが、電子レンジは三丁でいっぱいになってしまう。調理台は五人で使うのでいま二回目のがおわったところだ。

「はい、それではお豆腐からキッチンペーパーを剝がして、新しいものに取り替えましょう」

調理室の隅々まで聞こえるよう、静香はふだんの一・五倍の声量で話している。すると不思議と緊張が和らぎ、言葉が自然とでてきた。上は七十代なかば、下は五歳までと参加者の年齢層が広く、男女の比率もほぼ半々だった。顔見知りもいれば、見覚えのあるひともちらほらいる。有野練物やかいっちゃんの客だ。

「みなさん、できましたかぁ？」

静香自身、キッチンペーパーを取り替えたあと、調理室を見まわして言う。

「できましたぁっ」大きな声で答えたのは守くんだ。彼は調理台に背が届くよう、若菜が準備した踏み台の上に立っていた。『オバケディズ』の主人公、エンリョーくんのよき仲間、デビゾーとオニノスケがプリントされたエプロンをつけている。醬油《しょうゆ》やケチャップなどの染みがあちこちについていて、色褪《いろあ》せてもいた。だいぶ使い込んでいる証拠だ。

まだきていない参加者がいる。二本柳とその友達だ。はじまる直前、若菜のスマホに、友達の車でむかう途中、渋滞に巻き込まれてしまったと電話があった。調理の進行はずれて、おなじ調理台をつかう参加者と足並みが揃わず迷惑がかかってしまう。そこで遅刻のあいだの分は、静香が進めておくことにした。

「まだ水切りが足りないので、お豆腐の上に重しを載せます。豆腐の二倍くらいの重さがいいので、まず皿を一枚、その上に水を入れたグラスを載せておきましょう」

調理室の後方にあるドアがゆっくりと音もなく開いた。参加者はだれも気づいていない。入ってきたのは二本柳と彼より頭半分背が低い男性だった。彼らの元へ若菜が駆け寄っていき、小声で二、三言交わしたあと、検温をおこない、手にアルコールを吹きかけた。そして調理台へと案内する。彼らは早咲ママ達とおなじ台だった。

「早咲ちゃん、これ、持っていってあげて」

電子レンジにかけた豆腐二丁だ。遅刻したふたりの分である。ところが隣にいる早咲ちゃんから返事がない。なぜか呆気《あっけ》に取られた表情で、二本柳達を見つめている。

「どうかした？」

「パパがきたんです」

「え？」二本柳じゃないほうのひとのことか。「なんで？」

「私が知りたいです」

「やだ、嘘」「どうしてよ」

早咲ママとミワがほぼ同時に声をあげた。

「とにかくいってきます」

豆腐二丁が載った皿を持って、早咲ちゃんが歩きだす。

「どうしてあなたはここにいるの？」これは早咲ママだ。

「俺は二本柳さんに誘われて」

「洋さんはなんで？」ミワが言った。なぜ彼女が二本柳を下の名前で、それもさん付けで呼ぶのだろう。

「なんでって、いきつけのおでん屋で、この料理教室のチラシを見たんだ。きみがいつまでも帰ってこないから、料理のひとつでも覚えようと思って」

「がんもどきを？」

ミワが疑わしそうに言う。ほとんど尋問だ。

まさかあのふたりは夫婦？

「早咲？」早咲ちゃんの出現に彼女のパパは驚きと同時にうろたえてもいた。「おまえまでどうしてここに？」

「バイトで講師のアシスタントをしているの」冷ややかに言い、早咲ちゃんは調理台に豆腐二丁が載った皿を置いた。「遅刻したお二方のです。さらに水切りが必要なので、キッチンペーパーを取り替えて重しを載せなければなりません。やり方はママに教えてもらって」

「どうして私が？」母親が不満を口にしても、早咲ちゃんは聞く耳をもたず、つづけてこう言った。

「それと他の参加者の迷惑になりますので、料理と関係ないおしゃべりはお控えください。いいですね」

早咲ちゃんがぴしゃりと言う。

「も、もちろんだ」「わかったわ」と両親は頷く。

「つぎにひじきを水に浸します。そして野菜を切っていきましょう」早咲ちゃんが戻ってきたところで、静香は殊更大きな声で言った。「サクサク感をだすためににんじんは千切りでも少し太めに、ごぼうは笹掻《ささが》きにします。どちらもやったことがない、やったことがあってもうまくできる自信がない方、手を挙げてください」

十人前後が手を挙げる。全員男性だ。その中には二本柳と早咲パパもいた。

「わかりました。ではいま手を挙げた方のところには、私かアシスタントがうかがってお手伝いします」

「私、ママとパパのとこにはいきたくありません」

早咲ちゃんが静香の耳元で囁《ささや》くように言う。

「わかってるって」やれやれ、まったく。

「包丁の刃を寝かせて、ごぼうに当ててください」

「寝かせてというのはこんな感じですか」

「そうです、そうです。そしたら親指と人差し指でごぼうを回し、切るというより削っていくつもりで、包丁を下に動かしてみてください。そのとき薬指は俎板《まないた》から離さないように。焦らずゆっくりと少しずつ。均等に切る必要はありません」

静香は励ますように言う。ごぼうの笹掻きにチャレンジしているのは二本柳だ。彼のむこうには早咲パパが控えている。

「そのくらいでじゅうぶんです」

二本柳がごぼうを十五センチほど切ったところで、静香はストップをかけた。

「厚さがまちまちになってしまったのですが」

「これくらい問題ありません。はじめてにしては上出来です。つぎにアクを抜くため水にさらします。ボウルに水を注いで、その中に切ったごぼうを入れてください」

二本柳はボウルを手にして、シンクのほうへいく。

「よろしくお願いします」

早咲パパが俎板の前に立つ。静香とほぼ変わらぬ背丈だが樽《たる》みたいな体型なので、体重は二十キロ以上は多そうだった。

「二本柳さんのを見てて思ったんですが、これってつまりナイフで鉛筆を削る要領でやればいいんでしょう?」

「ええ、まあ」静香は曖昧な相槌を打つ。

ナイフで鉛筆を削ったことなんてないよ。

「じょうずじゃないですか、田町さん」二本柳が言った。水をたっぷり入れたボウルを持って、戻ってきていた。

「こう見えても私、手先が器用なんです。子どもの頃は工作が得意で、プラモデルもよくつくっていました」

タンタンタンタンタンタンタンタンッ。

調理台を挟んで斜め左で早咲ママ達が、にんじんを千切りにしている。三人のエプロンはおなじカタチのデザインだが、早咲ママが黄色、ヨシエが緑、ミワが赤のメンバーカラーだった。料理教室がはじまる前は、女子中高生のごとく、きゃぴきゃぴとはしゃいでいたのに、いまは無言で不気味なくらいだった。

切りおえたにんじんとごぼうは予め下茹でをする。揚げたときに火が通らない場合があるからだ。二分ほど茹でたら、キッチンペーパーにさらす。ひじきも水からだして、おなじように水気を取る。そして山芋を擂りおろし、たまごを割って溶いて半分に分けておく。

こうして具材の準備ができるまで二十分かかった。包丁で指を切ったり、熱湯やコンロの火で火傷《やけど》をしたりといった怪我人もなく順調な進み具合だ。早咲ちゃんの両親がいる調理台も、不穏な空気を漂わせてはいるものの、いまのところはなんの問題も起きていない。

つぎに豆腐の上から重しを取って、キッチンペーパーを剝がす。水分が取れて豆腐はぺっちゃんこだ。これを手でちぎって、ボウルに入れた裏漉《ご》し器に載せ、しゃもじを上から下へと押し当てて漉していく。時折、裏漉し器の真ん中をしゃもじで叩いて、裏にへばりついた豆腐はボウルへ落とす。

「みなさん、できましたかぁ。まだという方、手を挙げてください。恥ずかしがることはありませんよぉ」

冗談めかして言うと、小波《さざなみ》のような笑いが起きる。手を挙げるひとはいなかった。

「裏漉しした豆腐に擂った山芋を入れ、溶いて半分に分けたたまごを少しずつ加えていきます。多すぎるとユルユルになって、カタチがまとまらなくなってしまいますので注意してください」

「残りの半分はどうするんですか」参加者のひとりが訊ねてきた。

「店でだしているおでんの汁を持って参りましたので、のちほどお配りします。それを小鍋で煮立て、残ったたまごを入れてかき玉汁をつくっていただきます」

最初はたまご一個をふたりで分けてもらうつもりだった。しかし感染防止対策を考えると、家族ならまだしも友達でもまずい、ましてや初対面同士などはぜったい駄目ですと若菜から指摘があり、あれこれ考えた末に、おでん汁でつくるかき玉汁に落ち着いた。

山芋とたまごを混ぜ、塩と砂糖をひとつまみ加え、こうしてできた生地ににんじんとごぼう、ひじきを入れ、よく混ぜあわせる。その段階で、静香と早咲ちゃんがべつべつに調理台を巡り、みんなの生地をたしかめた。もちろん早咲ちゃんの両親がいる調理台は静香が担当だ。

早咲ママ達三人の生地は、いずれもじょうずにできていた。にんじんの千切りは長さも太さも均等で、ごぼうの笹掻きに至ってはピーラーを使ったのかと思うほど薄く切れていた。生地もいい具合で、総じて静香よりも数段じょうずにできている。主婦としての腕をまざまざと見せつけられたようにさえ思えた。彼女達に比べると、早咲パパと二本柳のはだいぶ見劣りがする。早咲パパなど生地がユルユルで、丸めてカタチづくることもできないほどだった。

「たまごが半分にできなかったんですよ、そのひと」

早咲ママが横から口を入れてきた。なるほど、彼女の言うとおり、残ったたまごは四分の一もなかった。

「やりなおしたらって私が言ったのに、少ないほうを入れて、多いほうを加えていけば問題がないって聞きませんでね。いざその段階になったら、多いほうのたまごを一気に入れちゃって。間抜けもいいところだわ。このひと、いっつもこうなんです。私の話に耳を貸さずに失敗ばかり」

「そんなことは」早咲パパが反論しかけたが、途中で口を噤《つぐ》んだ。べつの調理台で指導をしている娘が視界に入ったらしい。「私のミスです」早咲パパは素直に認めた。「最初からつくりなおさないといけませんかね」

「そんなことありません」静香は宥《なだ》めるように言った。「片栗粉《かたくりこ》を少しずつ入れて調整してみましょう」

サラダ油を手につけ、具材を混ぜた生地を丸めていく。まん丸よりも楕円形《だえんけい》のほうが芯まで火が通りやすい。あとは油で揚げるだけだ。調理室で貸しだす天ぷら鍋には温度計が付いていたので、油が百六十度前後になったら丸めた生地を入れるよう、静香はみんなに言った。

「四分から五分揚げて、表面がキツネ色になれば完成です。調理台のコンロは三つなので、五人で順序よく使ってください」

調理室のそこかしこから、じゅうじゅうと油の音がしだす。なにより驚いたのは最年少の守くんが、母親に見守られながらも、慣れた手つきで揚げていたことだ。そのうしろの調理台で、

「熱《あ》っち、熱ちちち熱ちち」と早咲パパが情けない声をあげた。

「そんな高いところから入れたら、油が跳ねるに決まっているじゃない」

注意したのは当然、早咲ママである。喧嘩のタネが絶えないふたりだ。喧嘩するほど仲がいいと言うが、この夫婦を見ているかぎり、とてもそうは思えなかった。

調理をはじめて五十分弱で、参加者全員ががんもどきを完成させることができた。少し揚げ過ぎたひとは何人かいたにせよ、バラバラに崩れてしまうような失敗はだれもしなかった。事前に生地を見てまわってよかったと、静香はほっとする。おでん汁によるかき玉汁も滞りなくできあがった。

「では早速、食べてみましょう。自分がつくったがんもどきとかき玉汁をお盆に載せて、隣にあ

る試食室に運んでくださぁい」

試食室に移動して、調理台とおなじグループで座り、「いただきます」とみんなで声を揃えて言い、食べはじめた。

若菜に勧められ、静香と早咲ちゃんで、今日の感想を聞いてまわることになった。苦情や文句を言われたらどうしようと心配だったが、「楽しかったわ」「おいしくできました」「ありがとうございます」とみんなに言われ、静香は戸惑いを隠し切れずにいた。これまでの人生で、感謝やお礼の言葉をこれほどたくさん浴びたことなどなかったからだ。そしてラスト、早咲ちゃんの両親がいるテーブルに辿り着き、感想を求めたところ、いままでのだれよりも早咲パパが熱弁を振るった。

「うまいのなんのって、とても自分がつくったとは思えないくらいです。油で揚げているときは上手にできるか不安でたまりませんでしたが、芯まできちんと火が通っていましたし、しかも外はカリッ、中はフワッフワッの食感で、絶品でした。にんじんとごぼうも本来の旨味がしっかりでてて、なまじ醬油で味つけなどせずに、そのまま食べたほうがずっとおいしかったくらいです。もしかしたら私は料理の才能があるのでしょうか」

「あるわけないでしょ」とあっさり断罪したのは早咲ママだった。早咲パパはしかめっ面になりながらも反論はしなかった。しかしいつまでもここにいたら厄介なことに巻きこまれそうだ。早咲ちゃんはテーブルを離れようとしている。するとだ。

「娘はどういう経緯でここに?」早咲パパが訊ねてきた。

「静香さんのとこで働いているの」と早咲ちゃんがぶっきらぼうに言う。

「静香さんというのは」

「私です。伊竹銀座商店街にある有野練物という店でして。早咲さんには大学一年の五月から働いてもらっています」

「そんなに前から？」

「バイトするとき、ちゃんと言ったよ、私」早咲ちゃんが口を尖《とが》らせて言う。「忘れちゃったの？」

「あ、うん、そうだったな」早咲パパは決まりが悪そうな表情になる。思いだしたかどうかはさだかではない。

「しょうがないでしょ、早咲。パパは家族のことに興味がないんだから」

嫌味たっぷりな妻の言い方に、早咲パパはさすがにカチンときたらしい。

「仕事に追われていたせいで、家族のことまで気が回らなかったのはたしかだ。申し訳ないとは思っている。でも仕方がないだろ。俺が仕事をしなければ、おまえ達を養うことができなかったんだぞ」

「それだけ頑張って仕事をしてきたのに、副部長補佐どまりで定年を迎えてれば世話ないわ」

「人前でなにを」

「パパッ」

言い返そうとしたところを娘に止められ、早咲パパからは「うぅぅ」と声にならない声が洩れでた。

「ママもいまのは言い過ぎだと思う」

「悪かったわね」と早咲ママは口を尖らす。

「思いだした」ミワが突然言った。そして静香を横目で見つつ言葉をつづける。「このあいだ会ったときから、だれかに似ているなぁって思っていたのよ」

「私がだれに？」

「洋さん」静香には返事をしないで、ミワは二本柳にむかって言った。「彼女、ナオミさんに似ているわよね」

「なにを言いだすんだ、きみは」

「だれ、ナオミさんって？」

「洋さんのアシスタントだった子よ」

早咲ママの問いに、ミワが答える。

「二十年も昔の話です」二本柳はだれにともなく言う。冷静を装ってはいるものの、瞼がひくひくと震えているのがわかった。

「あ、でもあの子にも似ていない？　ウチにまで乗りこんできたモデルの女の子。名前はキヨミだったかしら。それとほら、キャバ嬢のモモちゃんにスナックのミキママ」

「そのひと達ってもしかして」と早咲ママ。

「ぜんぶ洋さんの浮気相手」ミワはあっけらかんと言い、ふたたび静香に顔をむける。「要するに洋さんって、彼女みたいなカワウソに似た顔の女が好きなの」

カワウソに似ていたのか、私。

「あなた、洋さんになんかされた?」

「い、いいえ、なにも」静香はすぐさま否定した。「先月のアタマから何度か屋台にきていただいただけで」

「洋さんがくるときって、決まってあなたひとりじゃない?」

「よくおわかりで」静香の答えに、二本柳はなんとも気まずい顔つきになる。

「あの話は聞いた?」ミワは不敵な笑みを浮かべ、なおも訊ねてきた。「二十六歳のとき、仕事をすべて投げだして、香港からインドを経由して、一年がかりでヨーロッパへむかったっていう」

「聞きました」

「ぜんぶ嘘だから」とミワ。

「ぜんぶじゃない」二本柳が不服そうに言う。

「どこまでがほんとなんです?」すかさず静香は訊ねた。

「インドまではいったのよ」答えたのはミワだ。「でも四十度以上の高熱とひどい下痢《げり》に見舞われて、一週間足らずで日本に帰ってきたわ」

ぜんぶじゃないと言い張るには、ほんとの部分が少なすぎやしないか。当然ながらクリスマスシーズンにリスボンでフィリョースを食べたのも嘘だったわけだ。しかしである。

「なんでそんな嘘を私に話したんでしょう？」

「あなたを口説くために、自分がどれだけワールドワイドな人間かをアピールしたかったのよ。でもあなた、全然ピンときてなかったみたいね」

「ええ、まったく」静香は正直に答える。

「二十歳以上も年下の彼女を口説くような真似をするはずないでしょう」

二本柳が言った。言葉とは裏腹に、ぜったいそのつもりだったとわかる狼狽《ろうばい》ぶりだ。

「手をだそうとした写真学校の生徒は二十歳だったじゃないの。おなじクラスのカレシに授業中、殴られて、顔に青あざをつくったうえに、それがバレて講師を辞めさせられたのを忘れたとは言わせないわよ」

「あなた」

試食室のそこかしこから笑いが漏れた。聞き耳を立てずとも、早咲ママ達の話が耳に入ってきてしまうのだ。二本柳は顔を真っ赤にして、口を一文字に噤んだ。これ以上、なにを言おうともミワにやりこめられるのが目に見えているからだろう。気の毒だが自業自得なのでやむを得ない。

「な、なんだ、今度は」妻に呼ばれ、早咲パパはびくりと身体を震わせる。

「いつの間にミワの旦那さんと知りあいになったの」

「俺とおんなじ目にあったひとならば、俺の気持ちがわかってくれるだろうと思って相談しにいったんだ」

「どうやってミワの家を」と訊ねてすぐ、早咲ママは気づいたらしい。「私宛の年賀状を見たのね」

「だったらなんだ。なにが悪い」

「悪いに決まってるでしょ。夫婦のあいだでもプライベートというのがあるのよ」

「プライベートだ？　ふざけるな」早咲パパが不機嫌そうに言う。「だいたいいっしょに暮らしていないのに、夫婦もへったくれもあるもんか」

「あなたの言うとおりです」早咲パパに二本柳が加勢する。「勝手にでていったくせして、女房面しないでもらいたい」

「それってどういう意味かしら、洋さん」とミワがつっかかる。「まさか私が嫉妬しているとでも言うんじゃないでしょうね。冗談じゃないわ。若いお嬢さんがあなたの毒牙にかからないようにしただけ」

「いい加減にしてっ」黙ってことのなりゆきを見ていたヨシエがぴしゃりと言った。小動物に似た愛くるしい顔は嫌悪感まるだしで、醜く歪《ゆが》んでもいる。「リーダーもミワもどういうつもり？」

「わ、私達？」と早咲ママ。

「どういうつもりってなにが？」ミワが訊ねた。

「私が心配だから、ウチでいっしょに暮らしているんだと思っていたのに」

「もちろんそうよ」「決まってるじゃない」早咲ママとミワが同時に言う。

「嘘言わないで。あなた達、旦那さんにうんざりしたからウチに逃げこんできただけでしょ。私の不幸をだしに使うなんて最低だわ」

「旦那に愛想《あいそ》も小想《こそ》も尽き果てていたのは認める」

「私もよ」早咲ママにミワが同意した。「でもヨシエを助けよう、慰めてあげようという気持ちに嘘偽りはなかった」

「私の旦那さんはね。私を叱ったり怒鳴ったりなんてことは一度もなかったわ。いつも私の話にきちんと耳を傾けてくれた。会社の愚痴どころか、他人の悪口を言うのを聞いたこともなかった。浮気だって一度もしなかった。私には過ぎた本当にイイひとだったんだから。なのにどうして六十歳を前にして、死ななくちゃいけなかったの。ひどい。あんまりじゃない」

ヨシエは両手で顔を覆い、咽《むせ》び泣いている。慰めようとしたのだろう、早咲ママとミワが身を寄せたものの、「近づかないで」と声を荒らげた。あまりに悲痛な叫びで、無関係の静香も胸が痛くなるほどだ。

試食室はしんと静まり返る。

「だいじょうぶ?」守くんだ。いつの間にかヨシエのそばにいた。「ぼくもともだちがケンカをしていると、かなしくなって、ないちゃうんだ。でもね、ようちえんで、なかなおりのうたをおそわったんだ。このうたをうたうと、どんなにけんかをしていても、だれでもなかなおりができるの。おしえてあげる」

「なに言ってるの、この子は」母親が守くんを連れ戻そうとする。

「いいんですよ」涙を拭いながらヨシエが言った。「教えてちょうだい」

「ではみなさん、まるくなって、てをつなぎましょう」

喧嘩をしていた二組の夫婦だけでなく、静香に早咲ちゃん、若菜までもが丸くなり手を繋ぐ。

守くんはヨシエと静香のあいだだ。

「まえうしろに、てをふりましょう。ぼくがうたったあとについて、うたってくださいね。いいですかぁ」

「はぁい」と言ったのは若菜だけだった。

「みんなもおへんじしてください。いいですかぁ」

「はぁぁい」今度は全員だ。そして守くんが唄いだす。

「プンスカプンプン」「プンスカプンプン」

「おこっていたぁらたのしくない」「怒っていたぁら楽しくない」

「エンエンエーン」「エンエンエーン」

「ないていいてもつまんない」「泣いていいてもつまんない」

「なぁかなおりなかなおり、けんかはやめてなかなおり」「なぁかなおり仲直り、喧嘩はやめて仲直り」

「ワハッハハ、ワッハァワッハッハ」「ワハッハハ、ワッハァワッハッハ」

「おおきなこえでわらいましょ」「大きな声で笑いましょ」

「けんかをしたことわすれましょ」「喧嘩をしたこと忘れましょ」

「ワハッハハ、ワッハァワッハッハ」「ワハッハハ、ワッハァワッハッハ」

金沢おでんには、肉いなりの他に、カニ面《めん》というおでん種がある。静香は食べたことはない。

数日前、昼間の情報番組で紹介していたのを見たのだ。ネットでつくり方を検索してみたところ、手間はかかるにせよ、やってやれないことはなさそうなので、試しに限定商品としてクリスマスイブとクリスマス当日の二日間、あわせて二十杯、かいっちゃんでだすことにした。

本場のカニ面はコウバコガニというメスのズワイガニを使う。ほぐした身のみならず、内子と外子と呼ばれるたまごまで甲羅に詰めこみ、カニのお腹のほう、いわゆるふんどしと呼ばれる部分を被せ、たこ糸で縛って、おでん鍋で炊く。

しかしコウバコガニは高額なうえに、そもそも手に入らない。そこでおなじ北陸でも富山だと紅ズワイガニで代用するので、そちらに倣うことにした。魚魯の女主人、悦子さんに頼み、身がA級品の七割以下だったり、足が二本以上取れていたり、カニみそが流れでてしまったり、といった訳あり品を安く仕入れた。なおかつカニの身だけでは甲羅に埋まりそうにないので、スケソウダラやいかのすり身、春雨を混ぜる。これもじつは富山のカニ面の真似である。

クリスマスイブの昼間、早咲ちゃんとふたりでカニ面づくりに取りかかっていた。まずは茹であがったカニから、専用のハサミとカニフォークを駆使して身をぜんぶほぐしださねばならない。面倒なだけではなく、カニの身がうまそうでたまらず、そのまま口に運びたい誘惑に打ち勝たねばならなかった。

「最近、パパが変なんですよ」

カニフォークでカニの足から身をほじくりだしながら、早咲ちゃんがぼそりと言った。

「変ってなにが？」

「家中を掃除してるんです」

「年末の大掃除ってことじゃないの？」

「それはそうなんですが、毎年ママがしてたことなんで。それだけじゃありません。昨日の夜、家に帰ったらカレーの匂いが漂っていました。パパがつくったんです。ご飯も炊いてありました」

「家事はいっさいしないんじゃなかったの？」

「私もパパにそう言いました。そしたらママにできたことが自分にできないわけがないと、掃除をはじめたら止まらなくなったんだと。さらに勢いづいて、がんもどきがつくれたんだから、カレーぐらいはできるだろうと、やってみたそうです」

「おいしかった？」

「ふつうです、ふつう。ザ・ふつう。ふつうオブふつうでした。はじめてつくったにしてはよくデキてたほうだと思います。明日もつくってやる、なにがいいか訊かれたんですがね。友達とクリスマスパーティーだからいらないって言ったら、がっかりされちゃいました」

「なんにせよよかったじゃないの。早咲ちゃんの希望どおり、パパは独り立ちしようとしているんだからさ」

「でもパパったらえらく調子づいちゃって、いっそのこと会社をすっぱり辞めて、家事代行サービスをはじめようかと思う、まずは自分ひとりで、ゆくゆくはひとを雇って会社にするとまで言いだすんです。そんなうまいことといくわけないじゃないですかねぇ」

するとＬＩＮＥの着信を報せる音がした。それもたてつづけに数回だ。早咲ちゃんのにちがいない。

「見なくていいの？」

「ママからに決まってるんで、あとで見ます。昨日からセイレーンズで沖縄にいってて、今朝もＬＩＮＥで写真を十枚以上送ってきたんですが、三人揃ってパラセーリングで空、飛んでいました。来年から三人で会社をはじめるんで、いまのうちに遊んでおくとかで」

「会社ってどんな？」

「伊竹市の特産品に絞ったオンラインショップだそうです。すでに生産者何人かと交渉を進めているらしいんですよ。ここも立候補にあがっていました。いつか母がくるかもしれません」

早咲ちゃんはカニフォークを一旦置き、ばきばきばきと首の関節の音を鳴らしてから、作業を再開する。そして守くんに教わった歌を小声で唄いだした。すぐさま静香も声を揃える。

♪なぁかなおり仲直り
喧嘩はやめて仲直り
ワハッハハ、ワッハァワッハッハ
大きな声で笑いましょ
喧嘩をしたこと忘れましょ
ワハッハハ、ワッハァワッハッハ♪

第4話　餃子巻

「真知子さんかい？　それとも静香ちゃん？」

厨房《ちゅうぼう》の壁に取り付けてある電話にでたはいいが、静香は慌てて受話器を耳から離した。通天閣飯店の主人は声がでか過ぎるのだ。

「静香です」

大声を遠ざけるため、機内アナウンスをするキャビンアテンダントのごとく受話器を横に持って、静香は答えた。

通天閣飯店とは祖父の代からのつきあいである。母の話では半世紀も昔、まだ存命だった祖父が、通天閣飯店で余った餃子や焼売をタダ同然で譲り受け、餃子巻と焼売巻をつくったのがはじまりだ。とは言え祖父のオリジナルではない。九州出身の客に、地元にはこういうおでん種があるのですがと教えてもらったそうだ。以来、通天閣飯店から餃子と焼売を生の状態で仕入れている。わざわざおでん種にならずとも、ここで焼かれたり蒸されたりして、本来の姿で食べてもらえばいいのにと思わないでもない。ちなみに母の話では、よその練物屋さんだと業務用の卸専門店から餃子や焼売を仕入れるらしい。

さらにつけくわえれば、餃子巻や焼売巻が全国区ではないことを静香は大学で知った。当時、つきあっていた男子に俺の地元にはないと言われたのだ。ちくわぶやカレーボールもだった。

火金の週二回、通天閣飯店から餃子と焼売できあがったよと電話があるのだが時間はまちまちで、そのとき手があいているものが受け取りにいく。自転車ならば片道五分程度だ。

一月第三金曜の今日は、昼の一時半過ぎにかかってきた。厨房にはパートの女性がひとりいて、作業台で油揚げに春雨と鶏胸肉の中華風炒《いた》めを詰めている。他にも今夜、屋台にだす、大根やじゃがいもなどの下準備をはじめていたところだった。早咲ちゃんはいない。月曜から今日までの五日間、東京で大手ゲーム会社のインターンのため、アルバイトは休みなのだ。

「ちょうどよかった。餃子と焼売、できたんだ。静香ちゃん、取りにこられる？」

通天閣飯店の主人の声はパートの女性にも丸聞こえで、彼女は静香のほうを見ると、左手でオッケーのサインをだした。

「すぐ伺います」

「よろしくねぇ」


通天閣飯店には自転車でむかう。中学のとき、伊竹銀座商店街の自転車屋で購入し、高校三年間は通学に使っていたマウンテンバイクだ。ふたたび乗るようになったのは、伊竹に戻って三ヶ月ほど経ってからだった。それまで裏庭の倉庫にしまいこんであったせいで、気づかなかったのだ。一度乗ってはみたものの、タイヤはすっかり空気が抜けており、だいぶガタもきていた。商店街の自転車屋は数年前に廃業しており、メンテナンスができない。そこでネットで調べた結果、いちばん近い自転車屋でも二十キロ以上先で、そこまで冷凍車に自転車を載せて運んでいった。

高校の頃に被っていたヘルメットも、倉庫からでてきた。最近の流線型でしゃれたのとはちがい、工事現場のとおなじで色は黄色と、ダサいことこのうえなく、嫌でたまらなかった。しかし通学の際に被っていないと校則違反になってしまうため、どんなに学校から遠く離れていても、ぜったい外さなかった。ノーヘルで自転車に乗っていようものなら、ケータイで写真を撮って、学校にチクるヤツがいたからである。

じつはいまも被っていた。DJポリスこと辺根六平太に言われたからだ。直《じか》にではない。ユーチューブの県警公式チャンネルに彼が登場し、今年の四月一日から道路交通法の改正により自転車を利用するすべての人はヘルメットの着用が努力義務化されますと、説明していたのである。なんでも自転車事故は年々、上昇がつづき、自転車乗車中の事故で亡くなった方々の半数以上は頭部に致命傷を負っていて、このうちの多くがヘルメットを着用していなかったらしい。

生真面目な話しっぷりは高校の頃とまったく変わっていない。そんな六平太が静香とふたりきりのとき、おなじ調子で、突飛なことを言いだすのが静香にはツボだった。ウケを狙っているのかどうか、微妙なラインがよかった。

餃子巻についても妙なこと言ったんだよなぁ。なんて言ってたんだっけ。

思いだそうとしても思いだせぬまま、静香は通天閣飯店に辿り着いていた。

いまどきの言葉で言えば、通天閣飯店は町中華の部類に入るだろう。創業して五十年以上、メニューは多岐にわたり、千円もあれば食べ盛りの学生でも満腹になること請けあいだ。ただし平成のなかばに改装し、外観は本格中華っぽい。赤地に金色の文字で店名を書いたどでかくて縁に龍が舞う看板が掲げられ、真っ赤な提灯がいくつも並び、窓ガラスには逆さの『福』の字が貼ってある。二階建て一軒家で、有野練物とおなじく店舗兼住居だが、家のサイズは二回りほど大きい。

店頭にはバイクが一台停めてあった。荷台にはサスペンション付きで岡持《おかもち》を載せる装置が備え付けられた出前用だ。その脇に自転車を置き、静香は〈休憩中〉のプレートが下げてあるドアを開く。

「こんちはぁ」

「いよぉ、静香ちゃん」

厨房から主人が顔をのぞかせてきた。ごま塩頭の彼は七十歳を過ぎているはずだが、筋肉質な身体で腕も太い。ダンベル代わりに中華鍋を振りつづけてきたからだと主人が自分で言い、自分で笑うのが定番だ。

「屋台のほうはどう？　順調？」

「おかげ様でなんとかやっています」

「そいつはよかった。俺もぜひいきたいんだけどさ。なにせウチの店は八時までだし、なかなかどうも」

「気にかけていただくだけでじゅうぶんですよ」

定休日もおなじ水曜なので、主人がかいっちゃんを訪れる機会がないのはやむを得ない。

「いらっしゃい、静香ちゃん」店の奥から奥さんがあらわれた。雑誌ほどの大きさはある封筒を抱え持ち、窓際のテーブルへむかう。そして「話があるの。五分ですむから」と手招きをした。いつもどおり陽気な調子で言われ、断りようがなく、窓際のテーブルで向かいあわせに座る。

「あなたに紹介したい男の方がいるの」

そういや、このひと、キューピッドおばさんだったっけ。

伊竹市および近郊に住む成人の独り身同士をくっつけるのが生き甲斐《がい》なのだ。キューピッドおばさんは彼女ひとりではない。仲間が伊竹市内どころか県内および近隣の県にもいて、その数は五百人とも千人とも言われ、情報を交換しあい、一大ネットワークを築いていると都市伝説じみた話を中学生の頃から度々、耳にしていた。キューピットおばさんと呼ぶと、トじゃなくてドよと訂正することもである。

通天閣飯店の奥さんは、いまも現役バリバリのキューピッドおばさんで、工場での作業中、奈々美々姉妹が話題にすることが幾度かあった。コロナ禍でも、リモートを駆使して、カップルをつぎつぎと成立させているらしい。だがまさか自分が標的というか餌食になるとは思ってもいなかった。

「番場バルブにお勤めの四十三歳で、歳はイッてるけど、そのぶん年収はいいはずよ。営業部のチーフだから五百万円は堅いわ。しかもその方、社内で一、二を争う営業実績でね。つぎの営業部長は確実、役員にもっとも近い男とも言われているんだって。すごくない？　いまどきこんな優良物件、滅多にないわよ。どう？」

どうと言われても。

「私、いまのところ結婚する気なくて」

「三十過ぎているのに?」

うっせぇな。

「この先、死ぬまでずぅぅぅぅぅぅぅぅぅぅぅぅぅぅぅぅぅぅぅぅぅぅっと、ひとりでいるつもり?」

「いや、あの」そんなこと、他人にとやかく言われる筋合いはない。それにだ。「ウチの母は父が亡くなってから、ずっとひとりです」

奥さんは虚を衝《つ》かれた表情になる。そこまで考えが及んでいなかったらしい。すると厨房から主人が口を挟んできた。

「ひとりじゃないさ。静香ちゃんがいただろ」

「そうよ」奥さんは旦那の助け舟に飛び乗った。「このまま結婚しないで、独り身のままだったら、子どもを持つこともないのよ。それでいいの?　ひとりぼっちの人生、耐えられると思ぅ?」

ほとんど脅しである。逃げだしたくなってきたが、餃子と焼売をまだ受け取っていない。

「とりあえず会うだけ会ってみてよ。ね?　いいでしょ?　見合いなんて堅苦しいものじゃなくて、まずはランチでもして、気があうかどうかをたしかめてみて」

奥さんは膝の上にあった封筒から、えらく仰々しい装丁の台紙を取りだし、テーブルの上で広げた。背広姿の男性が、ポーズを決めて立っている。

げげげっ。

「イケメンじゃないけど、誠実そうで品格のある顔をしているでしょ」

とてもそうは見えない。

写真の男性は小園の上司、キツネ目だった。


「静香さんもですか」

そう言うなり、つみれさんは目をまん丸に見開いた。

「〈も〉ってなに？　どういうこと？」

金曜の夜なので、ひっきりなしに客が訪れたものの、九時を過ぎて県立大学の学生カップルが帰っていくと、客はつみれさんひとりきりになった。そこで静香は待ってましたとばかりに、友達として聞いてほしい話があるんだけどと話しかけると、つみれさんは分厚い本をぱたんと閉じて、身を乗りだしてきた。そして静香は今日の昼間、通天閣飯店でキツネ目の見合い写真を受け取った話を一気に捲《まく》し立てた。

かいっちゃんの屋台は透明で厚手のビニールシートで囲んである。雨風を凌ぐためのものだが、いまの季節は寒さ対策でもあった。テントの中でも使えるキャンプ用の小型のストーブを、静香の足元と正面カウンターの下に一台ずつ置いて焚《た》いてもいた。静香自身は迷彩柄のスキーウェアを着こみ、腹巻きをして、腰にはカイロを貼りつけている。

「私も昨日あのひととの見合いを薦められました」

「やだ、嘘？　ほんとに？」

「友達に嘘はつきません」つみれさんに真顔で言われ、静香は少し怯んだ。

「いったいだれに？」

「ウチの美術館は管理運営が伊竹市教育振興財団ってとこでして、ときどき館長に頼まれて、お遣いにいくことがあるんですよ」

　静香はそんな財団が伊竹市にあるなんてまったく知らなかった。市民ホールそばの図書館と生涯学習センターが併設された建物の三階に事務局があって、つみれさんはそこにでむいたのだという。

「用事をすませて帰ろうとしたら、ちょっといいかしらって呼び止められて、事務員の女性に学習センターのカフェに連れていかれたんです。なんかヘマして説教でもされるのかなと思ったら」

　あなたに紹介したい男の方がいるの。

　通天閣飯店の奥さんとまったくおなじ切りだし方だ。

「私が面食らっているうちに、見合い写真をテーブルの上に広げたんです。このひと番場バルブの社員さんですよねって言ったら、なんで知ってるの？　って聞き返してきたんで、ここで起きたことを逐一、話しました。さすがに薦められず、見合い写真を引っこめたものの、今度またべつの方をとか言うもんだから、ご親切は大変ありがたいのですが、結婚するつもりはないのでと、きっぱり断ってやりました。そうだ、その事務員さんも、キューピッドおばさんって名乗ってました。トじゃなくてドだって。見合いを斡旋《あっせん》する団体かなにかですか」

「私もよくは知らないんだけど」

静香はキューピッドおばさんの都市伝説についても教える。

「それが事実だとしたら、アイツの見合い写真が何百枚と世の中にバラまかれているってことですか」

「そこまでじゃないにせよ、私とすみれさんの他に何人かはいるだろうね」

「静香さんももちろん断ったでしょう？」

「うん、まあ」

断ったのは母だった。通天閣飯店の奥さんの押しの強さに抗《あらが》えず、餃子と焼売とともに見合い写真を家に持ち帰った。すると母がキツネ目の写真を見るなり怒りだし、通天閣飯店に電話をかけた。そして莫迦丁寧かつ回りくどい言い方で、見合い相手を紹介するならするで、どうしてもっとイケメンを紹介しないのだ、こんなレベルの低いヤツとは母親の私が見合いをさせないわと断ったのである。電話を切ったあとも、怒りがおさまらなかったようで、冗談じゃないわよ、ウチの娘をなんだと思っているのと、ブツクサ言っていた。

母さん、面食いだもんな。

父さんのどこが好きだった？　という娘の無邪気な質問に、「顔だけ」と断言してしまうくらいである。

「さらに気に食わないのは」つみれさんの話はまだつづきがあった。「美術館に戻ったら、館長がニヤつきながら、どうだった？　って訊いてきたことですよ。財団の事務員の女性の名前を言って、彼女から耳寄りな話を聞かせてもらってきたでしょって。要するに見合い話のことを知ってたわけです。私が見合いを断った話をしたらなんて言ったと思います？　東京ならばいくらでも出逢《であ》いの場所もあるだろうけど、ここではそうはいかないよだって。マジでむかつきました」

むかつきを態度で示すように、つみれさんは半分残って、ぬるくなった焼酎の出汁割を一気に呑み干す。

「おなじものください」

空になったグラスに焼酎を注ぎ、つぎにお玉で出汁を入れる。焼酎一に出汁四の割合だ。つみれさんは自分の割り箸で、グラスの中をかき混ぜながら、ふたたび話しだした。

「私だって好きでわざわざ伊竹市にきたわけじゃありません。学芸員をしながら自分の研究をつづけようと思ったものの、東京の美術館だとどこも毎年採用をしているわけではないし、採用するとしても若干名、しかも人気の美術館ともなれば倍率は百倍以上、いくつかチャレンジをしましたが、どこも駄目でした。そこで全国各地の美術館を受けてまわったもののウマくいかず、結局は伊竹美術館に正規雇用じゃなくて、三年間の任期限定の嘱託職員として雇ってもらうことになったんです」

そうだったのか。

東京の実家から東京の美大に通っていた話は聞いていた。なのにどうして伊竹の美術館で働いているのか、妙に思ってはいたのだ。

「あ、誤解しないでください。私、伊竹にきたことを後悔しているのではないんです。最初はひとりぼっちで心細かったですけど、いまでは静香さんをはじめ友達もできました。美術館の仕事に不満はありません。館長だって悪いひとじゃない。でもいまだに女の幸せは結婚だと思っているのが許せないんです。ふざけるのもたいがいにしろっつうの。私の幸せはですよ、静香さん。生涯、研究をつづけていくことなんです。結婚どころか恋愛だってしてる暇なんてありません。あ、そうだ」

つみれさんはグラスに口をつけ、啜るように呑んでから、本を広げて静香のほうにむけた。

「見てください」

その本に載っていたのは、遠近法が使われていない、俯瞰《ふかん》で描かれた日本の絵画だった。静香の乏しい知識では絵巻だろうかと推測しかできない。絵の真ん中では褌《ふんどし》姿で、ヒゲ面のオジサンふたりが踊っており、左側には着物を着たネズミ達が、右側には貝を被った化物達がいる。怖くはない。むしろ滑稽でお伽《とぎ》の世界のようだった。見ていると頰が緩み、気持ちが和む。

「なにこれ?」

「奈良絵本、あるいは奈良絵巻と呼ばれるものです。室町時代後期から江戸時代前期に亘ってつくられた手描きの絵本で、挿絵には金銀が施されたり、高価で鮮やかな色彩の絵具が使われたりと、ぜんたいに豪華で贅沢《ぜいたく》なつくりになっています。大名や裕福な商人の家からの注文で、嫁入り道具のひとつとして、あるいは子どもが生まれた家への贈り物としてつくられていたと考えられています」

つみれさんはいつもの二倍速の早口で、熱量も半端ではなかった。キツネ目やキューピッドおばさんの話から、だいぶ逸《そ》れているものの、静香は口を挟まず、黙ってつみれさんの話を聞くことにした。

「題材には庶民的な話が好んで用いられ、なんというか、人間味があるところに私は魅惑を感じるんです。有名どころで言いますと、ものぐさ太郎、浦島太郎、酒呑童子《しゅてんどうじ》など、御伽草子《おとぎぞうし》から材を取ったものもあります」

静香がお伽の世界と感じたのは正解だったらしい。

「この絵はなにを題材としているの？」

「大黒舞《だいこくまい》あるいは大こくゑひす、大悦《だいえつ》物語と呼ばれる御伽草子です。親孝行の大悦の助《すけ》の許に、大黒様と恵比寿《えびす》様が訪れ、イワシを飾ったり豆まきをしたりします。この絵だと赤い褌が大黒様、緑の褌が恵比寿様で、相撲を取っているところです」

ダンスではなく相撲だったとは。

「左側のネズミ達は大黒様、右側の貝を被ったおばけ達は恵比寿様のそれぞれ家来で、ご主人様の応援をしているんですよ。そして真ん中で軍配団扇《うちわ》を持って行司役を務めているのが大悦の助でして、このあと盗賊の襲来があるのですが、大黒様と恵比寿様が退け、大悦の助の一族は繁盛しました、めでたしめでたしとハッピーエンドを迎えます」

「その奈良絵本を生涯、研究しつづけたいわけ？」

「はい」つみれさんの怒りは収まり、いまは恍惚《こうこつ》とした表情を浮かべている。「大学時代に安土桃山時代の絵画について調べていくうちに出逢って、卒論にも書いたくらいです。じつは明治以降、海外で先に評価されて、アメリカやイギリス、フランスなどの美術館に所蔵されていて、できれば将来、各国を巡って自分の目で確認するのが夢でもあるんです。いつになるかわかりませんが」

静香は改めて本に掲載された絵に視線を落とす。いま聞いたばかりなのに、褌姿のオジサンふたりのどっちが恵比寿様でどっちが大黒様なのかはわからない。いずれにせよとても楽しそうで、やはり相撲ではなくダンスをしているようにしか見えなかった。

すると台車の上で寝ていたアルゴスが頭を上げた。神妙な面持ちであたりを見まわしている。

「どうした、アルゴス?」

静香が訊ねたときだ。ガラガラガラと音が聞こえてきた。キャリーバッグを引きずる音にちがいない。じきに九時半、帰路につくひと達もほぼおらず、閑散とした商店街の隅々に鳴り響いている。

つみれさんも気づいたようだ。本を閉じると、身体を捻《ひね》って透明シートの隙間から顔をだす。そして通る声でこう言った。

「早咲ちゃん、お帰りぃ」

そうだった。今日は早咲ちゃんが東京のゲーム会社でのインターンをおえ、帰ってくる日だったのだ。

「ただいま」

早咲ちゃんが暖簾をくぐってきた。キャリーバッグは表に置いてから、静香の正面に座り、右肩から革製のトートバッグを横に下ろす。カタチが崩れるほどパンパンに膨らんでいる。

「とりあえずビールください。缶のまま呑むんでグラスはけっこうです」

早咲ちゃんはマスクを外す。そして静香がクーラーボックスからだした缶ビールを受け取ると、蓋を開けて口をつける。ぐびっぐびっぎぶっと音をたてて呑むのを、静香とつみれさんはしばらく見守っていた。

「ぷはぁあぁ」と声にだして言い、早咲ちゃんはカウンターに缶を置く。半分近くは一気に呑んだにちがいない。

ベージュのトレンチコートを脱ぎ、きれいに折り畳んでバッグの上に載せた。リクルートスーツを身にまとい、いつもよりやや濃いめであっても派手ではない化粧のせいで、ちょっと大人びて見える。ただだいぶお疲れの様子だった。

「たまねぎ天に紅しょうが天、餃子巻にウインナー巻、肉いなり、小型ばくだんを一品ずつください」

ばくだんは茹でたたまごを魚のすり身に包んで、揚げたものである。有野練物では中身をうずらのたまごにして、小型ばくだんと名づけていた。

「ずいぶん食べるのね」

「帰りの新幹線で車内販売の弁当を買って食べるつもりが、東京駅で乗った途端、寝てしまって、目覚めたら下りる駅だったもので」

「私ん家《ち》はどうだった？」つみれさんが訊ねた。インターンは今週の月曜から五日間、早咲ちゃんはつみれさんの実家で居候《いそうろう》していたのである。

「閑静な住宅街の一軒家で、近所には昔ながらの商店街もあって、全然、渋谷っぽくなかったんで驚きました」

「そりゃそうよ。渋谷って言ったって、どこもかしこもハチ公前のスクランブル交差点やセンター街みたいに賑わっているわけじゃないし、原宿《はらじゅく》とか青山《あおやま》とか代官山《だいかんやま》みたいにオシャレでもないからね。むしろウチのまわりみたいなところのほうが多いくらい」

つみれさんが笑う。彼女の実家は渋谷でも道のむこうは中野《なかの》という西の端っこで、静香も東京で暮らしていた十二年のあいだに、一度も足を踏み入れたことがない場所だった。

「すみれさんのご両親には大変お世話になりました。いくら感謝してもしきれないくらいです。本当にありがとうございます」

早咲ちゃんは額をカウンターにつくほど頭を下げる。

「お礼を言うべきなのは私のほうだってば。ママもパパも早咲ちゃんのこと、すっかり気に入っていたからね。私はなんにもしてないのに、思わぬカタチで親孝行ができたようなもんだったもの。今度また東京へくることがあれば、いつでも泊まってくれていい、なんなら東京で就職が決まった暁には下宿してもらってもかまわないって、ママからＬＩＮＥがきてた」

「さすがにそこまでは」早咲ちゃんは笑いながらも、少し困った顔になる。「それに東京で就職するかどうか微妙ですし」

「微妙ってどういうこと?」と訊ねながら、静香はおでん種を盛った皿を早咲ちゃんの前に置く。

「インターンでなにかあったの?　会社が気に入らなかった?」

三年近くアルバイトをつづけ、パートの女性に劣らぬ働きをする早咲ちゃんの将来が、静香は少なからず心配だった。力になれなくても、話を聞いてあげることくらいはできる。

「気に入らないっていうか、私が思い描いていた会社とはだいぶちがっていたもので」

「どれくらいちがってた?」静香はさらに訊ねる。

「ちくわとちくわぶくらい、ちがいました」

その答えに静香は笑ってしまう。つみれさんもだ。だが早咲ちゃん本人は至って真剣で、つづけてこうも言った。

「現実の会社は、私が思っていた以上に会社会社していたんです」

学生にとって会社なるところは、いままで過ごしていた学校とは環境がまるでちがう。どれだけ事前にネットで情報を収集し、わかった気でいても、違和感を持つのは当然だろう。

「どのへんがそう思ったの?」と訊ねたのはつみれさんだ。目尻を下げ、頬を緩ませてもいる。どうやら面白がっているらしい。

「社員に交じって新しいゲームの企画会議に参加したり、ゲームのプログラミング作業を手伝ったり、キャラクターデザインをつくってプレゼンしたりとプランナーやエンジニア、グラフィックデザイナーなどいろんな業種の仕事を体験させてもらったんですけどね。どこの部署もチームワークが大切、みんなで一致団結して頑張りましょうって話になるんです。私にはそれが個性を殺して会社のために働けと言われている気がしてならなくて。そもそもゲームひとつつくるのに、こんなに大勢のひとが必要かなって思えて仕方ありませんでした。だって私、ずっとひとりでゲームをつくってたじゃないですか。もしその会社に入社できたとしても、ゲームのほんの一部分しか携われないなんて、とてもじゃないけど我慢できません」

会社ぜんたいの利益を追求するために、社員ひとりひとりに仕事が分け与えられるのは当然のことである。静香だってそうだった。海外の会社に投資し、資産管理をおこなうチームの一員ではあったが、実際に投資先を決めるのは上の者で、静香の仕事はそのためのデータ収集に過ぎなかった。それでも日本時間の夜中に、地球の裏側の顧客と英語でミーティングするのはやり甲斐を感じて本気で楽しいと思っていたし、自分が調べていた会社の入札が決まれば達成感もあった。だがそれは早咲ちゃんが言うように個性を殺して会社のために働いただけだったのかもしれない。結果、身体に支障を来たし、会社を辞めた人間が、就職活動を応援するなんて、悪い冗談にしか思えなくなってきた。

早咲ちゃんは話しているあいだ、よほどお腹が減っていたのだろう、おでん種をつぎつぎと食べていた。いまは餃子巻にかじりつき、口からふはふはと白い湯気を噴きだしながら、「ウッマッ」と声をあげた。疲れきっていた顔は、次第に生気を取り戻し、ふだんどおりジブリアニメの女主人公っぽくなってもいる。そして缶ビールを一口呑んでから話をつづけた。

「あとこうも言われたんです。ゲームをつくるのに、面白いからという理由だけでは企画は通らない、どうしてこのゲームをつくるのか、根本的な部分まで考え、論理的に説明しなければプレゼンで勝ち抜けないって。そんなの私には無理です。人前で話すの苦手だし、ゲームをつくる理由なんて面白い以外に思いつきませんもん。要するに私は会社に、まったく適していない人間なんです。じつを言えばこれまで、いろんな会社の説明会に足を運んで、薄々気づいてはいました。今回、インターンをやってみて、はっきり自覚できたので、そういった意味では貴重な体験だったと言えます。いくらシューカツしても無駄だともわかりましたし」

「だったらこの先、どうするつもり？」

静香は問い質《ただ》すように言う。

「来週末から二月のアタマにかけて、後期試験がありますけど、そのあとは春休みですし、四年になったらゼミだけなんで、大学にいくのは週イチになります。シューカツをしないのでその分、有野練物のバイトも増やせますよ。静香さんもなんだかんだでお忙しいじゃないですか。なんならここもお手伝いします」

「私が訊きたいのはそういうんじゃなくて、就職をしないで、将来どうする気なんだってこと」

「自分がつくったゲームでお金を稼げたらと思っています」

早咲ちゃんは即答だった。少しも気負っておらず、さらりとした口調でありながら、揺るぎない意思が感じられた。有野練物で働く姿を見ていれば、この子がいつも本気であることはわかる。

「そう言えばおでんのゲーム、なにかのコンテストに応募するって言ってなかったっけ」

つみれさんが口を挟んできた。彼女も以前、早咲ちゃんからゲームをつくっている話をここで聞いて興味を示し、タブレットを借りて、おでんのゲームをしたことがあったのだ。

早咲ちゃんは大手出版社の名を挙げた。その会社ではゲーム事業部が、インディーゲームを常時募集しているのだという。

「はじめてまだ三年足らずなのに、三千もの応募があって、その中から選ばれた二十数作品のクリエーターには担当者が付いて、ゲームの完成度を高め、販売にむけたサポートをしてくれます。しかもゲーム制作に集中できるよう、一年間は支援金として月々五十万円が支払われるんです」

「五十万円っ」と言ってつみれさんは宙を仰ぐ。「あるところにはあるんだね」

静香もおなじことを思う。かいっちゃんで月五十万円稼ぐのは至難の業だ。

「選ばれる自信はあるの？」つみれさんが身を乗りだして訊ねる。

「ありません」早咲ちゃんはあっさり答え、照れ臭そうに笑う。「でもエントリーしないことには自分がどんだけの実力か、わかりませんからね。それに選ばれたらめっけもんくらいの気持ちで挑まないと、駄目だったときのショックが大きいですし。そこが駄目ならば他のコンテストにだしたり、展示会やイベントに積極的に参加したりとべつの手段を取ることも念頭に置いています。すみません、日本酒を熱燗の飛び切りで一杯だけイイですか」

そう言われて、静香は閉店の十時まで残り二十分足らずだと気づく。

「私もおなじのお願いします」とつみれさん。

「だったら私も呑もうかな」

「どうぞどうぞ」「ぜひぜひ」

ふたりに言われ、静香はちろりを三個だすと、日本酒を注ぎ入れ、おでん鍋に浸し、キッチンタイマーをセットする。

「これまでのように、ただ単にゲームをつくっているだけではなく、PRやマーケティングはもちろんのこと、会計や税務、契約関係もひとりでやらなくてはならない。ほとんど会社を起業するようなものだと言われています。前に私、大手のゲーム会社は狭き門だと言いましたけど、インディーゲームで稼ぐのは茨《いばら》の道です。どこまでできるか、自分でもよくわかりませんが、やれるところまでやってみたいんです」

早咲ちゃんはあたかも自らに言い聞かせているようだった。にもかかわらず、いや、だからこそか、決意が強固なものだとわかる。そんな彼女に静香は少なからず感動してしまった。それはつみれさんもおなじだったらしい。パチパチパチと手を叩いていたのだ。

ちょうどいいタイミングで、タイマーが鳴った。ちろりから飛び切りの熱燗をグラスに注ぎ、つみれさんと早咲ちゃんの前にだしてから、自分のぶんも注いだ。

「乾杯しませんか」と言ったのはつみれさんだ。

「なにに乾杯するんですか」

「やだ、早咲ちゃん。新たな一歩を踏みだすあなたの未来に幸あらんことを願ってよ」

「大袈裟過ぎますって。それにそんなこと言われたら、プレッシャーにもなります。勘弁してください」

乾杯を断られ、なんとも悲しげな顔になるつみれさんを見て、静香はこう提案した。

「だったら早咲ちゃんひとりじゃなくて、三人の未来にイイことがありますようにって願うのはどう？」

「そうしましょう」と早咲ちゃん。「私ひとり幸せになってもつまんないですからね」

「では」三人はグラスを掲げる。「乾杯っ」


「冬のいま時分、伊竹湾で獲ることができて、練物にしてもおいしい魚って言ったら」リビングのソファに横たわり、ナマケモノの抱き枕を抱きかかえ、天井を見ながら母は魚の名前を並べた。「サワラにムツ、ヒラメ、メバル、タチウオってとこかしらね」

静香はこたつに広げたシステム手帳にメモる。商社に勤めていたときに愛用していたもので、カバーは本革で渋めの赤、英国製の聖書サイズだ。

今日は一月最後の水曜で、有野練物もかいっちゃんも定休日だ。午前十一時過ぎに起きて、アルゴスを散歩に連れだし、町内を一周して戻ってくると、母が焼きそばをつくってくれていた。市販の袋麺《ふくろめん》だが、野菜多めで目玉焼きを上に載せるのが母のアレンジだ。

焼きそばを食べおわったあと、「ちょっと相談があるんだけど」と静香から誘い、リビングへ移動した。昨年のクリスマスのイブと当日、かいっちゃんで二十杯限定販売したカニ面は好評を博し完売した。一月には成人の日を含む三連休に、少し欲張って一日十五杯販売したところ、これまたぜんぶ売り切ることができた。この調子で、新たなヒット商品を生みだしたい。そこで母に知恵を借りることにしたのである。

「真鯛《まだい》も獲れるんじゃないかな。前に悦子さんから聞いた話だと、十二月のおわりから一月にかけての伊竹湾は水温が十二度を保っているんで、底引き網漁でスズキやアジに混ざって真鯛も獲れるらしいんだ。真鯛の旬は春だけど、いまのは大きくて脂がノッているから、つみれにすれば抜群にウマいだろうね。あとブリも獲れるかも。ブリだったらすり身にしなくても、切り身をネギと串に刺して、いわゆるねぎまにして、おでん鍋で煮て、あんたの屋台のメニューにすれば？」

たしかにウマそうだ。

「昔、ヒラメのちくわって、だしていなかったっけ」

「だしてた、だしてた」寝転がったまま、母はうれしそうに言う。「仙台《せんだい》の笹かまぼこが元来、ヒラメを材料にしているって話を知ってさ。奈々美々姉妹に手伝ってもらって、真似してつくったんだ。すり身にして、蒸したり揚げたり茹でたりしたけど、結局、本家の笹かまとおなじ、焼くのがいちばんだったから、ウチではちくわにしたんだよね」

「フグのなんかもあった気するんだけど」

「フグのさつま揚げ」

「よくフグなんて値段が張るもの使えたね。カニ面のカニみたいに訳あり品を悦子さんに頼んだの？」

「フグもピンからキリまであって、ウチでさつま揚げにしたのは、キリのほうのサバフグ。ピンのトラフグと比べたら、取引価格はぐっと安くて、高級外車と国産軽トラくらいの差はあるわ。あんた、知ってる？　サバフグって歯が鋭くって獰猛《どうもう》なんだ。漁の仕掛けとかも嚙み切っちゃうくらい」

そう言ってから母は歯を剝きだしにして、カチカチと鳴らした。わざわざサバフグを表現したのだ。

「なにそれ」静香は思わず笑ってしまう。

「十年以上前だったと思うんだけど、伊竹湾で原因不明の大量発生をしたことがあってさ。おかげで天然のトラフグが獲れずに大変だった年があったのよ。そんときにサバフグだったらいくらでもあるから安く譲るけど、どうにかなる？　って悦子さんから言われたんだよね。すり身にしても脂がなくて、ぱさついちゃうもんだから、山芋を入れてしっとりと粘りけをつけて、揚げてみたら、けっこうイケたんだ」

「思いだしてきた。私が高校んときだよ。サバフグのさつま揚げって、サバとフグを混ぜているのってお客さんに訊かれたの覚えてる」

「サバフグは一般に流通してるんだけど、フグとしか明記されないことが多いのよ。でもそれだと嘘ついているみたいで嫌だったから、ちゃんとサバフグのさつま揚げって銘打ったんだ。それでも珍しがられて、けっこう売れたわ」

「ヒラメのちくわとサバフグのさつま揚げは、もうつくんないの？」

「そんなことないわよ。あんたが帰ってきてからはやってないだけの話。屋台のほうで売ってみたいんだったら、つくってあげてもいいわ」

「お願いできる？」

「それじゃヒラメとサバフグがあるか、あったらどのくらいの値段で買えるのか、悦子さんにＬ

ＩＮＥを送っとく」

「真鯛とブリもたしかめてもらえる？」

「わかった。悦子さんのほうから、オススメのものはないか訊いとくよ」と返事をしながら母は身体のまわりをバタバタ叩きだした。「スマホ、そのへんにない？」

静香は自分のまわりをぐるりと見てから、こたつのカバー布団をめくって中を覗きこんだ。どこにもない。自分のスマホで母のスマホに電話をかける。着信音が聞こえてきた。隣の仏間らしい。

「取ってきて」

自分で行きなよと思いつつ、静香は仏間にむかう。着信音は仏壇からだ。あった。焼香台と鈴のあいだに置きっ放しになっていた。どうしてここに？　と思いつつスマホを手に取り、リビングに戻って母に渡す。

「仏壇にあったけど」

「あら、やだ、ほんとに？　どうしてかしらねぇ」

母はスマホを両手で持ち、左右の親指で画面をタップしていく。ガラケーだった頃からこの打ち方なのだ。

母との会話は仕事のことでも、気楽で楽しい部分が大きかった。商社を辞めて、東京から戻ってきてよかったと思うことのひとつである。

店の手伝いはするにせよ、十四、五歳の頃から母とは必要最低限の話しかしなくなった。心のどこかで母を軽蔑とまでいかずとも、軽んじていたのである。私は自分がしたい仕事に就くんだ、寿退社なんてもってのほか、亡くなった夫の家業を継ぐなんてどうかしている、こんなふうにはなりたくないとも思っていた。母が練物屋をつづけているのは、娘の自分を育てるためだとわかっていてもだ。だがいま静香はカタチは違えど、母とおなじ道を辿ろうとしている。

伊竹銀座商店街には昔ながらの店は指折り数える程度しか残っていない。静香が戻ってから畳んだ店が三軒もあった。もともと経営が厳しいうえに店主が高齢で、この先どうしようかと思っていたところにコロナ禍に見舞われたせいだ。

そんな中、有野練物はよく保っているものだ。奇跡だ。いや、ちがう。ひとえに母の努力の賜《たま》物《もの》だ。ヘルニア持ちで、疲れたとかくたびれたとかはよく口にするものの、つらいだの嫌だの言うのを一度も聞いたことがない。だが母も六十代なかば、十年後はまだしも、二十年後は厳しいにちがいない。

これから先、有野練物はどうする？

おでん屋台をつづけるにせよ、肝腎なおでん種がなければどうにもならない。

だとしたら私が継ぐしかないのか。

でも静香はそこまで踏ん切りがついていない。

三十過ぎて、人生の行方に悩むとは思ってもいなかったよ。

「そう言えば昨日の夜、屋台に福々銘菓んとこの長男坊、こなかった？」

スマホを打ちおえた母が、静香に顔をむけて訊ねてきた。

なにを言いだすのだ、このひとは。

「くるはずないでしょ」ちょっとムキになって答える。

「あら、そう。じゃあ、昨日はやめといたのかしら」

「どういう意味？」

「昨日、彼から店に電話があって」

「ふへ？」驚きのあまり変な声がでてしまう。「いつ？」

「店を閉めて、みんなで掃除をしている最中だったからね。八時は過ぎてた」

「彼、なんて？」

「静香さんいますかって言うんで、おなじ商店街で屋台をやっていまして、いまだったらそこにいますと答えておいたのよ。そうですか、わかりましたと答えていたんだけどね。こっち戻ってきてから、彼とは会ってなかったの？」

「ないよ。会う必要ないもの」これまたムキになって答えてしまう。

「高校んときは、あんなになかよかったのに？」六平太との仲を母に話したことはないものの、薄々勘づいていた可能性は高い。「あんたが東京にいってからも、ときどき練物を買いにきてたわよ。でも大学を卒業してからは二、三度しかきてないか。実家をでて県警近くの独身寮に暮らしているって話してたのが、コロナの前だったな。あの子、餃子巻、好きだったよね」

「そうだった？」

「あんたを迎えにきたときは、必ず餃子巻を一個、店先で食べてたじゃない？　忘れちゃったの？」

言われてみればそうだった気がする。

「そんとき餃子巻について、彼、なんか言ってなかった？」

「ウマいとかおいしいとかは、よく言ってくれたわ。そうそう、警官になってからきたときは、これを食べると伊竹に帰ってきたと思いますって」

「そういうんじゃなくて、もっと突飛で変なこと」

「どうだったかしら。私の前では真面目でイイ子だったからねぇ。だから警官になっても驚きやしなかったけど、ＤＪポリスになるとは思ってなかったな。たしかに声はイイし、なによりイケメンだもんね。このあいだもテレビのニュースにでてたけど、男っぷりが増してたよ」

そうだった。面食いの母は六平太がお気に入りだった。

「父親はちんちくりんだから、母親に似たんだろうね。きっと」

六平太の父親、福々銘菓の現社長は、自社のテレビＣＭに出演しており、県内および近隣県の住民であれば、みんな顔を知っていた。ちんちくりんはヒドいが、小太りで背が低いのに、顔が大きいのでぱっと見、四頭身に思えるのはたしかだった。

「またどっかでＤＪポリスをやってたの？」

静香は思わず訊ねてしまう。ハロウィンの夜以降、県内で催される大きめの祭りや県庁所在地にある神社の初詣などでも、ＤＪポリスとして六平太は活躍していた。その模様が地方局のニュースや新聞の地方版で取り上げられる。

「先週の土曜に県警で年頭の式典とやらが三年ぶりであってさ、三百人もの警察官が参加して、パトカーや白バイで入場する中、ＤＪポリスとして車の上の台に乗っかってあらわれたあの子の顔をテレビカメラがアップで捉えていたわ。訓示を述べる県警のおエライさんよりも長く、映っていたくらい」

「そうだったんだ」

平静を装いながらも、静香の口元は緩んでいた。元カレの活躍が誇らしいというか、自分のことのようにうれしかった。

やがて静香の脳裏には、六平太の背中が甦ってくる。急な上り坂を自転車で駆けあがっていく彼の背中だ。学生服やジャージ、普段着のときもあった。だが鮮明に思いだすのはワイシャツだ。陽射《ひざ》しを浴びて白く輝きを放つ様を、いまも昨日のごとく思いだすことができた。

六平太とつきあいはじめたのは、高校二年の初夏だった。信じ難いことに彼からコクってきた。

どうして私？

好きになるのに理由はないよ。

聞き返す静香に、六平太は少し困り顔で答えた。

幼い頃から剣道を習い、三段の腕前だった彼は、高校でも剣道部に入り、一年のときから県大会などで大いに活躍し、全校で知らぬひとはいなかった。しかも人柄のよさが顔だけでなく、全身から滲《にじ》みでており、女子だけではなく男子にも人気が高かった。

静香と言えば陰キャではないにせよ、とくに目立った存在ではなかった。六平太との共通点はクラスがおなじというくらいだ。まるで少女漫画のような出来事が、自分の身に起こるなんて思ってもみなかったのである。

ただし交際中はデートよりも剣道の試合を応援しにいく回数のほうが多く、でも当時は不満どころか誇らしく思っていたものだった。

ふたりきりのデートは月に一度あるかないか、それも自転車で町中をあちこちいくだけだった。ふたり乗りではない。お互いべつべつの自転車に乗ってだ。最後に行き着くのは決まって昴田山だった。伊竹市の北端にある市街地と隣接したクジラに似たカタチの山だ。標高百八十八メートル、市のシンボルとして親しまれ、市内のどの小学校でも、はじめての遠足は決まって昴田山だった。

山頂には立派な公園があり、花見の名所でもあった。それとはべつに山腹に海が見える公園があった。正式な名称は知らない。でも六平太はそう呼んでいた。そこまでの道は舗装されており、マウンテンバイクならばのぼっていけるものの、そこそこ急な坂道で、いつも六平太が先に走っていた。静香は「速いよ」とか「待って」とか、口にしたことはなかった。できるだけ遅れを取るまいと必死にペダルを漕《こ》いだ。

猫の額という表現がぴったりな小さな公園だったが、滑り台にブランコ、シーソー、ジャングルジム、砂場と遊具は一通り揃っており、トイレもあった。海のほうをむいたベンチに並んで腰を下ろし、眼下に広がる海を眺めながら、たわいないことを延々と話しつづけ、ふたりして声をあげて笑った。

どんな内容で、なにが面白かったのかは朧《おぼろ》げだ。だが静香にとって、なにも代え難い至福のときだった。最後に六平太とここにきたときに交わした会話だけは、はっきりと覚えている。上京する二日前だ。

やっぱ大学でたら東京で就職するつもり？

たぶん。でもまだどうなるかわかんないよ。六平太は？　和菓子屋、継ぐの？

それはないな。俺、ブキッチョだからお菓子、つくれないの知ってるだろ。三歳下の弟がめちゃくちゃ上手でさ。小学校の頃から手伝ってて、いまじゃアイツがつくったのが、店頭に並んでいるくらいなんだ。だから実家は弟に任せるよ。本人も両親もその気だし。

でもさ、お菓子つくれなくたって、営業とか宣伝とかはできるんじゃない？

社長の息子のくせして、お菓子のひとつもつくれないのに、えらそうにしやがってとか言われるのがオチだよ。弟だって、やりづらいだろうし。

だったら六平太は大学でたらなにすんの？

大学に通いながら考えるさ。でもまあ、つくって売るみたいな仕事より、ひとの役に立つことをする仕事に就きたいとは思っている。

六平太も東京で就職しなよ。

それもアリか。そしたらいつでも有野に会えるもんな。

そうだよ。

会えるもなにもいっしょに暮せばいいとは恥ずかしくて言えなかった。

上京する当日、六平太は見送りにこなかった。剣道部最後の稽古があるからという理由だったように思う。

静香は東京の大学へ、六平太が地元の県立大学に進学すると、遠距離恋愛はひと月も持たず、とくに別れ話をするでもなく、自然消滅してしまった。

大学時代にはカレシがいるにはいた。でも社会人になると、忙しさにかまけて、プライベートはおろそかになり、別れてしまった。その後、いいなと思うひとはいたし、つきあってほしいとコクってきたひともいる。でも交際するまでには至らなかった。どんな男性も六平太と比べて勝ることはなかったのだ。

六平太が悪い。

いまでも少し、そう思っている。

だからといっていま会いたいとは思わない。Uターン女が高校時代の元カレに会おうとするなんて、たとえそうではないにせよ、下心があると思われるのが嫌だし、恥ずかしい。いまの自分を見て、がっかりさせたくもなかった。

でもまさかむこうから電話をかけてくるなんて。

いったいなんの用だったのだろう。

つぎの日、静香は気もそぞろだった。

かいっちゃんの暖簾を、だれがくぐってきても六平太ではないかと一瞬、思ってしまう。ちょっと浮かれてもいた。開店前に準備をしているあいだ、トランジスタラジオをオンにして、流れてきたアイドルのラブソングにあわせ、口ずさんでしまい、アルゴスが訝しげな顔で見あげてきた。しかしいつまで経っても六平太があらわれる気配すらなかった。静香は次第に落ち着きを取り戻し、やはりこのまま会わないほうがいいのかもなと思うようにもなった。すると九時前に六平太とは全然ちがう意味で、思わぬ客が訪れた。

キツネ目である。

暖簾の隙間から、彼が顔を覗かせたとき、静香は我が目を疑った。幸いにして、つみれさんはいない。次回の特別展示の準備で、この数日は残業がつづくため、かいっちゃんには伺えませんとLINEが届いていた。

「けっこう混んでるなぁ」

静香の正面のカウンターが一席しか空いていなかったのだ。

帰れ、帰れ。

静香は腹の中で呪文のごとく唱えると、キツネ目は顔を引っこめた。よしよしと思っていると、入れ替わりに女性の顔がでてきた。たぶん静香と同世代だろう。キツネ目のときはだれひとり見向きもしなかったのに、今度は客の視線が一斉に彼女にむけられた。

「ふたりなんですけど、無理ですかねぇ」

女性が静香に訊ねてくる。その途端だ。

「俺達帰るんで、ここ空きますよ」

気のよさそうな二十代の男性ふたりが立ちあがる。そして自分達が使った食器やグラスを片付け、静香から消毒液のスプレーと布巾を借りて、カウンターをきれいに拭きもした。ふたりはハロウィンの日、『オバケデイズ』のニャルラとホテプに扮《ふん》した早咲ちゃんと静香とともに写真を撮った県立大学の学生で、あの日以来、週に一、二度は訪れる常連だ。こうした客は他にも十人ちょっといる。彼らが言うには、かいっちゃんに通うのが推し活らしい。そしてふたりが勘定を払って、表へでていったときだ。

「ウォンウォン、ウォンッ、ウォン」

キツネ目の匂いに気づいたのか、アルゴスが台車からおりて吠《ほ》えだした。えらい勢いだ。リードがなければキツネ目の元へいき、噛みつかないまでも追い返しているかもしれない。するとそこに、さきほどの女性があらわれた。屋台の外をぐるりと回ってきたのだ。

「どうしたの？　ん？　なに怒ってるの？　なかよくしましょ。ね？　お願い」

アルゴスに優しく呼びかけながら、女性がしゃがみこんだ。するとアルゴスは吠えるのをやめたばかりか、仰向けに寝転がった。

「お腹さすってあげれば、よろこびますよ」

女性は静香の言うとおりにする。慣れた手つきだ。犬を飼っているのか、飼ったことがあるのかもしれない。やがてアルゴスは台車に戻った。女性も表に戻ってキツネ目と屋台に入ってくる。

「アスヨさん、なにをお呑みになりますか」席に着くなり、キツネ目が言った。どこかで呑んできたらしく赤ら顔で、呂律《ろれつ》も少し怪しい。

「焼酎の出汁割、もらえますか」アスヨと呼ばれた女性は、カウンターに置いたメニューを見ながら言う。「焼酎多めで」

「私もおなじのをお願いします」とキツネ目。「おでんはなにに」

「こちらの店ならではのおでん種ってあります？」

アスヨはメニューから顔をあげた。その目力の強さに一瞬、怯みながらも静香は答える。

「今日から冬限定でだしている、ご当地セットはいかがでしょう。伊竹湾で獲れた魚でつくったおでん種でして、ブリのねぎまにヒラメのちくわ、サバフグのさつま揚げの三点になります。もちろんバラでご注文いただいてもかまいません」

「フグだけでいいのに、どうしてわざわざサバフグって称しているんですか」

アスヨが訊ねてくる。ずいぶんと興味深そうだ。

「フグだけだとトラフグと思う方が多くて、嘘をついているみたいで嫌なものですから」

「正直なんですね」アスヨがうっすら笑みを浮かべる。「ではご当地セットをください」

「私もおなじのを」とキツネ目。

多めという要望なので焼酎を一・五、出汁を三・五にしてつくった。これをふたりにだしてから、皿におでんを盛っていく。改めてアスヨを見る。目鼻立ちがはっきりしていて、立体的な顔だ。少し目が寄り気味ではあるが、欠点にはなっていない。鼻筋が通っていて、シャープな顎をしており、丁寧に化粧が施されていた。身にまとっているのは深緑で素材はカシミヤと思しき立て襟のコートと、地味なのにもかかわらず、とても華やかな印象があるのは、彼女自身が放つオーラのせいだろう。勤めていた商社に、似たような女性が幾人かいたのを思いだす。いずれもどんな相手でも萎縮することなく意見をし、バリバリと仕事がデキるひと達だった。アスヨもそうかもしれない。

しかしどうしてキツネ目といっしょにいるのだろう。おなじ番場バルブの社員だろうか。考えを巡らせているうちに、静香ははたと気づいた。

まさか見合い相手？

「それでね、アスヨさん」

話しかけるキツネ目をアスヨは手で制した。彼女はサバフグのさつま揚げにかぶりついていたところなのだ。そして神妙な面持ちで、顎を上下にゆっくり動かしている。その様子をキツネ目は横目で見つめているしかなかった。

「歯ごたえがしっかりあって、サバフグの味もちゃんと味わえる。嚙む毎に旨味が溢れでてきておいしいですね。控えめに言って最高です」

「ありがとうございます」

静香は礼を言う。アスヨの言葉は率直で、嘘がないのがわかる。上から目線でないのもいい。

「伊竹湾で獲れた魚でつくったとおっしゃっていましたが、どこの練物屋から仕入れているんです？」

「こっから二百メートルほど先にある、有野練物という私の実家です。伊竹魚市場で魚を買い入れ、すり身からつくっています」

「すり身はもしかして石臼で？」

「そうですが」頷きながらも静香は訝しく思った。石臼練りなんて知っているひとはそうそういないはずなのだ。

「出汁もおいしいです。あっさりしているのに、コクがあって奥行きがある」アスヨは皿を両手で持つと、出汁を啜る。そしてワインの試飲よろしく口の中で転がした。「鶏ガラに昆布、それにかつお節？　じゃなくてうるめ節ですね」

「正解です」静香は感心するばかりだ。ここまで正確に当てられたひとなどいない。

「さらにおでん種からの旨みが相俟《あいま》って深い味わいになっています。こういう出汁って、このへんのものですか」

「いいえ。伊竹でもウチだけです。いまの私よりも年下だった祖父が伊竹駅前でおでん屋台をしてたんです。そのとき祖父がよそとはちがう出汁にしようと編みだしたものだそうで、そのレシピを私の母が教わっていたものですから、祖父が亡くなったあとも、ウチで食べるおでんはこの出汁でした」

「お祖父《じい》様の味を、孫であるあなたが令和の現代に甦らせたのですね」

「そこまで大層なものでは」アスヨに言われ、静香は恐縮してしまう。「ただ単に我が家のおでんというだけに過ぎません」

「鍋の中、見ていいですか。マスクはしますので」

「どうぞ」

立ちあがるアスヨの隣でキツネ目は所在なげに、焼酎の出汁割を啜っていた。

「このまん丸のははんぺん？」

「そうです。祖父が四角くするのが手間なんで、お椀《わん》で型を取るようにしたそうで」

「まわりがギザギザのこれはなんです？　ちくわぶにしては色がグレイっぽいですけど」

「魚すじです。おでんのすじと言えば牛すじですが、昔は関東だと、この魚すじだったそうです」

「なんの魚です？」

「ヨシキリザメとアオザメです。すじ肉と軟骨を二度挽《び》きして、スケソウダラやいかなどを加え、味付けは塩と砂糖だけですり身に、これを簀巻《すま》きで巻いて蒸したのが魚すじです」

「すじかまぼことおんなじですか」

「ああ、そうです」すじかまぼこを知っているひともそうはいない。

「こっちの四角いヤツは厚揚げ？」アスヨはなおも訊ねてきた。

「いえ、東京揚げと言いまして、大豆と魚のすり身を混ぜあわせたものを蒸してから揚げています」

「それがどうして東京揚げという名前に？」

「もともとは東京の練物屋さん数軒が協力してつくったおでん種で、そのうちの一軒が、祖父の代からの知りあいで、母が頼みこんで、つくり方を教えてもらったそうです。平成のおわりにその練物屋さんは店を畳んでしまい、いまでは東京でもつくっている練物屋はほとんどない絶滅危惧おでん種でして」

　おでん種について訊ねてくるひとはときどきいる。その度に静香は丁寧に答えるよう心がけていた。だがいつもより熱がこもっているのが自分でもわかる。それはきっと興味本位ではなく、本気で知りたいアスヨの気持ちが伝わってくるからにちがいない。

　他のおでん種についてもいくつか訊ねたあと、アスヨははんぺん、魚すじ、東京揚げを一品ずつ頼んできた。他の客からも「私も東京揚げちょうだい」「俺は魚すじもらおうかな」と声があがった。「話を聞いてたら、食べたくなっちゃったよ」

　ありがたい。アスヨのおかげで今日の売上げが少し伸びたのはたしかだ。

「もう一杯、おんなじのをくれ」

　キツネ目だ。視界に入っていたはずなのに、存在を忘れかけていた。そんな彼の隣で、アスヨは東京揚げを箸で四つに割って、そのうちのひとつを大きく開いた口に入れている。見事な食べっぷりに惚《ほ》れ惚《ぼ》れしてしまう。

「モチモチ感半端ないな」アスヨはうれしそうに言った。「大豆が混ざっているぶん、味がまろやかで、蒸してから揚げているからか、こってりしていないのもいいですね。うん、おいしい」

「アスヨさん」

　キツネ目が我慢しきれないとばかりに言った。目が据わってもいる。セクハラ行為をまたしでかすのではと、静香は思わず身構える。足元ではアルゴスが唸《うな》りだした。

「じつを言いますと、私、見合いをしたのはあなたが十二人目でして」

キツネ目の告白に、屋台にいたみんなの動きが止まった。ただひとり、アスヨだけがはんぺんを口に頬張っている。

やはり見合い相手だったのか。しかしキツネ目がすでに十二人も見合いをしていたとは。

「その中でもあなたがダントツです。四十三年の生涯に出逢った女性で三本の指に入る美しさだ。でも誤解しないでいただきたい。ぼくは外見でひとを判断するような人間ではありません。今後、ぜひおつきあいを」

「ごめんなさい。お断りします」

「は？」

「このお見合い、兄が勝手に進めたことで、私はまったく乗り気ではありませんでした。今日も朝からずっと兄と揉めて、会うだけ会ってみると私が折れたんです。こうした事情は会ってすぐ言おうとしたのですが、それだとせっかくあなたが予約してくださったレストランの食事が、おいしくいただけないでしょう？　なので食べおわってから話すつもりでした。ところが二軒目も連れてってくださるとおっしゃるので、ならばそのあとにと、なかなか言いだせなくて。本当に申し訳ありません」

「え、あ、いや」どう応じたらいいのかわからないのだろう。キツネ目はオタオタするばかりだった。

「私、東京で働いているんです。それを兄ったら、十年以上好きにさせてやったんだ、いい加減、こっちに戻って身を固めろって言いだして。いったいなに考えてんだか」

アスヨの言葉には、だいぶ怒気が含まれていた。キツネ目にすれば、自分が怒られているように思えるだろう。それほど兄に関して腹に据えかねているにちがいなかった。

「なんであれ、あなたはまったく悪くありません。ただ一言言わせていただければ、自分の話ばかりしないで、もっと相手の話を聞くべきです。気になる発言もいくつかありました」

「いったいどこが」

「お気づきになっていない？　ならばお教えしましょう。家事はできるだけ手伝いたいとおっしゃっていましたが、家事は妻だけの仕事だと勘違いしていませんか。夫もするのが当たり前です。妻には自由な時間を与えるというのも聞いて、腹が立って仕方がありませんでした。夫が与えなければ妻は自由な時間を過ごせないとでも？」

「い、いや、あの」

「一から十まで、その調子でした。いいですか。女性に対する考え方を改めないと、どれだけ見合いをしようともうまくいきません」

「そ、そんな」

「わかったら返事っ」

「は、はいっ」

「それじゃあ今日はこれにて解散っ。ここは割り勘で」

「はいっ」

アスヨに言われ、キツネ目は大きな声で返事をした。

そっか。昨日、給料日だったんだな。

木曜の夜なのに客がひっきりなしに訪れ、売上げが上々だった。その原因を考えているうちに気づいたのだ。静香自身、ほんの三年前までは、毎月この日に給料が振りこまれていたのに、すっかり忘れていた。いまとなっては月々決まった額が手に入るなんて、夢のように思える。

おでん種はほとんど捌けた。ご当地セットは完売したのが、なによりもうれしい。この先も目先を変えて、いろいろなおでん種をつくるべきだろう。魚だけにかぎらず、旬の野菜をすり身に混ぜてみるのもいい。

九時半前に若菜の同僚という市役所職員三人が帰ってから、客は訪れていない。商店街は帰路を急ぐひとがときどき通りかかるだけとなった。閉店まで残り二十分足らず、徐々に片付けをはじめようかと思っていると、屋台の真ん前で、だれかが立ち止まった。

「まだいいですか」

暖簾のあいだに手を入れ、中を見ながら訊ねてきた。男性だ。その声に静香は聞き覚えがあった。

「十時閉店で、おでん種がちょっとしかありませんが、それでよろしければ」

「かまいません」

グレーのダウンジャケットを着た男性が入ってくる。立体マスクをかけていても、だれかすぐにわかった。

「六平太だよね？」

「ひさしぶり」

十数年ぶりなのに、三日ぶり程度の口調で言い、六平太は正面のカウンターに腰をおろす。

「おとつい、ウチに電話してきたでしょ？」

「有野がこっちに戻ってきているって、ひとから教えてもらってね。それでまあ」六平太はメニューに視線を落とす。「ラムネって、ビー玉が蓋のヤツ？」

「うん」

「それ、くんない？」

クーラーボックスからラムネをだし、瓶の口を玉押しでぐいと押して開き、六平太に渡した。

「いつ帰ってきた？」

「コロナの直前。じきに三年になるよ」

「そんな前だったんだ。全然知らなかった」六平太はいま県庁所在地に暮らしており、伊竹に戻ることはあっても、高校時代の友達との交流はないという。「俺、いま県警で働いてて」

「ＤＪポリスでしょ」

「正式には警備現場広報ね。っつうか、なんで知ってるの？」

「ハロウィンの日、伊竹駅前でやってたじゃない？　ここにいても声が聞こえてきてさ。もしかしたらって見にいったら、やっぱり六平太だったんでマジ驚いたよ」

「俺もなんでこんなことしているんだろって、マジ驚いている」

　六平太は照れ臭そうに笑いながら、マスクを外し、ラムネに口をつけた。そんな彼を見ていると、懐かしいというよりも、高校を卒業してからの十五年の歳月がすべて幻にしか思えなくなった。

「おでん種がちょっとだけって言ってたけど、どんくらい？」

「十二、三品かな。平日でも昨日が給料日だったんで、お客が尽きなかったんだ」

「商売繁盛、けっこうなことさ。それじゃ残りぜんぶ、いただこうかな」

　静香は二人前用の皿をだし、おでん種をのっけていく。

「だれに教わったの？　私が戻ってるってこと」

「小園さんっていう」

「ハロウィンの日にライオンの恰好をして、特攻服の子をノシちゃったひとだよね」と言いながら、残りぜんぶ盛の皿を六平太の前に置く。

「有野、あんとき、あの場にいた？」

「いたよ。ライオンの小園さんにむかって、六平太、イイこと言ってたのも聞いた」

「知らないことがあれば調べて知ればいいって当たり前のことを言ったまでさ。でもまあ、小園さんには刺さったみたいで、早速実行しようと、昴田山の麓の専門店に、こんにゃくをつくる過程を見学しにいったって」

「小園さん本人に聞いたの？」

「聞いたんじゃなくて、ハロウィンの日のお詫びをしたためた手紙を送ってきたんだよ。こんにゃくの専門店を紹介してくれたのが、伊竹銀座商店街の有野練物の娘さんで、おなじ商店街に屋台をだしていて、どのおでん種もおいしいので、ぜひ食べにいってみてくださいって書いてあってさ。有野練物の娘といったら、有野しかいないだろ」

「小園さん、すっかりウチの常連なんだけど、その話はしたことないな。手紙はいつ、もらった？」

「十一月のなかばだ。ほんとはもっと早くここにくるつもりだったんだけど、仕事が忙しくって」

「ちょくちょく新聞やテレビに取りあげられてるもんね。県警の公式チャンネルにもでてたでしょ？　ヘルメットの着用が努力義務化されますって、六平太が言うからさ、高校んときのヘルメット、被るようにしてる」

「あの動画がちょっとは役に立ったわけだ。よかった。やった甲斐があった」

六平太は話をしながら、おでん種をつぎつぎと口に運ぶ。早食いは高校の頃と変わらない。

「小園さんにこうも言ってたでしょ。我々みんながいるからこそ、世の中は成り立っているのです。だから不要な人間なんてひとりもいません」

一字一句言えるのは、ネットにアップされた、そのときの映像を繰り返し見ていたからだ。

「有野」六平太は箸を止め、上目遣いで静香を見る。「俺のこと、イジってる？」

「イジってない、イジってない。マジでイイこと言ってるなぁと思ったよ」

本気なのに、口にすると言い訳をしているみたいだった。六平太はおでん種をほぼ平らげ、皿には餃子巻が一個、残っているだけだった。

「餃子巻、いまでも好きなんだ」

「いまでもって、俺、好きだって言ったことあった？」

「ウチにくる度に、私の母さんから餃子巻、もらってたでしょ」

「ああ。有野ん家いくとさ、俺が挨拶する前に、はいどうぞって、紙に包んだ餃子巻くれたよ。あれはどうしてだ？」

「六平太が餃子巻を好きだからじゃない？」

「そんなこと言った覚えないよ。有野の母さんが思いこんでたんじゃないのかな。ウマかったからありがたくいただいていたけど」と言ってから六平太は箸でつまんだ餃子巻にかじりつく。「こうしておでんの鍋で煮てあるとまた格別だな。餃子の餡にまで、出汁が沁みこんでて、肉汁との相乗効果で、パンチの効いた濃厚な味わいがたまらんよ。練物と餃子の足し算ではなく掛け算になっている。でもまあ、餃子も中華料理の看板メニューなのに、わざわざ魚のすり身を身にまとって、おでんにしゃしゃりでてこなくていいとは思うが」

あっ。

「高校んときにも、おんなじこと、言ってなかった？」

「よく覚えてたな」六平太はうれしそうに笑う。「そしたら有野、こう言ったんだ。しゃしゃりでてきたわけじゃなくて、おでんのほうからウチの鍋にいらしてもらえませんかって、餃子だけじゃなくて焼売にも頼んだって。あれには笑ったよ」

「その話したの、昴田山のあの公園？」

「海が見える公園。高校でてから一回もいってないな」

「ウォンウォン」アルゴスが吠えた。六平太にむかってだが、敵意はない。おまえ、いいヤツそうだなと話しかけているようだった。

「有野ん家、犬、飼ってたっけ」

「私が戻ってくる前にお母さんが保護犬をもらってきたの。私が屋台をだしているときには、いっしょにいてくれるんだ」

「名前は？」

「アルゴス」

「触ってもいいか」

「だいじょうぶだよ」

六平太が裏に回ってくると、アルゴスは待ってましたとばかりに、仰向けに寝転がった。すると静香が言うよりも先に、六平太はそのお腹を擦る。

「この商店街、夜も十時近くになると、店はぜんぶ閉まっているし、人通りもほとんどないんだな。番犬がいるにしても、女ひとりで危なくないか」

「心配だったら、元カレなんだし、ときどききてくれない？」

なに調子こいて、余計なこと言ってるんだ、私。

だが六平太は真顔で、こう答えた。

「わかった。そうさせてもらうよ。市民の安全を守るのが警察の役目だからな」

六平太は十時の閉店と同時に帰っていった。静香は屋台をでて、駅のほうへむかう彼の背中を、しばらく眺めていた。

「クゥゥン」

いつの間にか隣にいたアルゴスが鳴いた。名残《なごり》惜しそうなその鳴き声が、静香には自分の気持ちを代弁しているように聞こえた。

第5話　東京揚げ

「なに、その絵？」

つみれを三個と焼酎の出汁割を頼んでから、つみれさんが広げた本を見て、静香はつい訊いてしまった。タコみたいな頭に鱗《うろこ》だらけの身体、背中に巨大な翼が生えた、不気味な化物の絵が載っていたのである。

「クトゥルフといって、宇宙から飛来した異生物で、太古の地球の支配者です」

静香の問いに、つみれさんは真顔で答えた。相手が彼女でなければ、正気を疑っているところだ。

二月第一月曜の今日、昼間は快晴で、ポカポカ陽気だったのが、陽が沈むと同時に気温は一気に下がった。かいっちゃんぜんたいを透明なビニールシートで囲み、足元にストーブを点けてはいるが、客のだれもが上着を脱がなかった。つみれさんが訪れたのは八時半とやや遅めで、他に客はいなかった。

「ラヴクラフトが一九二八年に発表した『クトゥルフの呼び声』にはじめて登場しましてね。彼が生みだした中でも代表格のキャラクターです。彼の作品群は『クトゥルフ神話』と呼ばれているほどで」

「ラヴクラフトって『オバケデイズ』の仇役だよね？」

「そうです。『オバケデイズ』はクトゥルフ神話に登場するおばけというか怪物が日本を襲ってくる設定だと早咲ちゃんが言ってました」

つみれさんが勤める伊竹美術館では、ほぼ二ヶ月にいっぺんのペースで企画展がおこなわれている。チラシを毎回、かいっちゃんの屋台の側面に貼っており、去年の夏におこなわれた『納涼こわ〜い浮世絵展』からはじまり、『怪奇！　恐怖映画ポスター展』、『ウ〜サギ、ウサギ、なに見て跳ねる？　古今東西ウサギ絵画大集合』とつづいた。そして今月なかばから『Ｈ・Ｐ・ラヴクラフトの世界展』がはじまる。チラシのオモテ面は物哀しげで、虚《うつ》ろげな表情をした外国人の写真だった。彼こそがラヴクラフトだ。『オバケデイズ』のドクター・ラヴクラフトにそっくりというか、彼がモデルにちがいなかった。ウラ面の説明によれば、一九二〇年から三〇年代にかけて、怪奇や幻想、あるいはＳＦとも言える小説を書きつづけていたアメリカの小説家で、彼の作品のペーパーバックを中心に、日本で出版された本やゲームなども展示されるそうだ。

「静香さん、来週の定休日、予定ないですよね？」

注文の品をだすと、つみれさんが訊ねてきた。どういうわけかすがるような目つきをしている。

「そういうのってふつう、予定ありますかって訊かない？」

「でも静香さん、定休日はアルゴスの散歩の他にすることがないって、よく言ってるじゃないですか」

そりゃそうだが。

定休日の水曜は、アルゴスを連れて、市内の海や山まで遠出をすることが多い。冷凍車に乗せていくため、助手席に装着できる専用のリードをネットで買ったくらいだ。

「で、なにか予定があるんですか、来週の水曜」

「ないわよ。悪い？」

「悪くはありません。むしろ私にとっては好都合です。『H・P・ラヴクラフトの世界展』の初日なんですが、きていただけます？」

「いくつもりだったけど、初日じゃないと駄目？」

ラヴクラフトに興味はないが、つみれさんと知りあってからは、伊竹美術館の特別展示には必ず足を運んでいる。とくにウサギの絵画展は気に入り、三回観《み》にいって、図録も購入した。

「その日におこなわれる、ギャラリーツアーに参加してほしいんです」

学芸員が主な展示作品を解説し、館内を巡るのをギャラリーツアーと言い、なんでもコロナのせいでほぼ三年中止していたのを今回の企画展から再開、学芸員の中でいちばん下っ端のつみれさんがガイド役を仰せつかったのだという。

「紹介する作品のチョイスから、それぞれの解説のレジュメまで、ぜんぶひとりでやらねばなりません。なによりいちばんの問題は、私、人前で話すのが大の苦手でして、なんとか克服しようと、閉館後にひとりで館内を巡って繰り返し練習をしてはいるんです。それでも本番でウマくできるか不安でたまらなくて、初回だけでも知っているひとがいれば、少しは気持ちが落ち着くのではないかと思いまして。早咲ちゃんに頼んだら、その日は大学のゼミ発表があるからと断られてしまったんです」

「いいわよ。こんな私で役に立つのであれば」

「ありがとうございます」

「何時にいけばいい？」

「ギャラリーツアーは午前十一時にはじまるので、できれば十分前にきてください」

「わかった」

「あとそれと」

「まだなにか？」

「もうじき九時なんで、ラジオ点けてもらえます？　『アカコとヒトミのラジオざんまい』がはじまるんで」

♪ふぅぅく、ふぅぅく、福がくる
　口にふくめば福がくる
　福々銘菓の福々ヨォォォカンッ♪

「福々銘菓が九時をお知らせします」

時報が鳴る。

「ふぁあぁあぁ」

「やだ、アカコ」ヒトミが叱るように言う。「なんでアクビしてんのさ」

「出物腫れ物ところかまわずって言うじゃん」

「それにしたってラジオの本番中だよ。我慢しなさいって」

「だって今朝五時起きだったんだもん」

「そんな早くに起きてなにしてたの？」

「町内ゲートボール大会」

「どうしてあんたがゲートボールを？」

「町内のお年寄りの方々がおやりになるからさ。私も参加しなきゃなんなくて、町内会長がこんなシンドイとは思ってもいなかったよ」

アカコがお年寄りに混じってゲートボールに興じている姿など、想像するだけで笑いが込みあげてきてしまう。

「だからってなんで五時起き？」

「大会が六時からはじまるからだよ」

「そんな早くから？」

「昼までに病院へいかないととか、午後はデイサービスに顔をださなきゃとか、お年寄りって案外、忙しくて、それぞれの都合をすりあわせていったら、そうなっちゃったんだ。それに自宅まで車で迎えにいって、会場までお送りしなくちゃならないひとも何人かいるんでね。昨日のうちに八人乗りのバンを借りておいたの」

「でもあんた、車の免許、持ってないでしょ」

「だからちくわぶちゃんに運転してもらったんだ」

アカコからちくわぶちゃんの名前がでた途端、つみれさんが顔をあげた。静香はトランジスタラジオの音量を4から6にする。

「あんたの弟子の？」

「弟子じゃないよ、居候。あの子、お笑い以外はなんでも一通り器用にこなせるんだよね。とっても重宝しているよ」

「お笑いだけ駄目って、芸人として致命的じゃありません？」つみれさんが心配そうに言う。

ちくわぶちゃんの本名は松原実里だ。かいっちゃんの常連だったが、昨年の夏のおわり、はじめておこなった漫才ライブのあと、相方の松崎遥を残して、東京へいってしまった。そしてアカコの実家に転がりこんだのだ。

「東京にいって半年だよ。まだまだこれからだって。それにほら、アカコさんだって冗談めかして言ってるでしょ。本気でそうは思ってないんじゃない？」

ところがそんな静香の意見を、ラジオの中のアカコが覆した。

「ちくわぶちゃんのネタって、ほんとつまんないんだよねぇ。ベタだとかトガってるとかじゃなくて、どこを面白がっていいのか見当もつかないレベルなんだ」

「だけどあの子、学生の頃、漫才やってて、大学の全国お笑いグランプリでベスト8に残ったって、言ってたじゃん」

「そのときの動画を見たら、これがよくできてて面白かったんだ」

「じゃ、なんでいまあんなになっちゃったの」

「ネタは相方がつくっていたんだって。つまりちくわぶちゃんの面白さは相方が引きだしてたわけ」

「なるほどねぇ」

静香は実里の相方、遥のことを思いだす。あの子はいまどうしているだろう。漫才の中では、実里に社畜呼ばわりされ、あながち間違っていないから堪《こた》えると言っていたが、はたしてあれはただのネタだったのだろうか。

気づけば話題は変わり、アカコはゲートボールがどれだけ奥深いゲームかをヒトミに説いている。

つみれさんが焼酎の出汁割のお代わりと、大根、小型ばくだん、糸こんにゃく、そしてハート型の練物を追加注文してきた。十月はおばけ、十一月はイチョウの葉、十二月はサンタクロース、一月は今年の干支《えと》のウサギ、二月の限定品でバレンタインデーにちなんで、ハート型のを母がつくった。どれも蒸しかまぼこだ。空になったグラスに焼酎を入れ、おたまで出汁を注ぐ。それからおでん種を皿に盛って、つみれさんの前にだしたときだ。台車の上で眠っていたアルゴスが突然、身体を起こした。

いけね。

リードを屋台の柱に結びつけておくのを忘れていた。若菜がきたら、また叱られてしまう。静香はリードの先を拾ったものの、摑む前にするりと抜けていった。アルゴスが台車から飛び降りて表へ飛びだしていく。いままでになかったことだ。

「アルゴスッ。どこいくのっ」

「只事《ただごと》じゃなさそうですよ」つみれさんが言った。「追っかけたほうがよくありません？　私、静香さんが戻ってくるまで、ここにいますんで」

「ごめん。そうさせてもらうね」

静香も表にでてアルゴスを追う。行き先は実家だった。隣家のあいだにある通路に入っていく。家に帰っただけ？　でもなんであんなに慌てて？

「ウォンウォンッ、ウォンウォンウォンッ」

玄関に辿り着いたアルゴスが吠えつづけている。えらい勢いだ。やはり只事ではない。

「どうしたの、アルゴスッ」

隣家との隙間の通路を進みながら静香は訊ねた。家の中は母だけで、この時間はもう寝ている時間だ。そこまで考え、嫌な予感が脳裏をよぎる。

「母さんっ」と叫んで玄関のドアを開くと、静香よりも先にアルゴスが家の中へ飛びこんだ。靴を脱ぎ、そのあとを追いかける。母が仏間とリビングの境でうずくまっていた。アルゴスはそのまわりをくるくると回る。

「母さんっ」静香は駆け寄り、母の横にしゃがみこむ。「ヘルニア？」

母はこくこくと頷く。あまりの痛みに声がでないらしい。一歩どころか一ミリも動けそうにない。静香はスマホをだして一一九番にかけた。

救急車でむかった先は、母のかかりつけの整形外科だった。夜間診療を受け付けており、二十年来、世話になっている医師に母は診てもらうことができた。診断の結果、痛みを和らげる注射を腰に打ち、その後の経過を見るため一晩、入院となった。手術の必要はないものの、鎮痛薬の服用や湿布薬を貼るだけでなく、身体にフィットしたコルセットを塡《は》めるよう、医師に勧められた。そのために明日の午前中、義肢装具士が母の腰回りを採寸し、石膏《せっこう》で型取りもおこなうという。

となると有野練物はしばらくお休みか。

擂潰機でこねくりまわされる魚肉に、いつどのタイミングで氷や調味料などを入れるのか、どれくらいの粘り気ならば、すり身として完成なのかは、母でなければわからない。

注射を打つため、母は診察室からべつの部屋へ運ばれていった。三十分ほどかかるというので、スマホが使える場所を看護師に訊くと、待合室まで案内してくれた。僅かな灯りだけで薄暗く、不気味だが、文句は言えない。壁際に並んだソファに腰をおろし、抱え持っていた上着のポケットからスマホをだす。

LINEが一通、届いている。つみれさんだ。彼女には救急車がくる前、母とともに病院へいくことを電話で伝えると、ならば屋台を片付けておきます、ハロウィンの日に手伝ったのでなんとかなりますと言われていた。

LINEを読むと、ひとりでは心許《こころもと》ないので、早咲ちゃんに連絡したらしい。自宅から自転車を飛ばしてきた彼女とふたり、片付けをしていたところ、DJポリスがあらわれたという。

六平太が？

きてもおかしくはない。はじめてかいっちゃんを訪れたのは十日ほど前で、それから三回訪れている。いつも九時過ぎにひとりだった。滞在時間は十五分から三十分、酒は呑まずにラムネで、おでん種を十数品食べていく。まともに会話をしたのははじめてのときだけで、あとの三回は他に客がいたせいか、注文と会計以外、静香に話しかけてくることはなかった。DJポリスだと気づいて声をかけてくる客は何人かいて、ちょっとやってみてよという無茶ぶりにもきちんと応じていた。三回のうちつみれさんは二回、早咲ちゃんは一回、六平太と会っている。その際、高校の同窓生だった話をしても、交際していたことまでは静香も六平太も口にしなかった。

六平太は残っていたおでん種をすべて購入し、テイクアウトしただけでなく、店の片付けも手伝ったそうだ。食器などを載せた台車二台は有野家の玄関口に置いてから、現金が入った手提げ金庫はどうしようかと思っていると、アルゴスが吠えだした。

〈俺に預けろと言わんばかりだったので、手提げ金庫は犬小屋の奥に入れておきました〉

つみれさんのLINEを読みおえたあとだ。母の現状と明日は有野練物を臨時休業する旨を、有野練物の従業員のグループLINEに流す。すぐに反応があった。だれもが母を心配し、静香を気遣ってくれていた。

まいったな。

母はこの二十年、腰を捻ったり反ったりしたときに痛みを感じるのを、だましだまし働いていたのだ。いつかこうなることはわかっていた。にもかかわらずなんの手立ても打たずにいた自分を情けなく思う。結局は母に頼りきりだった。これでは大学の頃までの自分とおなじだ。

いや、さらに悪い。

十一月から徐々に売上げが伸びてきているとは言え、トータルでは赤字だ。真っ赤っ赤だ。練物をつくる量が増えるばかりで、実家にはいまだに原材料費さえ払えていない。母には迷惑をかけっぱなしである。今回の事態を招いたのも自分のせいに思えてくる。

こんなことならつまらないプライドを捨てて、伊竹周辺で働き口をさがし、月給がもらえるところに勤めて、毎月いくらかでも母に渡したほうがずっとマシだった。屋台くらいだったら簡単に利益がだせると考えていたのも甘かった。いい歳をして母親におんぶに抱っこ、そのくせ家業を継ぐことに二の足を踏み、母からすり身のつくり方を習おうとしなかった。

なにやってんだよ、有野静香。

手に持ったままだったスマホが鳴る。LINE電話で、なんと六平太からだ。

「有野？　いま電話、だいじょうぶ？」

「だいじょうぶ」

そう答えるなり、静香は瞳から熱いものが溢れでて、頬を伝っていくのを感じた。嘘でしょと自分自身に驚いたときには洟《はな》を啜ってもいた。

「泣いているのか」スマホのむこうで六平太が動揺している。「おばさん、よっぽど悪いのか」

「ちがうちがう」静香は否定しながら手の甲で涙を拭う。「母さんはいま腰に痛み止めの注射を打ってるとこ。今夜一晩入院して、明日には家に帰れるんだ。でもしばらくは歩くのもままならないだろうから、店を休まなくちゃいけなくてさ。先のことをあれこれ考えていたら、気が滅入《めい》っちゃってね」

「それで泣いていたのか」

「うん、まあ」

泣いたのは六平太の声を聞いたからに他ならない。気持ちが一気に解きほぐされたせいで、涙が溢れでてきてしまったのだろう。

「すみれさんからＬＩＮＥもらってさ。屋台、片付けるの手伝ってくれたんでしょ。それに残ったおでん種、ぜんぶ買ってくれたそうだけど、ひとりで食べるにしてはけっこうな量だったんじゃない？」

「いましがた、県警で宿直勤務のやつらに差し入れしてきたんだ。店がどこにあるかも言っといた。みんな今度ぜひいくってさ」

「ありがと」

「礼を言うのは俺のほうだ。有野のおでんのおかげで、俺の株がだいぶあがったからな」

つづけて六平太はどこの病院にいるのか、訊ねてきたので、静香は素直に答えた。

「高校んとき、昴田山《すばるたやま》への行き帰りに自転車で、その病院の前を通ってなかった？」

「そう言えばそうだ」静香は言われて気づく。

「俺、いま車で、県警からウチに帰る途中なんだ。なんならそこまで迎えにいって、自宅に送ってあげようか」

「遠回りになるでしょ。いいよ」

そこにさきほどの看護師が訪れた。母の注射を打ちおえたにちがいない。

「ごめん、母さんとこ、いかなきゃいけないんで。また今度」

病室へいくと母はベッドの上で寝息を立てていた。看護師によれば麻酔が効いて眠っているらしい。今夜はもう、静香にできることはない。しばらくして病室をでようとしたときだ。

「静香なら心配ないわ、太一さん」

母が言った。えらくはっきりした口調だが、目を閉じたままだ。夢の中で死んだ父と会っているらしい。つづけてこうも言った。

「案外、頼りになるのよ、あの子」


整形外科をでて、目の前に立つバス停の時刻表を確認する。伊竹駅行きのバスの最終は二時間も前だった。やむなくスマホの配車アプリで、タクシーを呼ぶ。東京にいた頃はちょくちょく使っていたが、伊竹に戻ってきてからははじめてだ。

こんなことなら六平太の厚意に甘えればよかったな。

だがもう遅い。

左手に昴田山が見える。月の光を浴びたその姿は、クジラによく似ていた。

海が見える公園へいかないいか。

高校の頃、六平太に誘われ、昴田山の山腹にある小さな公園へいったのを思いだす。

この先、あの公園へ六平太とふたりでいくことがあるのだろうか。

翌日も配車アプリを使った。母は歩くことがままならず、病院で借りた車椅子に乗っての帰還のため、冷凍車には乗れない。なので車椅子でも乗車可能のタクシーを呼んだのだ。

家に帰ってからも難儀だった。玄関は狭いし、段差も多いので、シャッターを開け、車椅子の母を店先から入れた。工場を抜け、更衣室まで辿り着くと、静香は母をおぶって、住居スペースに入っていった。いつの間にかアルゴスがあがりこんできて、「ウォンウォン、ウォン」と飛び跳ねている。母の帰還をよろこんでいるにちがいない。

「おまえのおかげで助かったよ。よくやった。えらいえらい」

母が褒めると、アルゴスはさらにうれしそうだった。

〈たはむれに母を背負ひてそのあまり軽《かろ》きに泣きて三歩あゆまず〉という啄木《たくぼく》の短歌があるが、静香の母は全然軽くなかった。むしろ重くて三歩歩いただけで静香は息を切らした。それでもどうにかリビングまで運ぶ。

ふだん母は仏間に布団を敷いて寝ている。だがそれだと起きあがるとき、腰に負担がかかり、痛みが増してしまう。そこで昼寝用のソファで横になることにした。

「ただいま」

抱き枕のナマケモノにむかって母が言う。ソファに置きっ放しだったのだ。静香は仏間へいき、押し入れから毛布と掛け布団をだして、両手に抱え、リビングへ持っていく。

「店はどうすんの?」毛布と掛け布団を重ねてかけていると、母が訊ねてきた。

「しばらくはお休みだよ。肝心要のすり身がつくれるのは母さんだけだし」

「あんた、やってみる？」

「無理言わないで。できっこないでしょ」

「私が椅子に座って指示するわ。あんたは言うとおりに動くだけ。なんとかならない？」

口調はいつもどおりだ。しかし静香を見つめる母のまなざしは真剣そのものだった。

なんとかしなければならんわけだな、これは。

「わかった。それじゃあ、いつからにする？」

「明後日」

「だいじょうぶ？」

「働かずにじっとしてるほうが、調子悪くしちゃうよ」

働きすぎだったから調子悪くしたんでしょうがと言ったところで、聞く相手ではない。

「指示で動くだけとは言っても、いつどのタイミングでなにを入れるのか、知っておいたほうがいいよね。いまから教えてあげる」

母はすっかり仕事モードだ。静香は二階の自室から、聖書サイズのシステム手帳を持ってきて、ソファの端に腰をおろす。アルゴスも床に座り、背筋を伸ばし、神妙な面持ちで母のほうをむいた。


その日、かいっちゃんも休むことにした。ブルーシートに包まれた屋台に〈本日臨時休業〉と手書きの札を貼って、家に戻ってくると、工場の電話が鳴っていた。すぐさまむかって、受話器を取る。

「有野練物さんですか」若い女性の声だ。

「はい、そうですが」

「私、松原実里と言いまして」

「ツインパインズの？」

「あ、はい、そうです。かいっちゃんさんですか」

「ええ」

「ご無沙汰しています」

「どうしてここの電話番号を？」

「一〇四で訊きました。いま私、東京におりまして」

「アカコさんの家に居候しているんでしょ」

「それってアカコさんとヒトミさんのラジオを聞いて？」

「いまはちくわぶちゃんなのよね」

ちくわぶちゃんのネタって、ほんとつまんないんだよねぇ。昨夜、それこそラジオでアカコが言っていたのを思いだす。

「はい。うれしいです、知っててくれてたなんて」

「私になにか用？」

「用というかお訊きしたいことがあって。かいっちゃんに東京揚げっていうの、ありましたよね」

「それがなにか」

「私、東京揚げというくらいだから、東京のどこにでもあるものだと思っていたら、どこにもないんです。アカコさんだけじゃなくて、町内会のみなさんもだれひとり知らなくて」

「あれはね」キツネ目の見合い相手だったアスヨに説明したのとおなじことを話す。

「絶滅危惧おでん種だったんですかぁ」実里は残念そうに言う。電話のむこうで肩を落としているのが目に浮かぶ。

「なんでしたらウチでつくったの、送ってあげてもいいですよ」

「通販しているんですか」

「いえ。かいっちゃんの常連だった実里さんのために特別サービスです」昨年末、早咲ちゃんが話していたセイレーンズによるオンラインショップは、すでに始動しているらしいが、有野練物にはまだ声がかかっていなかった。「ただウチでも東京揚げをつくるのは月に二、三度なんですよ。いますぐは無理ですが、今月中には」

「全然かまいません。お願いします」

「何個お入りでしょう?」

「五十個お願いします」

「そんなに?」

「アカコさんやヒトミさん、それに町内会のみなさんにも食べさせてあげたいんで。あ、でも送ってもらうとなると、アカコさんのウチなんで、アカコさんに許可をもらわないと。またあとで電話します」

カァンカァンカァンカァン。

踏切の警報音があたりに響き渡る。助手席のアルゴスはむくりと身体を起こす。右手にある伊竹駅から電車が走ってきて、目の前を通り過ぎていく。上りの始発で、乗客はまばらだ。遮断機があがってから、静香はアクセルを踏み、冷凍車を走らせた。日が昇るのは一時間半以上先なので、町はまだ深い闇の底にある。人影はなく、車もほとんど走っていない。

むかう先は伊竹魚市場だ。自宅をでる際、運転席のドアを開いたら、犬小屋からアルゴスが飛びだしてきて、勝手に乗ってしまった。散歩にいくんじゃないよと言っても、そんなのわかっていますとでも言いたげな顔をするだけで、車からおりようとしなかった。

母が倒れたのが月曜の夜、火曜は臨時休業、水曜は定休日、そして二月第二木曜の今日、母の言葉に従い、店を開くことにした。昨夜のうちに、母は悦子さんにＬＩＮＥを送り、必要な魚を頼んである。つまり静香は母の代理であり、ただのお遣いに過ぎない。

やがて辿り着いた伊竹魚市場は、駐車場の八割方、埋まっていた。なにより目を引いたのは大型のバスだ。五台も並んでおり、車体の横にアヒルの絵が描かれている。アヒルバスなる会社の観光バスらしい。その間近に冷凍車を停める。アルゴスもいっしょにおりてきたが、市場の中に連れていくわけにはいかない。荷台から台車を取りだし、ドアを閉めてから、そのノブにアルゴスのリードを括《くく》りつけた。

「三十分もしないで戻ってくるから、おとなしくしているんだよ」

「ウォン、ウォンウォン」

了解しましたと答えているように聞こえなくもない。

かいっちゃんをオープンする前は、母のお供で市場を訪れていた。その頃はコロナのせいで閑散としていたが、いまはちがう。朝陽がのぼる前なのにもかかわらず、えらく混雑しており、寿《す》司《し》屋やラーメン屋などの飲食店はどこも列ができていた。バス五台分の観光客が押し寄せているようだ。大半が外国人で、よその国の言葉が飛び交う中、畳んだ台車を小脇に抱え、人混みをすり抜けていくうちに、異国に迷いこんだ錯覚さえ起きてくるほどだった。

「いぃぃらっしゃい、いぃぃぃらっしゃい、いらっしゃぁぁぁあい」

悦子さんの威勢がいい声が聞こえてきた。蛍光ピンクのダウンジャケットを着ているのでえらく目立つ。御年七十でも卸売業者の売場をくまなく歩き、自分で見定めて買い付けているという。その目に間違いはなく、取引先の寿司屋や飲食店などには、ぜったいに嘘をつかず、いい魚をだすので、信用は厚く人気は高い。身長百五十センチ足らずと小柄だが、存在感は仲卸店の中では随一だ。

「おはよう、静香ちゃん」

静香を見つけるなり、一段と大きな声で言った。

「真知子ちゃんに頼まれた魚、もう箱に詰めてあるんだ。いらっしゃいな」

さっきの店の中へ入っていく悦子さんを、慌ててあとを追う。

「おはようございます」「おはようございます」

店内に十人はいるスタッフが静香につぎつぎと挨拶をする。ただしその手は休めることなく、接客や魚の仕込みなど、寸暇を惜しんで働いていた。テキパキと動くその姿は見ていて清々《すがすが》しい。東京で勤めていた総合商社のように、だれしもがパソコンとにらめっこしているような職場とおなじ働くにしてもまるでちがう。こちらのほうがずっと活気づいているし、楽しそうでもあった。

「おかしいわねぇ」悦子さんは立ち止まり、あたりを見回す。「だれかぁぁ。有野さんとこの箱、どこかやったぁ？」

「ここにありますよぉ」店の反対側から、まだ十代後半と思しき若いスタッフが応じる。

「あら、やだ、そうだった」悦子さんは照れ隠しなのか、ひとりで笑った。「ついさっきまでそこでやってたのに、なんで忘れちゃったのかしら。歳は取りたくないもんだわ」

「そっちに持っていきましょうか」

「おねがぁい」

若いスタッフが発泡スチロールの箱を二箱重ねて運んでくる。悦子さんはすぐそばの作業台に並べて置くよう命じ、いずれの蓋も開いた。

「いつもどおり北海道産のスケソウダラと気仙沼産のヨシキリザメにアオザメね。で、こっちは今朝水揚げされたエソにサヨリ、アマダイ、ボラ。あとこの巻貝はオマケ。バイ貝なんだけど、貝からだしたら、唾液腺に毒があるんでしっかり取り除くこと。三つ四つずつ串に刺せば二十本くらいにはなるはずよ。煮こめば、立派なおでん種になるから試してみて」

「ありがとうございます」静香は広げた台車に箱を載せる。

「だいじょうぶかい？」

「はい。まだ歩けませんが、痛みはだいぶ引いたようで」

「真知子ちゃんじゃなくて、静香ちゃんがだよ」

「私はいたって健康です」

「だけどこんな朝早く起きて、おでん種つくって、昼間は店やって、夜は夜で屋台やるなんてフル稼働じゃないの」

「昼間に休みを取るんで、どうにかなりますよ。パートやバイトのひと達も協力してくれますし。母が完治するまでは、この生活パターンでいくつもりです。この際だからすり身のつくり方もきっちり教わっておこうかと」

「そいつはいい。真知子ちゃんがつくる生のすり身こそが有野練物だもの。あの味が途絶えちゃうのはもったいないよ」

「でもきちんと受け継げるか自信がなくて」

「真知子ちゃんも最初はそうだったよ。でも勉強熱心で、私に魚についてあれこれ訊ねてメモっていたからね。嘉一さんなんか、息子より嫁のほうが仕事の飲みこみが早くて手際がいいって褒めていたもの」

「それは知りませんでした」はじめて聞く話に、静香は少なからず驚く。

「旦那の太一くんだって努力はしていたとは思うのよ。でもなんで俺が練物をつくんなきゃいけないんだっていう気持ちが、いつまで経っても拭えなかったんだろうねぇ。仕事に身が入ってないのが、傍《はた》から見てもわかったくらい。嘉一さんも嘉一さんで、ふだんは温厚でひとのよさが滲《にじ》みでているほどなのに、酒が入ると人格が変わるの。いまで言うDVってヤツ」

「マジですか」

「当時は珍しいことじゃなかったよ。私の死んだ旦那もそうだった。私の場合、やられっぱなしじゃ悔しいんで、立ちむかってたわ。ぶん殴って、旦那の鼻の骨を折ったこともあった」

カッカッカと悦子さんはおかしそうに笑う。

「凄いですね」

「なぁに、私よりも真知子ちゃんのほうが一枚上手」

「どういうことです？」

「知らない？　あの話」

「どの話です？　教えてください」

「嘉一さんと太一くんは一時期、寄ると触ると喧嘩ばかりしてたんだ。有野練物の前を通れば、しょっちゅうふたりの怒鳴り声が聞こえてくるほどだった。そんなある日、ふたりが居酒屋で鉢合わせになって、取っ組み合いの喧嘩になったの。そこに真知子ちゃんが出刃包丁を持って駆けつけてきたんだ」

「出刃包丁ですか？」

なにかの聞き間違いかと静香は訊ねた。

「そうよ。店に飛びこんでくると、喧嘩をしている父子の前に立って、出刃包丁の先っちょを自分の喉元に突きつけて」

いますぐ喧嘩をやめないと、私はここで死にます、私が死んだら有野練物は立ちゆかなくなることでしょう。それでもいいんですか。

そう啖呵《たんか》を切ったのだという。

「それでも嘉一さんと太一くんは組みあったままでいたら、真知子ちゃんの喉元を、つぅぅぅって血が一筋流れてきたものだからさ。慌てたふたりは真知子ちゃんに駆け寄って、出刃包丁を奪い取ったんだって」

以来、祖父と父は滅多に喧嘩をしなくなったそうだ。

「この話、静香ちゃん、全然知らなかった？」

「はじめて聞きました」俄に信じ難い話だ。ナマケモノの抱き枕を抱いて横たわる母からはまるで想像がつかない。「おじいさんが生きていたとなると、私が生まれる前の話ですよね」

「真知子ちゃんがこっちにきて、一年経つか経たないうちだったはず。そう考えると、そのときにはもう、有野練物にとって真知子ちゃんはなくてはならない存在だったわけか。店の切り盛りも任されていたかも。なにせ嘉一さんときたら腕はいいけど、酔っ払うとそんなだったせいで、雇ってた職人はつぎつぎといなくなってて、店もだいぶ傾きかけていたからさ。太一くんが戻ってこなければ、っていうより真知子ちゃんがこなかったら、有野練物がなくなっていたのは間違いないな。彼女の頑張りを見ていたからこそ、太一さんが亡くなって、ひとりでやっていくってときに、近所のひと達が手伝おうって気になったんだろうねぇ。私もできるかぎり協力しようと思ったもの。まったく恐れ入るよ、あなたのお母さんには」

魚が詰まった発泡スチロールの箱を重ねて載せ、「すいませぇん、台車通りまぁす」と声をあげ、混み混みの市場を抜けだし、駐車場を横切っていく。五台並んだアヒルバスの前を通り過ぎていくと、アルゴスの甘えた声が聞こえてきた。

「よぉしよしよしよし、よぉしよし」

ダウンコートの女性が、仰向けになったアルゴスのお腹を擦っている。近づくにつれ、その顔がはっきり見えてきた。キツネ目の十二人目の見合い相手、アスヨだった。彼女のほうも台車を押す静香に気づき、すっくと立ちあがる。

「おはようございます」

「どうしてここに？」

「仕事と言えば仕事です」

あまり答えになっていない。するとアスヨは予め準備していたのか、すかさず名刺を差しだしてきた。

「私、帆生堂《ほせいどう》百貨店日本橋《にほんばし》本店で、食料品のバイヤーをしております、照石明日世《てるいしあすよ》といいます」

帆生堂と言えば、日本有数の老舗百貨店だ。日本橋本店は勤めていた商社から歩いていける距離で、月に何度か足を運んだ。主にデパ地下で、ランチや夜食、スイーツなどを自分のだけでなく、チームみんなに買っていった。いまとなっては懐かしい思い出である。静香もスマホのケースに挟んである名刺をだす。

「月の三分の二は出張で、ウチで扱える食料品はないかとさがしているんです。小さい頃からおいしいものを食べるのが好きで、趣味と実益を兼ねている点では天職と言っていいかもしれません」

「だから出汁の原料を当てることができたんですね」

「ウチで商品を扱わせていただいているかつお節の問屋さんで、社員を中心とした利き出汁の会があって、そこにときどきお邪魔しているんです。仕事に役立てるためではありますが、やはり好きでやっていることでして」

明日世は快活に言う。心から仕事を楽しんでいるにちがいない。なのにどうしてキツネ目などと見合いをしたのだろう。

そうだ。兄が勝手に進めていたって言ってたな。

「じつは昨日の夜、かいっちゃんにいくつもりだったんですよ。水曜が定休日とはしくじりました」

「ごめんなさい」

「いえいえ。下調べしなかった私が悪いんです。それでまあ、一日予定を延ばして、ビジネスホテルに泊まって、せっかくなんで早起きして魚市場の朝市にきたものの、あまりの観光客の多さでどこの店も入れないし、売場も落ち着いて見ることができない。これはしばらく待とうと表にでてきて、座って休めるところはないものかとうろついたら、私にむかって呼びかけるように吠える犬がいて」

「ウォンウォン、ウォン」

それが私だったわけですとでもアルゴスは言っているのだろう。

「近寄ってみたら仰向けに寝転がったんで、かいっちゃんの犬に間違いないなと。ご実家の店の名前が車の荷台に書いてあるのにも気づいて、ここにいれば、あなたがくるかもしれないと待っていたんです。もしかしておでん種の材料を仕入れに？」

「いつもは母なんです。今日は代理に私が。でもなんで私に会いたいと？」

「かいっちゃんのおでんを、ウチで売ってほしいんですよ」

あまりにさらりと言われ、明日世の言葉を理解するのに静香は若干、時間がかかった。

「ウチってあの、帆生堂さんで？」

「もちろんです。地下一階の食品売場のウマいものコレクション、略してウマコレという催事場で、一週間交代でテーマを決めて、日本各地ときには海外の食品を販売しているんですよ。できればそちらに出店していただければと」

「ど、どうしてですか」

「かいっちゃんのおでん種が、おいしいからに決まっているじゃないですか」

聞き返す静香に、明日世は少し困り顔で答えた。昔、だれかにおなじような顔をされたのを思いだす。六平太だ。彼にコクられ、どうして私？　と聞き返したときだった。

「急に言われましても」

「急ではありません。まだまだ先の話です。今年のウマコレの出店はほぼ埋まっておりますし、モノがおでんでもあるので、今年の十二月から来年二月になると思います。ただし社内コンペを勝ち抜かなければなりません。私は実績があるので、有利ではありますが、それでも万全の準備で臨みたいと考えています。詳しく話をさせていただきたいのですが、いまお時間あります？」

「家に帰って練物をつくらないと」

「そっか。そうですよね」

午後であればと静香が言おうとする前に、明日世が意外な申し出をしてきた。

「だったらいまからいっしょにいって、練物をつくっているところを見せていただくことは可能でしょうか」

「え？」静香は戸惑いを隠し切れなかった。「でも魚市場の店や売場をご覧になるのでは」

「有野さんのほうがメインですので、かまいません。できれば作業工程を動画で撮らせてください。社内コンペで見せれば説得力が俄然《がぜん》、増します。ぜひお願いします」

明日世の押しの強さに、静香はたじろいでしまう。

「ふ、ふだんは母がすり身をつくっているのですが、三日前にヘルニアの再発で倒れてしまいまして」

「まあ」と明日世はもとから大きな瞳をさらに大きく見開く。

「歩くのもままならないのですが、母は車椅子に乗って工場にでて指示するから、私にすり身をつくれと言うんです。それでもかまいませんか」

「そちらがご迷惑でなければ私は全然」

「では母に許可をとりますので、少しお待ちください」

スマホで電話をかけると、母はすぐにでた。静香は明日世のことと彼女の頼みを手短かに話す。とうの明日世は、ふたたびしゃがんでアルゴスをかまいつつ、耳をそばだてているのは気配でわかった。

「そのひと、どんなひと？」

「タイプとしては悦子さんに近いかな」

「押しが強くて少し強引だけど、竹を割ったような性格ってとこ？」

「うん。それにアルゴスはだいぶ気に入っているみたい」

いまもまた、明日世にお腹を擦ってもらっている。すっかり手懐《てなず》けられていると言ってもいい。

「だったら悪人ではなさそうね。わかった。連れてらっしゃい。私も出店の話は詳しく聞きたいし」

冷凍車は二人乗りなので、助手席に明日世が座り、アルゴスは彼女の膝の上で身体を丸めた。

「重くないですか」

「これくらいなら全然。飼ってたビーグルより一回り小さいですし」

「やっぱり犬、飼ってたんですね。扱い慣れているんで、そうじゃないかと思っていました」

「とは言っても高校までです。大学から東京で。いまは飼いたくても、さっき話したとおり月の三分の二は出張なので無理なんですよねぇ」

魚市場の駐車場をでて、海沿いの国道に入る。朝陽に照らされ、金色に輝く海面は眩《まぶ》しいくらいだ。

「有野さんはずっと伊竹ですか」

「いえ、私も大学は東京で、就職して働いてもいたんですが、コロナが流行る直前にこっちに戻ってきました」

「実家を継ぐために？」

「そうではなくて、身体の調子を悪くして、会社を辞めざるを得なくなったんです。だけどなにもせずにぼんやりしてもいられないので、家を手伝っているうちに、屋台をやることにしまして。でもここから先どうなるか、自分でもよくわかっていないというのが、本当のところです」

ここまで言わなくたっていいのに。

なぜかは自分でもよくわからない。明日世に親近感を感じて、口が軽くなっているようだ。

「照石さんも伊竹？」

「私は」明日世が答えたのは県庁所在地だった。実家は山間《やまあい》のほうにある温泉街で旅館を営んでおり、八歳歳上の兄が四代目を継いでいるという。

「その兄が昨年末に電話をしてきて、コロナのせいで実家が窮地に陥っている、ここ最近どうにか客が戻ってきてはいるものの、まだまだ予断を許さない状態だ、ついては家のことでおまえと直《じか》に会って相談がしたいというんで、年が明けて五年振りに帰省したんです。そしたらいきなり見合いをさせられて」

「どうしてですか」

ここぞとばかりに、静香は訊ねた。その理由が知りたくてたまらなかったのだが、しかし自分から切りだすわけにもいかず我慢していたのである。

「妹が三十を過ぎて独り身でいるのは不憫《ふびん》でならない。これ以上、東京にいたら悪い男に騙《だま》されて、ヒドい目にあうのがオチだ。ならばイイ相手を見つけて、幸せにしてあげるのが照石家の長男の役目だと兄は言うんです」

「女の幸せは結婚だけじゃないですよね」

「って私も兄に言ったんです。いまの職場で十年間、私がどれだけ頑張って実績をあげてきたかなんて話をしても、兄はまったく聞く耳を持ちません。それどころか女が都会にでて働くようになってから、日本はおかしくなった、おかげで出生率は下がる一方なんだ、そんな危険思想はさっさと捨てろって、顔を真っ赤にして怒りだす始末で、手がつけられない状態になったので、やむなく私が折れて、見合いをすることにしたんです」

明日世が深いため息をつくと、アルゴスが心配そうな顔つきで見あげた。

「兄も本当は東京の大学にいくつもりだったのが、ことごとく不合格、二浪が決まった段階で自らギブして、地元にある観光に関する専門学校に二年通い、実家を継ぎました。ところが妹の私は東京の大学に一発で合格、卒業後も東京に留まって十年働いているのが、兄にとっては面白くない。だからわけのわからない理由にかこつけ、私を地元で結婚させ、旅館を手伝わせようという魂胆なんです。親父《おやじ》とおふくろも七十歳を超えたばかりでまだピンシャンしているが、五年先はどうなるかわからない、俺は旅館があるし、女房は育児で忙しい、となればおまえが両親の面倒を見るのがいちばんだ、東京にいくわがままを許してもらえたのだから、そのくらいの親孝行はすべきだとは思わないかと」

「何様のつもりですか」

「お兄様ですよ」

他人事ながら腹を立てる静香に、他人事のように明日世が言って笑う。

「両親の面倒を見ろというのは、たぶん兄嫁の入れ知恵です。あのひと、母とはウマくいっていないので。だけどそこまで考えているならばですよ。私が一目惚《ひとめぼ》れするようなイイ男を選んでこいって話じゃないですか。それをなんなんですか、あの男。有野さんは見て、どう思いました？」

「どうもこうもありません」静香はキツネ目がかいっちゃんでヤラカした蛮行の一部始終を話した。

「うわっ、最悪」

「ウォンウォンッ」

明日世が吐き捨てるように言うと、アルゴスが同意するように吠えた。

「ほんとですよ。あんなことをしでかしといて、よくもまあ、ノコノコこられたものです。でもそのおかげで照石さんと会えたわけですが」

「あ、そうじゃないんです。私、伊竹に高校んときの友達が何人かいて、地元でどこかおいしい店はないか、事前に訊いておいたんですよ。そしたら商店街にできたおでんの屋台がおいしいと薦められまして、ならば見合いを早々におわらせていこうと思っていたのですが」

「なんでアイツがいっしょに？」

「仕方なくです」明日世は謝罪会見のように、申し訳なさそうに言う。「一軒目のレストランをでたあと、もう一軒つきあってくださいってしつこかったもので。言われてみれば、あの商店街に入ると、アイツ、そわそわしていた気がします。自分から屋台の中を見て、混んでて入れそうにない、べつの店にしませんかとも言いだしたし。だけどそんなことがあったとは、思いもよりませんでした」

「じつは私もあの男との見合いを勧められまして」

「ほんとに？」

「かいっちゃんの客にもひとり」つみれさんのことだ。

「どういうつもりなのかしら、アイツ。数撃ちゃ当たるって作戦？」

「それはあるかもしれません。照石さんはキューピッドおばさんってご存じですか」

「独身の男女をくっつけたがる女のひと達ですよね。実家がある温泉街には三人いて、そのうちのひとり、土産物屋の奥さんの紹介で、兄は五年前、結婚できたんです。私の見合い相手も彼女から紹介してもらったそうで」

「私はおなじ商店街の中華料理屋の奥さんです。お客さんは伊竹市のなんとか教育財団のひとがキューピッドおばさんだったと言っていました」

「ほんとにどこでもいるんですね。私達もある日突然、キューピッドおばさんになっているのかも」

「やだ、怖い。勘弁してくださいよ」

静香が言い、明日世とふたりして笑う。アルゴスも機嫌よさそうに吠える。

「有野さん、歳、訊いてもいい？」

「照石さんが先に教えてくだされば」

「三十三。今年で四」

「タメじゃないですか」

「有野さんは何月生まれ？」

「七月です」

「学年もいっしょだ。私、九月なんです」明日世はうれしそうに言う。口調もだいぶくだけている。「高校はどこ？」

「伊竹高です」

「だったらおなじ学年に、辺根くんっていませんでした？　福々製菓の息子で剣道が強い」

「いました」元カレですとまではさすがに言えない。

「私、高校んとき、剣道部だったんですよ。練習試合とか地区予選とかで辺根くんがいると、女子部員はテンション爆上がりで、試合どころじゃなくなっちゃうくらいでした。部員のひとりが福々御殿にコクりにいくのに、私を含めて何人かでついていったこともあって」

福々御殿とは六平太の実家だ。伊竹市のみならず県内で知らぬひとはまずいないだろう。つきあっていた頃、静香は何度か足を踏み入れたことがある。門をくぐり抜けると手入れの行き届いた庭園が広がり、その先にある家は歴史的建造物かと見紛《みまが》うほど立派で、まさしく御殿だった。

「あまりに重厚な門構えで、インターフォンを押すだけでもビビってしまって、キャアキャア騒いでいたら、中から辺根くんがでてきたんです。防犯カメラに私達が映っていたみたいで、俺に用かなって。この機会を逃すわけにはいかないので、その場で部員のひとりがコクったんですが、ごめん、カノジョがいるんでって瞬殺でした」

「へえ」明日世の発言に静香は少なからず動揺するものの、どうにか平静を装う。六平太から聞いたことがない話だ。

「そのあと伊竹駅前のカラオケボックスにいって、残念会を開いて、すっごい盛り上がったのは、いまになってはいい思い出です。あ、そうだ。有野さん、辺根くんのカノジョ、知りません？」

私ですと白状するしかないかと思った矢先だ。

「そのカノジョって勉強はデキるけど地味でカワウソに似た子らしいんです。そういう友達、いませんでした？」

「私のまわりにはいなかったような」

高校の頃から、私はカワウソに似ていると思われていたのか。

「このあいだ実家に帰ったとき、地方局のニュースに辺根くんがでてきたんで、ビックリしましたよ。まさかＤＪポリスになっているなんて」

「ハロウィンの日、伊竹駅前でやっているのを見て、私も驚きました」

「彼くらいのイケメンが見合い相手だったら、さすがの私も心がグラつくんですけどねぇ」

明日世はふたたび笑った。どこまで本気なのか、静香は横目で見たものの、アルゴスと目があってしまったため、よくわからなかった。


ゴゴォウウェイ、ゴゴォウウェイ、ゴゴォウウェイ。

擂潰機の杵によって魚肉がこねくり回され、石臼の中ですり身になっていくさまを、車椅子に座る母が鋭いまなざしで見つめていた。そのうしろに立つ明日世は、スマホを擂潰機にむけて動画撮影をしている。パートの奈々美々姉妹にバイトの早咲ちゃんもすでに出勤しており、今朝水揚げされた近海の魚をつぎつぎと手際よく捌いている。

一号の魚肉はスケソウダラだ。かれこれ一時間近くの擂潰で、パサパサだった魚肉も、粘り気が増して糊に似た状態になり、回転する杵にへばりつくようにまでなっていた。

二号はヨシキリザメとアオザメである。ガチャンで肉と不要部分を仕分けてから投入したので、まだ三十分ほどしか経っていない。こちらは杵が三本で、なおかつ回転数も速い。空気を吹きこみ、ふっくらにするためだ。塩と調味料の他に、山芋と卵白を入れていく。

「静香、氷を入れてっ」

「はいっ」

母に命じられると、すかさず二号に氷を入れた。つづけて母は一号のほうに右手を伸ばし、猛スピードで回転する杵に軽く触れ、すり身を取る。

「ヒッ」と悲鳴に近い声をあげたのは明日世だ。「危なくありません？」

「三十年やっているんで、どうってことありません。はんぺんのほうは回転が速すぎるんで無理ですけど」母はこともなげに言い、右手にあるすり身の粘り気をたしかめる。「こっちはもういいわよ」

「了解っ」

静香は擂潰機一号を止める。そして大きなへらで、すり身を石臼からべつの容器へと移す。その様子をスマホで撮りつつ、明日世は母に訊ねた。

「すり身の仕上がりは、どうやってわかるものなんですか」

「艶《つや》でしょうかねぇ。いい感じにテカってきたら、そろそろかなぁと。あとこうして触ったとき、なんの違和感もなく滑らかでつるんとした感触であれば完成です」

「それがわかるようになるまで、どのくらいかかりましたか」

「どうだったかしらねぇ」母は首を傾《かし》げる。「娘から我が家の事情は聞きました？」

「いえ、まだ」

「この店、夫の実家なんですよ。夫の勤めていた会社が潰れてしまい、夫婦揃って東京からここに引っ越してきました。夫は三十歳を越えていましたが、父親に仕事を教わり、この店を継ぐことにして、人手がないので、私も手伝わなければならず、自然と練物のつくり方を覚えていったんです。ところが夫の父親は二年足らずで亡くなってしまい、夫も私も職人としてはヒヨッコ同然、それでもどうにかやっていかねばなりません。夫とふたりで試行錯誤を重ね、父親の味に少しでも近づけようと努力しました。その夫も静香が五歳のときに脳溢血で帰らぬひとになり、それからはずっと独学で、経験を積み重ねて養った勘だけが頼りなんです。だから毎日のようにすり身をつくっていても、これが正解かと言われると、わからないとしか答えようがありません」

母は明日世に話してはいる。だが静香には自分にむけてのように思えてならなかった。

「ごめんなさい。余計な話をしたうえに、満足な答えができなくて」

「とんでもない。ただ一言、言わせてください。ここでおつくりになっている練物は、私にとってどれも大正解です。だからこそ、ウチで出店してほしいのです。このおいしさを世に知らしめるのが、私の役目とさえ考えています」

えらく大仰な話だ。他のひとだったら、鼻白んでいただろう。だが明日世が言うと本気なのが、伝わってくるのが不思議だった。

「どうします、真知子さん。これがきっかけで、ばんばん儲かっちゃったら？」

そう言ったのは奈々だ。できあがったばかりのすり身を三分の一ほど作業台に載せ、付け包丁でならしている。付け包丁は見た目、ふつうの包丁だが、刃がないのでモノは切れない。すり身を扱うのに使う。奈々がはじめようとしているのは、準備した真鍮《しんちゅう》の棒に、付け包丁ですり身を巻き付ける作業だ。これを焼けばちくわになる。

「商店街の空き家を土地ごと買い取って更地にして、福々御殿に負けないお屋敷を建てましょうよ」

美々が浮かれた調子で言う。彼女は板に空いた十個の楕円形の穴に、付け包丁ですり身を埋めこんでいる。こうして型抜きをしたものを揚げれば、さつま揚げができるのだ。

「お屋敷よりマンションにして、一階を有野練物本店にしたらどうかしら」

「それいい」奈々に美々が同意した。「ウチらもそのマンションに住めば、エレベーターでおりてきて、すぐに仕事ができるじゃない？」

「夢見過ぎですよ、おふたりとも」

早咲ちゃんがたしなめるように言う。すり身をボウルに入れ、カレー粉をまぶしている。これを丸めて揚げればカレーボールだ。

「そんなことないわ」付け包丁を器用に操り、すり身を真鍮の棒に巻き付けながら奈々が言い返す。「福々銘菓だって、東京の百貨店で扱ってもらったうえにテレビで紹介されたおかげで、一気に売上げが伸びて、福々御殿を建てたんだから」

「そうだったんですか」早咲ちゃんが驚きの声をあげる。

「私も知りませんでした」つづけて静香も言う。

「知らなくて当然か」と美々。彼女は型抜き板から楕円形になったすり身を外している。「早咲ちゃんどころか、静香ちゃんだって生まれていない昭和の話だもの」

「でも静香ちゃんだったら、福々銘菓の長男坊から聞いているんじゃない?」

「そう言えばそうね」

奈々美々姉妹がニヤついているのに静香は気づく。マスクで口を隠しているのに、はっきりわかるほどだ。

「それってDJポリスさんですよね」早咲ちゃんがすり身にカレー粉を混ぜつつ、興味深そうに言った。「静香さんとおなじ高校の」

「高校がおなじどころか」と奈々。

「元カレよ」と美々。

「ほんとですか」早咲ちゃんがさきほどよりも大きな声をだした。

「どうしてそれを」静香はつい口走ってしまう。

「どうしてもこうしても」「あの長男坊、ちょくちょくここに静香ちゃんを迎えにきていたじゃない」「いっしょにでてくとき、静香ちゃん、満面の笑みだったし」「だれだって察しがつくわよ」

奈々美々姉妹が代わる代わる証言する。ナイショのつもりでもバレバレなのは当然だ。

「静香ちゃん、福々銘菓の長男坊とまたつきあったらどう?」と奈々。

「案外、おにあいだったわよ」と美々。

案外は余計だ。

「ここにマンションが建った暁にはふたりで暮らせばいいわ。警察官は地方公務員だから県内しか転勤がないし」と奈々。

「そしてふたりは伊竹のマンションで末永く幸せに暮らしましたとさ」と美々。

「めでたしめでたし」最後はふたりで声を揃えて言い、大笑いだ。

まずい。こんなことなら魚市場からここへくるまでの車中、明日世に話しておくべきだったと後悔する。しかし彼女は顔色ひとつ変えず、静香のほうを見ることもなく、各々の作業を進める女性三人のほうにスマホをむけていた。

「静香っ。氷っ」

「はいっ」母に言われ、静香は擂潰機二号の石臼に氷を入れた。


本日分のすり身ができたところで、明日世にはリビングにあがってもらい、催事出店について話をしてもらうことにした。静香だけでなく、車椅子の母もいっしょだった。

明日世はタブレットをテーブルに載せ、静香達に画面をむけると、パワポを使いながら、帆生堂百貨店日本橋本店地下一階にあるウマコレの説明からはじめた。都内でも五本の指に入る売場面積の催事場で、週代わりで四十店舗が出店し、首都圏で売上げが一位となった企画がいくつもあるという。その流暢な語り口はあたかもニュースキャスターのようで、説得力もあった。

「コロナ禍で催事出店自体を中止にせざるを得なくなり、ご覧のとおり」と明日世はタブレットの画面に表示したグラフを指し示す。「一時期の総売上げはひどい落ちこみでしたが、去年の秋口から回復傾向にあり、今年に入ってから月を追うごとに売上げが伸びていまして」

「ちょっといいかしら」

「ご不明な点でもございましたでしょうか」

母に話を遮られても、明日世は嫌な顔ひとつせず、聞き返してきた。

「とんでもない。あなたの話は丁寧でとてもわかりやすいわ。でもごめんなさい、歳を取ってくるとせっかちになってきて、さっさと肝心な話をしてくれって思っちゃうのよ。つまりどんだけ金がかかるかってこと。出店するのに、タダで場所を貸してくれるわけじゃないでしょ？　一日いくらか教えてくださらない？」

申し訳なさそうに言いながらも、有無を言わせぬ母の迫力に、明日世は面食らっていた。だがそれも一瞬で、すぐさまにこやかな笑みに戻る。

「わかりました。率直におっしゃっていただくと、話が早くすみますので助かります。催事出店の場合、一日いくらという計算ではありません。売上げを歩合でいただきます」

そうだったのか。静香も母とおなじく、日割りの賃料だと思っていた。

「歩合ってどのくらいですか」と静香。

「二十五パーセントです」

「四分の一も？」母の声が大きくなる。静香も内心、驚いていた。

「百貨店ではこれが相場ですので」明日世は眉を八の字にして宥めるように言った。

「売場として使う屋台はウチで準備して、設置しなければならないのかしら」と母。

「みなさんそうしていただいています」

「売り子もウチからださなきゃ駄目よね」

「はい。あ、でも販売員を派遣する会社もありますので」

「その人件費は？」

「そちらのほうで」

「商品の配送代は」

「それもそちらで」

「場所だけ貸すのに売上げの四分の一を持っていき、その他の経費はすべてウチで賄えと？」

「母さんっ」

皮肉めいた口調の母に、静香は警告するように言う。だが明日世も負けてはいない。

「貸すのは場所だけではありません。帆生堂百貨店というブランドもお貸ししております。帆生堂百貨店の、それも日本橋本店に催事出店しただけで宣伝になりますし、箔もつきます」

他のひとが言えば横柄で、高飛車に聞こえたにちがいない。しかし明日世が口にすると、もっともな意見だとすんなり受け入れることができた。静香は母を横目で見る。ちょっと悔しそうにしながらも、認めざるを得ないという顔つきになっていた。

「こちらをご覧になっていただけますか」

明日世はタブレットに棒グラフを表示する。縦は売上げの金額、横は年別で青と赤の棒が二本立っている。

「私は入社してすぐ、希望だったいまの部署に配属となり、翌年からバイヤーとして全国各地を巡るようになりました。これはその年からのウマコレにおける店の平均売上げです。青はぜんたいの、赤は私がスカウトをして出店していただいた店となっています」

最初の二年は青のほうが長いが、四年目からは赤が逆転、その後はどんどんと引き離している。コロナ禍の年はどちらも低迷しているものの、やはり赤のほうが長い。明日世がなにを言いたいのか、よくわかるグラフだ。

「さきほども言いましたように、ウマコレでは週代わりで四十店舗が出店、そのうち私の店は少ないときでも三店舗、多いときは十店舗あります。この十年で、私がスカウトをして出店した店は三百以上です。年四、五回は出店してくださる店も二十店舗以上あります」話をしているうちに、明日世の口調に熱がこもってくる。身体も前のめりになってきた。「新規の店を出店するときは、ぜんたいの平均を下回るわけにはいきません。目指すは一日五十万円の売上げです。そのために私からもいろいろと提案させていただきます。でも誤解しないでください。ただ単に儲かればいいという話ではないのです。かいっちゃんのおでんを世の中に広く知らしめたい、その気持ちに嘘いつわりはありません。ぜひいっしょに仕事をさせてください。お願いします」

相会江丘陵公園は伊竹市の西側にある。面積は約八十ヘクタールで、東京ドーム十七個分と公式ホームページにそう記されているが、静香にはまるでピンとこない。東京にいた十二年間、東京ドームに足を踏み入れたこともついぞなかった。

ともかくそれだけ広い敷地内には野球場やテニスコート、フットサルコート、温水プール、弓道場、バーベキュー広場などがある。ドッグランもあり、アルゴスを一度連れてきたものの、よその犬達と戯れることなく、なにゆえ私はここにいるのかと哲学的な考えでも巡らせているみたいな険しい顔で、隅っこでぽつんとしていただけだった。犬のくせに犬が苦手なのだ。

ヘルニアが再発して十日目、家の中だけであれば、杖《つえ》を突いて歩くことができるようにまで、母は快復した。完成したオーダーメイドのコルセットはぴったりフィットして快適らしい。そこで定休日の今日、つみれさんのガイドデビューを見届けるため、伊竹駅からでている相会江丘陵公園いきのバスに乗ってきた。

公園のほぼ真ん中にある相会江池に近づいていくと、そのむこう側の伊竹美術館が次第に見えてきた。モダンなデザインなのに社殿っぽい造りの外観は、自己主張が強すぎて、周囲の光景と馴染《なじ》んでいないように静香は思ってしまう。

館内入口の自販機でチケットを購入し、ミュージアムショップの前へむかう。〈ギャラリーツアー参加者集合場所〉なるスタンドが立っており、すでに十五、六人がたむろしていた。十分も経つと倍の人数になり、そこへつみれさんがあらわれた。いや、最初は彼女と気づかなかった。まるで目にも鮮やかな紫色のジャケットに膝下までのスカート、首にはスカーフを巻いていた。キャビンアテンダントみたいなそのいでたちは、受付嬢やミュージアムショップのスタッフなども着ている。どうやら伊竹美術館の制服らしい。それだけではない。つみれさんはしっかり化粧をしていた。これが案外サマになっており、ハロウィンの日のキャットウーマン以上に衝撃的だった。

「こちらは一九三九年、つまりラヴクラフトの死後に出版された『アウトサイダー・アンド・アザーズ』です」

かくしてはじまったギャラリーツアーは、数ある展示物のうちの十数点を、つみれさんがそれぞれ五分程度、解説していった。多少はぎこちないところはあるにせよ、自分の言葉で話しているのがわかった。ただ頭に叩きこんだだけではなく、きちんと理解しているからにちがいない。緊張していたのははじめのうちだけで、あとは堂々たるものだった。参加者からの質問にも丁寧に答え、落ち着き払ったその表情は凜々しい。焼酎の出汁割を呑んで、頬を赤らめている彼女とは別人のようだった。

「ラヴクラフトのふたりの友人、オーガスト・ダーレスとドナルド・ワンドレイが彼の短編を選出し、自費出版した本で、印刷されたのは一二六八部と言われています。生前、ラヴクラフトは『ウィアード・テイルズ』というパルプ・マガジンに作品を発表していました。その際、ヴァージル・フィンレイが描いた挿絵を組み合わせ、この本の表紙に使っています」

いいぞ、いいぞ。

静香としてはそばで見守りつつ、胸の内でファイトッと励ますことしかできない。まるでお稽古事の発表会を見に訪れた母親の気分だ。つみれさんのことが気がかりで、ラヴクラフトについてのガイドは、静香の頭にはほぼ入ってこない。

ツアーの参加者は三十人前後だったが、館内では他の観客も立ち止まり、つみれさんの解説に耳を傾けることがあった。その中に知った顔があるのに静香は気づく。

ツインパインズの片割れ、松崎遥だった。

「やっぱりあのガイドさん、屋台の常連さんだったんですね。ぱっと見わからなくて、でももしかしたらと展示物より気になって、しばらく見ていたんですよ」

軽快に話をしていても、遥はスプーンを止めることなく、ランチのカレーを食べていく。彼女と静香のあいだには、いまだに飛沫《ひまつ》防止のための透明なアクリル板が立っている。

ここは伊竹美術館のカフェだ。ギャラリーツアーがおわった直後、松崎遥のほうから声をかけてきた。再会の挨拶だけではおわらず、いっしょにランチを食べませんかと誘われ、断る理由がなかったので、静香は素直に応じた。

ふたりが食べているのはクトゥルフカレーだ。企画展にあわせた期間限定メニューである。具が小ダコで、いかすみが入っており、ぜんたいが真っ黒なカレーだ。黒々とした小ダコはクトゥルフに見えなくもなかった。スパイスにこだわった本格的な味で、けっこうおいしい。

静香はつみれさんが今日、ガイドデビューで、知人がいれば落ち着くからと呼ばれてきたことを話した。

「だからラヴクラフトについてはまったく知らなかったんです。こんなに人気だとは思ってもいませんでした」

カフェはほぼ満席、ミュージアムショップはなかなかの混み具合だ。入場制限がおこなわれ、入場口に並ぶひと達もいるほどだった。

「私もです」遥は小さく笑う。「上司に有休を取れって言われて取ったはいいんですが、とくにすることもないんで、温水プールで泳ぐつもりで体育館にむかっていた途中、寄ってみただけで。この美術館っておばけとか化物とかオカルトっぽいものをよく展示するじゃないですか。相方がそういうのが三度のメシより好きで、私もよくつきあっていたんです」

話しているうちに、遥の口調はしみじみとしたものになっていた。

「『アカコとヒトミのラジオざんまい』、まだ聞いていますか?」

「もちろんです」

「先週、アカコさんが実里のネタがつまらないって話していて、でもあなた達の漫才の動画見て」

「それだけでも光栄なのに、よくできてて面白かったって言ってくださって、天にも昇る思いでした」

静香が言いおわるのを待たずして遥が言った。よほどうれしかったにちがいない、表情が一気に明るくなり、キラキラと輝きを放っているようにさえ見える。

「じつは先週の火曜、実里さんから練物屋の実家に電話がありまして」

「相方から? なんでです?」

実里との電話でのやりとりをできるだけ正確に伝えてから、静香はこう付け加えた。

「では。今週末にはウチで東京揚げをつくるんです。もしよかったらなんだけど、今度の土日にでも、実里さんに持ってってあげてもらえません？」

遥は静香をまじまじと見つめている。

「無理なら断っていただいていいんですよ。行き帰りの運賃だって莫迦になりませんし」

「それってアカコさん家《ち》に持っていくってことですよね？　だったらいきます。いかせてくださ い」

「ぜひお願いします」

「私のほうからもひとつお願いが」

「なんでしょう？」

「ちくわぶを一本、付けてください。その代金、私が払いますんで」


生大豆粉、まだあったっけかな。

体育館へむかう遥と別れ、公園の中を歩きながら静香は考える。生大豆粉は東京揚げに必要な原材料だ。五十個つくるとなると、それなりの量がなければならない。なければ注文しないと。

今週末、ウチで東京揚げをつくると言ったのは、あの場での思いつきだった。それを遥に東京まで持っていくように頼んだこともである。

遥は実里を名前ではなく相方と言った。彼女の中ではまだツインパインズは解散していないのだろう。だからこそふたりをもう一度、会わせてあげたかったのだ。会ったところで、どうなるかはわからないにせよだ。

静香は早足になり、やがて走りだす。気が急《せ》いているのもあるが、妙に心が弾んでもいた。うれしくて走るなんて、アルゴスよりも犬っぽいな、私。

そう思いつつも静香は、さらに速く走れるようにと大きく腕を振った。

第6話　大根

雲ひとつない青空の下、静香は口からマスクを外し、大きく息を吸う。清々しい青い匂いに身体も気持ちも浄化されていく。周囲を草木の緑に囲まれており、静香自身、芝生に腰を下ろしていた。そのままうしろに倒れ、仰向けに寝転がる。

陽射しが眩しいものの、ちょうどいいそよ風が頬を撫でていくので心地いい。アルゴスを連れてきたら、さぞや気持ちよさげに眠ることだろう。でも無理だ。なにせここは東京なのだ。帆生堂百貨店日本橋本店の屋上だ。テーブルやベンチが設置されている。だが芝生に座るひとも多く、ちょっとしたピクニック気分が味わえそうなので、静香もそちらを選んだ。芝がつくかもしれないが、でるときにトイレで確認すればいい。

かいっちゃんのおでんを、ウチで売ってほしいんですよ。

伊竹魚市場の駐車場で、明日世にそう言われたのは二月上旬だった。彼女は有野練物にも訪れ、練物ができる工程をスマホで撮影したあと、リビングにあがって、催事出店について、静香と母に説明をしてくれたものの、仕事に対する熱き思いを語っているようでもあった。

社内コンペを勝ち抜き、催事出店が本決まりになりましたと、明日世から電話があったのは、それから半月後だった。ついてはこちらにきてウマコレを実際に見ていただき、今後のことを打ちあわせしたいのですがとも言われ、静香は承諾したはいいが、ふたりのスケジュールをすりあわせていくと、三月の第四水曜となった。

かくして当日の今日、静香は定休日にしては早い午前七時に起きて、さっさと朝食を食べて、でかける準備にかかった。丹念に化粧を施し、商社で働いていた頃、いちばんのお気に入りだったスーツを着て、初任給で買った腕時計を塡め、二十代最後の誕生日に自分にプレゼントしたブランド品のバッグを肩にかけ、その姿を姿見でたしかめた。ちょっと気合いを入れ過ぎたかと思ったものの、東京に着いてみるとそうでもなかった。東京駅をでて帆生堂百貨店日本橋本店まで徒歩でむかったのだが、そのあいだ、町中には自分よりも気合いたっぷりのひとが、老若男女問わず山ほどいた。静香など地味な部類だった。三年間、伊竹に引きこもっていたせいで、感覚が鈍っていたようだ。

帆生堂百貨店日本橋本店に辿り着いたのは昼前だった。早速、地下一階のウマコレへむかうと平日の昼間なのに、静香の想像を遥かに超えた混雑ぶりだった。

今日から一週間は〈九州ソウルフード大集合〉で、明太子、鶏飯、牛カツ、ごぼ天うどん、豚の角煮、チキン南蛮、博多ラーメン、炭焼き地鶏、ウナギの蒲焼、長崎ちゃんぽん、からすみ、からし蓮根、海鮮丼、馬刺、そして映え狙いの目にも鮮やかなスイーツなどの店がお祭りの出店《でみせ》のごとく軒を並べ、購入するために列ができている店がいくつもあるくらいだ。客は女性が七、男性が三といったところか。年齢層は高めだが、積極的というか熱量が凄い。目がバキバキなひとまでいる。それだけ購買意欲が半端ないのだ。

目指すは一日五十万円の売上げですと明日世に言われたとき、いくらなんでも無理なのではと不安だったが、こうして現場を目のあたりにすると、じゅうぶんあり得るように思えてきた。

かいっちゃんのおでん種は一個八十円から三百円、平均で二百円として、五十万円の売上げをだすには、二千五百個売る計算だ。日頃、かいっちゃんでは大根やじゃがいも、かぼちゃなどの野菜類、たまごやこんにゃく、巾着、魚の切り身、貝類などの非練物系がぜんたいの五分の一を占めている。この率で考えると催事出店では二千個の練物を有野練物でつくる必要がある。しかも催事出店はちょうど冬の繁忙期と重なるので、店をやりながらだと三千個はつくらねばならない。

三十数年、有野練物で働いてきた母も、体験したことのない量だという。パート五人にアルバイトひとりのいまの体制では難しい。どうしたものか悩んでいますと、伊竹魚市場に魚の買い付けにいった際、静香が魚魯の悦子さんにこぼしたところだ。

だったらウチの若い衆をふたり、有野練物に貸してあげるよ。いまから練物のつくり方を教えておけば、年末には間にあうでしょ。

かくして十日ほど前から、魚魯から十九歳と二十一歳の男性ふたりが有野練物に出向してきた。どちらも魚魯で働きだして一年足らずだが、魚を捌くのはお手の物で、大いに助かっている。

明日世とはウマコレの入口で一時半に待ちあわせだった。一時間半以上早く訪れたのは、彼女と会う前にウマコレを見て回っておくためだが、べつの用事もあった。

スマホで調べたら、〈九州ソウルフード大集合〉に鹿児島の練物屋がでていたので、そこのつけ揚げを買ってくるようにと、母に命じられたのである。

つけ揚げってなに？

あら、やだ。昔、教えたじゃない。

さつま揚げのことで、発祥の地である鹿児島ではそう呼ぶらしい。おなじ九州でもよその県や四国、京阪などでは天ぷら、東北の一部では揚げかまぼこ、他にも揚げはんぺんと呼ぶところもあるという。

昔っていつ？

あなたが小学三年の夏休みよ。自由研究で、日本のおでんについて調べたでしょ。先生に褒められただけじゃなくて、伊竹市のコンクールで賞状までもらったじゃないの。

仏間に飾ってある、伊竹市主催の夏休み自由研究コンクールのユニーク賞にちがいない。しかし日本のおでんについて調べたことはひとつも思いだせなかった。

それはともかく、母からつけ揚げ代として三千円をもらっている。なによりも先にこのミッションを遂げねばならない。

鹿児島の練物屋はすぐに見つかった。メインはかまぼこで、農林水産大臣だかの賞を受賞と書かれた勲章を模した細長くて大きな札が、屋台の屋根から垂れ下がっていた。かまぼこは一本税込みで三千円となかなかの高額だった。それでもつぎからつぎへと客が訪れ、飛ぶように売れていった。中には「四本ちょうだい」と財布から惜しげもなく一万円札をだす高齢の女性もいた。

かまぼことはべつに練物の詰めあわせも陳列してある。こちらには〈つけ揚げお得セット（丸天、角天、野菜天、いわし天、いか天、えび天、イモ天各二個）二千四百円（税込）〉という筆書きの値札が立っていた。静香はこのセットを買い求めた。

イートインコーナーを設けた店が何軒かあり、どこかでランチを食べるつもりだったのだが、あまかった。どこも満席でとても入れそうになかったのである。

中でも静香がいちばん食べたかった博多ラーメンの店も催事出店にしては広めのイートインコーナーだったが、当然ながら満席で、入口には〈本日のイートインコーナーの整理券の配布は終了しました〉という札まででていた。

どうしようかと思いつつ歩いていると、強烈なニンニクの匂いが鼻をくすぐった。カラッポの胃袋を刺激し、お腹が鳴るんじゃないのかと心配になるほどだ。頭に白いタオルを巻き、黒いマスクで口を覆い、黒いTシャツを着た壮年の男性が、額に汗をかきつつ、両手に持つコテを器用に操り、キャベツと豚のハラミを鉄板の上で焼いている。七、八人前はあるだろう。ニンニクの匂いはそこから沸き上がっていた。鉄板焼き屋で実演販売だ。イートインコーナーはない。税込みで千三百円の弁当がつぎつぎと売れている。静香はごくりと生唾を飲みこむ。

そう言えばここって、屋上に空中庭園があったよな。

商社に勤めていた頃にいったのを思いだす。スマホをだして確認すると、いまもまだあった。しかし一時間も経たないうちに明日世と打ちあわせだ。ニンニクの匂いが残ってしまうだろう。いいや、歯ブラシセットを買って、食べおわったら磨けばいい。

そして静香は鉄板焼き弁当を手に取った。

わ。わわわ。

脇腹に振動を感じ、静香は目覚めた。上着のポケットの中でスマホが震えていたのだ。芝生に仰向けになっていたら、いつの間にか眠ってしまったらしい。慌ててスマホをだすと、LINE電話で、松崎遥からだった。

なんだろ。

遥と会ったのはつみれさんのガイドデビューの日、先月なかばのことだった。そして三日後、彼女はアカコの自宅に居候している元相棒のところへ、有野練物でつくった東京揚げ五十個をキャリーバッグに詰めこんで運んだ。するとその日のうちになんとアカコから、有野練物にお礼の電話がかかってきた。これには静香も少なからず興奮し、毎週かかさずラジオを聞いていますと、知らぬ間に言っていた。

「ご無沙汰しています、かいっちゃんさん。いまよろしいでしょうか」

「はい」しょぼしょぼする目を擦りながら、静香は答える。「なんでしょう?」

「アカコさんとヒトミさん、それに町内会のみなさんが東京揚げをぜひまた食べたいとおっしゃっていまして、今回は他のおでん種もお願いしたいと」

「ちょうどよかった。一昨日からウチでも通販をはじめたんですよ。『イタケいただきます』っていう地元のオンラインショップで扱ってもらうことになって」

先月末、セイレーンズこと早咲ママと同居する友達が三人揃って、有野練物を訪れた。伊竹市の特産品に絞ったオンラインショップをはじめるので、もしよろしければ、こちらの商品を当方で扱わせてほしいと言う。母が渋るかと思いきや、意外にも乗り気で、微力ながらお力添え致しましょうと二つ返事で承諾した。バラで売るのは大変なため、かいっちゃん同様、おうちおでんセットを松竹梅の人数別で販売する運びと相成った。ただしたまごや大根などは抜きにして、日持ちする練物のみで出汁付きだ。昨日までに松三セット、竹と梅それぞれ五セット、注文があった。

「わかりました。ではそちらで買わせていただきます」

「ただ東京揚げは通販のセットに含まれていないんで、ウチから直接、お送りしますよ。このあいだとおなじ五十個で？」

「ちょっと待ってください」と言ってからだ。「アカコさぁん、東京揚げ、このあいだとおなじ五十個でいいですかって」

「他にもおでん種を買うんだから、そんなにはいらないな。その半分でいいよ」

間違いなくアカコの声だった。

「すみません、今回は二十五個で」

「遥さん、あなた、どこにいるの？」

「アカコさんの家ですが。あ、ごめんなさい。お話していませんでしたね。私、信用金庫をやめて半月前に東京にでて、アカコさん家に居候しているんです」

なんとまあ。

アカコ達のおでんを遥が注文してきた段階で、妙だと気づくべきだった。目覚めたばかりで、頭がぼんやりしていたので、そこまで考えが至らなかったのだ。

「実里さんもまだいるのよね」

「はい。いまはバイトにでかけていますが。かいっちゃんさんのおかげで、ツインパインズは再結成しました。ありがとうございます」

マジですか。

実里とのわだかまりが解消できればと、遥に東京揚げを持っていかせただけなのだ。まさか会社を辞めて、漫才コンビを再結成してしまうなんて思ってもみなかった。ここはぜひとも芸人として花開いてもらわねば、夢見が悪くなる。

「頑張ってね」

「はいっ」

電話を切ってからスマホで時刻をたしかめる。寝ていたのは十分足らずだった。庭園入口の自販機で購入したペットボトルのお茶を飲んでから、つけ揚げお得セットを袋からだす。鉄板焼き弁当は味が濃いので、まずはこちらを食べてみることにしたのだ。野菜などの具材が入っていない、丸天を手でつまんで、ぱくりと噛んだ。

えらく甘いぞ。

それも砂糖の甘さだった。おやつになりそうなくらいだが、焼酎の肴《さかな》としてもイケそうだ。食感もちがう。山芋や卵白を入れただけでは、ここまでふわふわにならないだろう。

豆腐が入ってんのかな。

なんにせよ有野練物のさつま揚げとは、似て非なるものだがうまい。甘さがあとを引く。つぎに野菜天をつまんで噛んだ。そのとき、顔をのぞきこんできたひとがいた。

「やっぱり有野さんだ」明日世だった。呆気に取られている静香の右隣に、当然のごとく腰を下ろす。「スーツを着ていらっしゃるから、うしろから見ても確信が持てなくて」

明日世もおなじスーツ姿だが、生地に光沢があり、シルエットもきれいだった。もしかしたらオーダースーツかもしれない。その右手にはレジ袋を提げていたのに気づく。帆生堂のロゴマークが入っている。

「ど、どうも」野菜天を齧《かじ》ったまま、静香はひとまず会釈した。

「いま食べているの、鹿児島の練物屋さんのですよね。いかがです？」

「お、おいしいです。ウチのさつま揚げとずいぶんちがいますが」

「どのへんが？」明日世がなおも訊ねてくる。

「甘くて驚きました」

「鹿児島は薩摩藩だった昔から、ハレの日には貴重な砂糖をたくさん使うのが慣わしだそうです。砂糖を多く入れれば温暖な気候でも、日持ちがして保存食にできたと、あの店のご主人がおっしゃっていました。それと入れるお酒も清酒ではなく、黒酒または灰持酒《あくもちざけ》と呼ばれる昔ながらの地酒で、みりんの代用品になるほど甘く、魚の旨味を引きだすこともできるんだとか。他にもなにか、ちがいはありましたか」

「食感がフワフワで、豆腐でも入っているのかなと」

「さすが有野さん。そのとおりです。これもご主人からの受け売りですが、石臼だと豆腐の粒が完全に潰れず、微《かす》かに残る程度に仕上がって、その食感が生まれるみたいですよ。私がまだバイヤーとして駆けだしだった頃に見つけた店で、そのときはじめて練物のすり身を石臼でつくるのも知ったんです。以来ほぼ十年、ウマコレには年二回から四回、出店していただき、売上げはいつも上位五位には食いこむほどで、牛肉や海産物のように単価が高い店を相手取っての大健闘ですよ。かまぼこだけでなく、つけ揚げにも一定数の固定ファンがいるからにちがいありません。かいっちゃんのおでんも、こうしたファンを獲得できると、私は信じています。おいしいのはもちろんですが、どこか郷愁を誘うものがあります。子どもの頃に食べていたような、懐かしい味がするのが魅力です。これは私だけではなく、おなじ部署の者もみんな口を揃えて言っていました。たぶんそれは化学調味料を一切使っていない、素朴の味わいだからにちがいありません」

「それはあの、ありがとうございます」

静香はひとまず礼を言う。だが有野練物の工場で、練物づくりに励むひと達が、そんな意図を持ってつくっているとは到底思えない。静香自身がそうだし、大元のすり身をつくる母だって考えたこともないだろう。

「そう言えばお母様、その後、いかがです？　腰のほうは治りました？」

「どうにかこうにか。最近はリハビリを兼ねて、商店街をアルゴスと散歩しています」

「それはよかった。あ、ごめんなさい」明日世が唐突に詫びた。「有野さん、ランチを食べるつもりでここにきたんですよね。なのに私ったらいきなり仕事の話を熱く語っちゃったりして」

「い、いえ、とんでもない」内心が顔にでてしまったのかと焦り、静香は慌てて笑顔をつくる。「正午前にきて、ウマコレのイートインで食べようかと思ったんですが、どこも満席だったのはびっくりしました。博多ラーメンの店なんか本日のイートインコーナーの整理券の配布は終了しましたって札がでていたほどで」

「あの店は地元の博多に三店舗のみで、どこにも支店をださずに、ウマコレに年に三、四回出店するときだけ、東京で食べることができる超レアな人気店なんですよ。一杯税込千三百円で一日三百杯、開店前から整理券を配って三十分弱でぜんぶなくなってしまいます。チャーシューも販売していますが、こちらも一日限定百本で午前中には売り切れます」

とんだ強者だったわけだ。

「それでお弁当になさったんですか」

「はい。照石さんも?」

「私がスカウトしてきた店が今回、初出店なので、売上げに貢献しようと思いまして、というのは建前で、私が買わずともつぎつぎと売れていましたし。でもどうしても食べたかったものですから、買ってきたんです」

明日世がレジ袋からだしたのは、静香とおなじ鉄板焼き弁当だった。

「私も同じ弁当です。鉄板で焼く匂いに我慢しきれなくて」

「私の目論見通りです。あの鉄板焼き屋さん、非常事態宣言やまん延防止措置のあいだを縫って、九州を食べ歩いて、博多でたまたま見つけた店でして、味もさることながら、ご主人のコテ捌きがあまりに見事だったものですから、ぜひウチで実演販売してくださいってお願いしたんです」

　明日世は少し誇らしげだ。でもまったく自慢話には聞こえないのは、彼女が謙虚な人柄だからだろう。

　ふたり揃って弁当を開いた途端、ニンニクの匂いがあたりに広がった。キャベツと豚のハラミがいい案配で入り混じっており、その脇にアルミホイルのカップに入った味噌っぽいものがあった。箸の先につけて舐めてみる。

「辛っ」つい口走ってしまった。

「辛いのは苦手？」と明日世が訊ねてきた。

「いえ、辛いとは思わなかったんで驚いただけです」

「数種類のスパイスと自家製味噌をブレンドした辛味噌なんですよ。店だとカウンターやテーブルに置いてありました。自分の好みの量を鉄板焼きに混ぜて食べてみてください」

　言われたとおりにしてから、ご飯に載せて口に運ぶ。辛味噌の辛味と肉の旨味とキャベツの甘味が、三つ巴に混じりあっていくのがたまらない。やみつきになる味だ。次第に箸が止まらなくなり、瞬く間に米粒ひとつ残すことなく、弁当は空っぽになった。

「どうでした？」明日世も食べおわって、空箱を入れたレジ袋の持ち手を結んでいた。

「これが嫌いなひとがいれば、会って理由を聞きたいくらいです」

「私もです」明日世はふふっと笑い、腕時計に視線を落とす。「じきに一時半になるんで、ウマコレいきましょうか。腹ごなしに催事を見てまわりながら話しません？」

静香の返事を待たずして、明日世は腰をあげ、お尻や腿《もも》の裏についた芝生の葉を払っていた。静香も立ちあがる。空中庭園にあがってくる途中の階で、歯ブラシセットは購入したものの、明日世もおなじ鉄板焼き弁当を食べているだから、ニンニク臭いのはお互い様だ。

「いきましょ」

歩きだす明日世のあとを静香は追いかけた。

「照石さんっ」

鉄板焼き屋のご主人だ。顔はこちらをむいているが、両手に持ったコテは動かしたままだった。彼だけではない。空中庭園からおりてきて、ものの十分程度だが、そのあいだに明日世は店のひとから、何人も声をかけられていた。

「さきほどはお買い上げありがとうございますっ。お味のほうはいかがでした?」

「サイコーでした」と言って、明日世は右手の親指を立てる。「売行き、いいみたいですね」

「おかげ様で上々です。無理して東京にでてきた甲斐がありました。これもひとえに照石さんのおかげです」

「お力になれてなによりです」

明日世はにこやかに笑う。お愛想笑いではない。そもそも相手にむけてではなく、うれしくて自然と零れた笑みのようだった。

「いつもこんな混み具合なんですか」

ウマコレの中を進みつつ、静香は明日世に訊ねた。

「土日はこの一・三倍から一・五倍にもなります。どこの店も販売員はフル稼働で、戦場さながらです。平日ならば販売員は三人でどうにかなるでしょうが、土日は五人いないと店が回らなくなります」

マジか。

販売員についてはまだまだこれからだ。とりあえず静香はかいっちゃんを休んで一週間いようと思う。しかし有野練物の従業員は練物づくりがあるので、連れてこられない。派遣の販売員、いわゆるマネキンを雇うのもアリだなと、ネットで調べてみたところ、一週間ひとり雇うだけでも相当な額だった。どうすべきか、目下検討中だ。

明日世はウマコレを歩きまわりながら、催事出店のために提出する書類や、売店のポスターや看板などの販促物、売店の設営と撤収の注意事項などを、実際の店を見本に説明してくれた。さらにウマコレをでて、食料品売場を抜け、関係者以外立ち入り禁止のドアを開き、裏手に回って、販売員の出入口や、商品などの搬入搬出口や保管場所まで静香を案内すると、ふたたびウマコレに戻ってきた。

「どんな売店にしようか、考えていますか」

「具体的にはまだなにも。おでんの屋台の雰囲気はあったほうがいいと思うんで、おでん種を鍋で煮こみ、アツアツのを販売しようかなと」

「鍋を使うのは賛成です」と明日世。「鉄板焼き屋さんのような実演販売ほどではないにせよ、匂いで客を引き寄せることができますからね。でもアツアツで、出汁が入ったおでんをご近所さんならばまだしも、電車やバスなどで持ち帰るのは正直、面倒です。敬遠されかねません。アツアツなのとはべつに、鹿児島の練物屋さんのように、おでん種のままでも売るべきです」

商社で働いていた頃、埼玉や千葉、神奈川から通う同僚はいくらでもいた。そう考えると地元の客はせいぜい半径一キロ内だが、ここの客は半径三十キロ、もっと遠いひともいるはずだ。持ち帰るのも大変だし、アツアツを買ったところで、家に帰った頃には冷めていることだろう。鍋はあくまで客寄せと考えたほうがいいかもしれない。

「イートインのコーナーはあったほうがいいですか」

「やめておきしょう」明日世はきっぱりと言う。「博多のラーメン屋さんのように実績と知名度を兼ね備えた超人気店であれば集客数が見込めます。それだけで収益をあげることもできる。しかしかいっちゃんの場合、残念ながらそうはいきません。試食品を配ったほうが、売上げに繋がります」

ならばと静香は思いついたことを口にする。

「地元だとたまごとウインナー巻、ちくわの三品がカップに入ったテイクアウトが人気です。キッズセットと名付け、子ども向けのつもりでしたが、帰宅途中の大人が大勢、買っていきます。ハロウィンの日にはおばけのカタチをした練物を入れて売りました。屋台のある空き地に置いたスタンドテーブルで食べられるようにしたところ好評で、百二十個しかつくらなかったのをいまでも悔やんでいます。二百個は売れたにちがいありません。試食品を配ってもお金にならないので、おでん種を三品、味見セットと銘打ち、売るのはどうでしょうか」

「でもスタンドテーブルを置くスペースもありませんし」

明日世が難色を示す。だが静香はおとなしく引き下がりたくなかった。ちょっと意地にもなっている。すると脳裏に仏間に飾ってある祖父の写真が浮かびあがってきた。屋台を背にした祖父が静香に鋭い目つきをむけ、なにか訴えかけているようだった。

「あっ」

「なにか？」

「かいっちゃんの屋台をここに運びこんで、売店として使えないでしょうか」

明日世は静香の顔をまじまじと見る。気はたしかですかとでも言いたげだ。

「ここにきてから、三千円もするかまぼこをまとめ買いする客がいたり、イートインコーナーの一日分の整理券が午前中で配りおわっていたり、実演販売する店の匂いに誘われて鉄板焼き弁当が飛ぶように売れていったり、そういうのを目の当たりにしているうちに、負けてはいられないという気持ちが芽生えてきました。ブランド牛のステーキだのデカ盛り海鮮丼だのグランプリ金賞唐揚げだのといった強豪とも戦わねばならない。いくら照石さんが太鼓判を押してくれているとはいえ、名も知れぬ地方都市のおでん種はあまりに分が悪すぎます。ならばここはインパクトで勝負ではないでしょうか」気がたしかであるのを証明するように、静香はなおも言葉をつづけた。「屋台ならばわざわざスタンドテーブルを置かなくても、カウンターで立ったまま、味見セットを食べてもらうことができます。かいっちゃんの屋台はここにでている売店より一回り小さいので、客がまわりを囲んでも、よその店の邪魔にはなりません。それにあの屋台は私にとって相棒なんです。いっしょにいると落ち着くんです。お願いします」

静香の熱弁のあとだ。少し間を置いてから明日世は答えた。

「やってみますか」

「ありがとうございます」

「礼を言うのは早過ぎますよ」明日世は苦笑まじりに言う。「これから上司にかけあわねばなりません。前例がないことは嫌がられますので、許可がおりるかどうか怪しいところです。でもいまお話を聞いて、私もやってみたいと思いました。ここに本物の屋台があれば、どこからでも目を引きますし、みんな足を止めることでしょう。事前に宣伝しておけば、話題にもなって、うまくいけばマスコミに紹介される可能性もあります。そうなればめっけものですからね。有野さんのために頑張らせていただきます」

「よろしくお願いします」

「今日のところはここまでですかね。なにか質問あります？」

「いまはとくにありません」

「屋台の件は遅くても一週間後にはお返事します」明日世は腕時計を見ながら言う。「ごめんなさい、二時間近く歩かせてしまって。疲れたでしょう？　なにか甘いものでも食べませんか」

「いいですね」帰りの切符は買ってあるが、東京駅へ五時にいけば間に合う。

「見てきた中で食べたいのありました？」

「日本酒のソフトクリームが気になったので、できればそれを」

「ぜひそうしましょう」

日本酒のソフトクリームとは言っても、〈アルコール分0パーセント！　車を運転する方、お子様でもだいじょうぶです！〉と大きな貼り紙が貼ってある。その下には、特殊な製法でアルコールを飛ばした酒のエキスを配合していますと明記されてもいた。お酒の香りがほんのりと漂い、その味は甘酒に近い。

ウマコレのそばにある休憩所で、明日世と並んで食べていると、彼女が不意にこう言った。

「私、有野さんに謝らなければいけないことがひとつありまして」

「私に？　なにをですか」

「勉強はデキるけど地味で、カワウソに似ているって言ったことです」

ああ。

「まさか有野さんが辺根くんのカノジョだなんて、思ってもみなかったので。すみませんでした」

「謝ることないですよ。全然気にしていません。あの日、魚市場から自宅へむかう車の中で、その話をするつもりが、タイミングを失ってしまって。それにカノジョだとは言っても、彼は部活が忙しくて、デートより試合の応援にいくほうが多かったくらいでした。大学は彼が地元の県立、私は東京の国立とべつべつで、遠距離恋愛は長く持たず、半年もしないうちに別れてしまいました」

「もったいない」明日世は不平を洩らすように言う。

まったくだ。六平太にコクられ、高校を卒業するまでの一年九ヶ月ちょっと、キスどころか手を握ったこともない。ふたりだけのときも、いちゃついたりじゃれあったりもせず、つねに一定の距離を保っていた。

「いまはどうなんです？　彼と会ってます？」

「かいっちゃんにはときどききています」

「有野さんに会いに？」

「とんでもない」だったらいいのにとは思う。「あくまでも客としてです。夜間勤務の同僚への差し入れで、いつも四、五人前は買ってってくれるんですよ」

「私が高校んとき剣道部で、部員のひとりが辺根くんにコクるため、福々御殿へいくのをついていったって話、したじゃないですか。あれってコクったの、私なんです」

「え？」

「なんか恥ずかしくて、嘘ついちゃいました」

明日世は照れ臭そうに笑う。ソフトクリームをほとんど舐め尽くし、コーンを齧りだしている。

「私のことを覚えているかどうか、機会があったら辺根くんに訊いてみてください。あ、やっぱ訊かないでイイです。っていうか、いまの話、だれにも言わないでもらえますか。ふたりだけの秘密ということで」

「は、はい」

「ネットでカワウソの写真をいくつか見たんですけど、想像していたよりも愛嬌があって、とてもかわいらしかったんですよ。でも有野さんには似ていなかったなぁ。似ていたら私、気づいていただろうし」

明日世なりに気を遣ってくれているのはわかる。しかし静香はどう反応していいのかわからず、曖昧な笑みを浮かべることしかできなかった。

♪なぁかなおり仲直り
喧嘩はやめて仲直り
ワハッハハ、ワッハァワッハッハ♪
静香は耳を澄ます。去年の十二月、がんもどきの教室で守くんが教えてくれた歌にちがいない。
♪大きな声で笑いましょ
喧嘩をしたこと忘れましょ
ワハッハハ、ワッハァワッハッハ♪
唄っているのは男性で、伊竹銀座商店街の隅々までに響き渡るような大声だった。調子っぱずれで、ヤケクソ気味だ。夜中になると、伊竹銀座商店街は開いている店がほぼないせいか、こうして歌を唄う酔っ払いは珍しくない。
でもなんであの歌を？

「すみません、ビール、もらえますか」

客のひとりが注文してくる。静香は屈みこんで、クーラーボックスの蓋を開く。

帆生堂百貨店日本橋店にいった二日後、三月第四金曜の夜、八時を回ったばかりだ。客は五人、いずれもおひとり様の男性客で言葉を交わすことなく、おでんを肴にしんみりと呑んでいる。その中には六平太もいた。さきほどきたばかりで、彼にしては早いお出ましだった。つみれさんは四月なかばからの『こんな動物が江戸時代に? 大江戸あにまる展』の目録づくりに追われているとかで、かれこれ四日も姿を見せていなかった。

歌声が止んだ。すると今度は「ひいっ」と短い悲鳴が客からあがるのが聞こえた。アルゴスがむくりと起きあがる。静香も何事かと腰を伸ばし、おでん鍋のむこうに立つ男を見て息を飲んだ。その顔右半分が血だらけだったのだ。スーツ姿で小太りの六十代と思しき彼は、だいぶくたびれた革製のショルダーバッグを襷《たすき》にかけている。全身がじっとり濡れているのは傘をささずに、そぼ降る雨の中を歩いてきたからだろう。

「だいじょうぶですか」

みんなを代表するように六平太が訊ねる。男にいちばん近い席で、飲み物はいつもどおりラムネだけで、酔っ払ってもいない。

「心配ご無用っ」血だらけの男は陽気な声で答える。それが却《かえ》って怖い。「こう見えても若い頃は一晩で日本酒なら一升、ウイスキーであればボトル一本は空けていました。さすがにこの歳になると、そこまでは呑めませんが、それでもまだまだだいじょうぶです。呑めます、呑ましてください」

「お酒のことではありません」六平太は諭すように言い、立ちあがる。「血です」

「血がどうかしましたか」

「顔が血だらけです」

「だれの？」

「あなたのです」

「どうして」

「わかりません」

男は右手で顔に触れてからその掌を見る。

「ほんとだ」そう呟くだけでとくに驚きもせず、男は首を傾げていた。「なんでだろ」

「ひとまずこれで拭いてください」

「ありがとうございます」

静香が差しだすおしぼりを、男は素直に受け取り、顔を拭う。おしぼりは瞬く間に真っ赤になっていく。

このひとって、まさか。

さきほどからどこかで見た顔だと思っていたが、ようやくだれかわかった。

早咲ちゃんのお父さんだ。

「失礼」六平太は早咲パパの額に顔を寄せる。「生え際を切っていますが、たいしたことありません。頭部の皮膚は血流がいいから、ちょっとした怪我でも出血がヒドくなってしまいがちなんですよ。大きめの絆創膏を貼っておけばだいじょうぶでしょう。駅前のドラッグストアってまだ開いていますか」

「だったら私、家から救急箱、持ってきます」

静香は傘をさして表に飛びだした。


「両手で髪をかきあげてください」

「こんな感じで？」

「そうです。少し染みるかもしれませんが、我慢してください」

六平太はピンセットでつまんだ脱脂綿に消毒液を吹きかける。これを生え際の傷に押し当てられると、「痛《い》っつっつっつ」と早咲パパは小さな声で呟いた。

「ここにくる途中、なにかにぶつかったり、転んだりはしていませんか」と六平太。

「商店街に入ろうと角を曲がったとき、電柱かなにかに当たりました。おでこがズキズキ痛むなぁとは思っていたんですが、まさか怪我をしていたとは。まったくもってお恥ずかしい」

そう答えてからだ。早咲パパは静香を横目で見つつ、「がんもどきの先生？」と訊ねてきた。

「はい」

「なんですか、がんもどきの先生って？」

六平太は早咲パパの傷口に絆創膏を貼りながら訊ねてきた。静香は昨年おこなったがんもどきの教室のことを話す。

「ということはウチの娘がバイトしている練物屋さん？」

「はい。ここから少し先にある有野練物です。早咲ちゃんはよく働いてくれて、大いに助かっています」

「娘から聞きましたよ。十年働いていた東京の商社を辞めて、伊竹に戻ってきたそうで」

静香は身構えた。どうして戻ってきたのかを訊かれると思ったからだ。だがそんな予想に反して、早咲パパは同意を求めるようにこう言った。

「やはり東京よりも地元のほうが住みやすいでしょう？」

「ええ、まあ」

物欲を満たすためであれば、東京のほうがずっと便利だった。だからといって住みやすかったわけではない。

「血はもう止まっていますが、もし明日、頭痛や吐き気などの症状があれば、念のため病院で診てもらってください」

「ありがとうございます」早咲パパは六平太に礼を言い、「お騒がせして申し訳ありません」と立ちあがって、右前左と三方に頭を下げ、客にも詫びた。そして帰るのかと思いきや、ふたたび座って、なに食わぬ顔で「紹興酒の熱燗をもらえますか」と注文してきた。

「お酒は血液循環を活性化させ、出血を促進し、怪我の回復を阻止する原因になります。止めておくべきですよ。それよりお冷やをもらって酔いをいくらか覚まし、家にお帰りになってはいかがですか」

六平太が噛んで含むように言う。

「ではお酒は諦めます。だけど小腹が減っていますので、おでんはいただきたいのですが」

「それはかまいませんが」六平太は渋い顔で承諾する。「でも早めに切りあげてください」

「わかりました」

早咲パパはメニューに視線を落とす。そして春うららセットと称した三品、小柱をすり身で巻いた小柱巻、伊竹湾で今朝水揚げされたキスのつみれ、菜の花を注文した。

「あと大根はいかがです？」グラスに入れた水を早咲パパの前に置き、静香は言った。「昼間、早咲ちゃんが下拵えしたんですよ。輪切りに皮むき、面取り、そして片面に十字の切り込みを入れる、隠し包丁までやってもらいました」

「早咲がですか。ならば親として食べねばなりませんな」

静香は菜の花が入ったタッパを、クーラーボックスからだす。昼間に茹でてアクを抜き、数本ずつ真ん中あたりを薄揚げで巻いて、かんぴょうで結っておいたものだ。これを一束、タッパからだして鍋に入れる。

「料理教室で輪になって唄った歌、唄っていましたよね」

「聞こえていました？　いやあ、お恥ずかしい」静香に言われ、早咲パパは照れ臭そうに笑う。

「嫌なことや腹立たしいことがあったあとに唄うと、気持ちが和らぐもので。子どもならば笑って仲直りできても、大人だとそうはいきませんな。妻はでていったきりですし。しかもいっしょに暮らす友達と会社までつくって」

「『イタケいただきます』ですよね」

「よくご存じで」静香を見あげ、早咲パパが不思議そうに言う。

「なんの会社？」

「伊竹市の特産品に絞ったオンラインショップよ」六平太の問いに答えてから、静香は早咲パパのほうを見る。「ウチのおでん種も扱ってもらっているんです」

「なるほど、そうでしたか。がんもどきの教室に私、妻の友達の旦那さんといっしょだったでしょう？　彼とは何度か呑みにいってまして、オンラインショップの件について聞いたんです。なんでも商品の生産者のインタビュー記事を随時アップしていくとかで、カメラマンの彼は奥さんに命じられ、現場についていき、作業中の生産者の撮影や商品のブツ撮りをしているらしいんですよ。散々こき使われているのに、一銭にもならないと嘆いていました」

有野練物にも二本柳夫婦揃って訪れた。『イタケいただきます』での販売を承諾した数日後だ。そのとき聞いた話だと、奥さんは二十代から三十代前半にかけて、伊竹市のタウン誌の編集者で、カメラマンの旦那さんとはその頃に出逢い、結婚したそうだ。ふたりで取材にでかけるのは二十年ぶりと言いながら、言葉を交わさずとも目配せだけで意思の疎通ができるようで、まさに阿吽《あうん》の呼吸で仕事を進めていた。

静香はおでん種四品を載せた皿を早咲パパの前に置く。彼は早速、大根を箸でふたつに割り、片方を口に含んだ。

「うん。うまい」と言うなり、早咲パパの双眸から大粒の涙が溢れでてきた。

「どうしました？」六平太が心配そうに訊ねる。

「娘がつくった料理を、ここで食べられるなんて思っていなかったものですから」

つくったとは大袈裟だ。ただの下拵えである。それにじつは静香もいっしょに仕込んだ。つまり早咲パパが食べた大根を、娘が手がけた可能性は半々だった。でもそれは言わぬが花だろう。

つまり大根が好きなひとはですね。よそでは脇に追いやられ、相手にされないのに、身内ではモテはやされ、威張り散らしているひとなわけで。

静香はツインパインズの漫才のネタをふと思いだす。

早咲パパは大根かもしれない。会社というおでん鍋の中ではそれなりの地位だったのに、定年退職してしまうと脇に追いやられ、相手にされなくなってしまった。そう考えると哀れにさえ思う。

「妻が帰ってこないので、ウチは私と娘のふたりだけなんですが、お父さんの面倒なんて見ていられないと言われてしまいまして。食事だけでなく家事全般、自分のことは自分ですることになったんですがね。ここ最近はほぼぜんぶ私がやっています。なにせ娘は多忙で今日もバイトをおえたあと、ゲームのイベントに参加するのだと、京都へいってしまいました。自分がつくったゲームを持ちこんで展示するそうで」

「娘さん、ゲームがつくれるんですか」六平太が意外そうな顔つきで訊ねた。

「私も最近まで知りませんでした。中学の頃から独学でつくっていて、これまでいくつかのコンテストで、上位の結果をだしたこともあるとかで」

「娘さんとはここで何度かお会いしていますが、そんな才能の持ち主とは知りませんでした。有野は知ってた？」

「あ、うん」六平太に話をふられ、静香はまごつきながらも答える。「やったこともあるよ、早咲ちゃんがつくったゲーム」

「どんなのでした？」目頭に残った涙を拭い、早咲パパは訊ねてきた。

「おでんがモチーフのゲームです。早咲ちゃんがデザインしたキャラクターがみんなかわいくって、ゲームとしても出来がよくって」

「ほんとですか」

早咲パパの顔がぱっと明るくなる。自分自身が褒められたようにうれしそうだ。

「ほんとです。ゲームに詳しいわけではありませんが、大手メーカーのと比べても、引けを取らないくらい面白かったですよ」

「それこそ娘はゲーム業界に入ろうと、就職活動をしていたんですよ。でもついこのあいだ、会社で働いたら、自分のゲームがつくれないことがわかった、だからフリーのゲームクリエイターになると言いだしましてね。何年か前だったら、寝ぼけたことを言うな、会社に勤めて安定した収入を得るべきだと反対していたでしょう。しかしいまはそう思えず、娘の気持ちがわかり、応援してやりたくなった。だから好きにすればいいと即答しました。ところがこれがまずかった。いつもの父親とちがう、もしかしたら認知症の初期症状かもしれないと娘に疑われ、ネットにあった認知症診断テストをやらされました。ヒドくありませんか」

そう言いつつも早咲パパは苦笑いを浮かべている。

いまの話を静香は早咲ちゃんに聞いていた。京都のイベントは明日明後日の二日間で、前乗りをして二泊三日しなければならない。就職活動だと嘘もつこうとしたがいつかはバレる、ならばと洗いざらいすべて父に話すことにした、怒られるのは覚悟の上だったのに、すんなり受け入れられたので気味が悪かった、そこから先はいま早咲パパが話したとおりである。

「そんな風に心変わりしたのは、ここ何年かでなにか、おありになったんですか」

なんの気なしに訊ねてから、静香はすぐ後悔した。早咲パパの顔が一気に曇ってしまったのだ。

「すみません」慌てて詫びる。「プライベートを踏みこむようなことを訊いてしまって」

「いや、いいんです」

残り半分の大根を食べると、早咲パパは徐に話しはじめた。

「今日、ここへくる前、私の部下だった男の役員就任祝いにいってきたんです。私よりも七歳下で、彼が入社した当初は、名刺の渡し方からなにから、営業のイロハぜんぶ教えてやったものでした。ところがいつまで経っても学生気分が抜けず、仕事は適当でいい加減、新規顧客の開拓どころか、既存顧客のルート営業もろくにできませんでね。顧客のもとへひとりでいかせようものなら、遅刻をした、態度が悪い、自社商品について説明ができない、頼んでおいた資料や見積書を持ってこなかった、アイツを二度と寄越すなと、電話でクレームが入ったものでした。上司の私がいっしょに詫びにいったのも一度や二度ではありません。なのに当の本人はどこ吹く風でした。会社に戻って注意すると膨れっ面で、あんなに謝らなくてよかった、相手を助長させるだけだなんてぬかしやがって」

「どうしてそんな人間が役員になれたのですか」

静香は当然の疑問を口にする。

「上の者に取り入るのがウマいんです。かくいう私もそのうちのひとりでした。駄目な子ほどかわいいってヤツですよ。なにかしくじっても、アイツなら仕方がないと笑って許す空気が社内には常にありました。そんな彼を気に入った物好きな顧客も数人いたので、ならばとみんな彼に担当を任せてみたのです。ただし見積書や請求書、納品書などは上司の私が作成し、彼は顧客と呑み食いし、ゴルフなどにも同行する、いわば接待要員としての役目を楽しそうにこなしていました。その中には私の営業で取引先になったリフォーム会社がありましてね。こう見えても、若い時分は飛び込み営業が得意で、狙った顧客はぜったいに落とすので、社内ではスナイパーと呼ばれていたほどだったんです」

早咲パパはちょっと自慢げに言う。スナイパーというあだ名はどうなんだと静香は内心思ったものの、わざわざ言うことでもないので黙っておいた。

「そのリフォーム会社がここ十年で年商が二十倍も跳ねあがるほどの急成長を遂げ、弊社の断熱材をコンスタントに、ときには月の売り上げの八割を占めるほど、大量に仕入れてくれていました。おかげで私の部下の営業成績はうなぎのぼり、社内トップに躍りでてからは不動の地位を築き、トントン拍子に出世をし、気づけば営業部長にまでのぼりつめ、私のほうが部下になっていました」

「彼は接待要員に過ぎず、あなたが顧客と交渉していたのでしょう？」

六平太が言う。感情を露にしていない。それでも怒っているのが静香にはわかった。

「表向きは彼の担当だったので、仕方ありません。私は一年前に副部長補佐どまりで定年を迎え、再雇用してもらったものの、給与は以前の半額以下となってしまいました。一方、役員となった元部下は、この春から月百万円を超える報酬がもらえることになります。四十年近く、家族を顧みることなく、会社のために身を粉にして働いてきた結果がこれですよ」

いつの間にかおひとり様の客達はみんな、耳を澄まして早咲パパの話に耳を傾けていた。六平太以外は五十代から七十代前半で、早咲パパの話が、他人事のように思えず、身につまされているようだった。

「今日の元部下の役員就任祝いなんて、でたくなかった。しかしでなければ、僻《ひが》んでいるように思われるのが癪《しゃく》なんで、我慢してでてきたんですよ。そしたら元部下がいきなり私に抱きついてきて、役員になれたのはすべて田町さんのおかげです、どれだけ感謝してもしきれません、ほんとにありがとうございますと涙ながらに言ったんです。これが計算ずくの茶番であれば私も腹を立てることができる。しかし元部下は本気でそう思っているにちがいない。三十年来のつきあいだから私にはわかりました。だからこそ辛く、不愉快でたまらず、抜けだしてきたのです」

そしてだれもいない夜道で、守くんに教わった歌を大声で唄っていたのか。

「六十を過ぎてこんな目にあうことがわかっていれば、もっと家族との時間を大切にすべきでした。なにもかも後の祭りです。会社にこんな仕打ちを受けた人間が、娘に会社に入れとは言えません。どの口が言っているんだって話ですよ」

早咲パパはグラスを手にしたが、飲み切ってすでに水はない。

「お水、お代わりしますか」と静香。

「いや」早咲パパは六平太の前にあるラムネの瓶に目をむけていた。「ラムネって、ここで売っているんですか」

「はい。夏限定のつもりだったんですが、好評なのでいつも置いてあります」

「私も一本ください」

静香はクーラーボックスからラムネをだす。そして玉押しでビー玉の蓋を開けようとするのを早咲パパが止めた。

「自分でできるんで」

どうするのかと思って渡すと、彼は右手の親指でビー玉を押し開けてみせた。屋台にいた客から「おぉぉぉぉ」と歓声があがる。

「昔はこれで妻や娘もよろこんでくれたものです」

早咲パパは自嘲気味に笑う。とても寂しげでもあった。彼は彼なりに家族を愛していた。でもいつしか伝わらなくなってしまったのだ。

「なにもかも後の祭りだなんて諦めないでください。いまからでも家族との時間は持てます。奥さんや娘さんをまた、よろこばせることがなにかできるはずですよ」

ハロウィンの日、パトカーの上から小園にむかって、言葉を投げかけたのとおなじように、六平太としては早咲パパを励まそうとしたのだろう。だが今回はうまくいかなかった。

「無理ですって。言ったでしょう？　妻は家をでていってしまったし、娘は自分のことで忙しい。家族の時間なんかモテやしません。だいたい私がなにをすればふたりがよろこぶというんです？」

早咲パパは拗《す》ねた言い方をする。怒っているようにも聞こえた。さすがの六平太もつぎの言葉が見つからないらしく、口を閉ざしてしまう。

そんな彼の代わりではないが、静香はふと思いついたことがあった。屋台の側面には、いまも伊竹美術館をはじめ、何枚かチラシをパネルに入れて掲示している。先週末、伊竹市役所産業振興課町おこし担当の若菜自らが貼ったチラシもあった。興味を持ったひとに渡してほしいと百枚ほど渡され、封筒に入れて屋台の下の棚に置いてある。そこから一枚だし、早咲パパに差しだす。

「な、なんです？」

「伊竹市活き活きプロジェクトといって、市内で開業をしようとする、あるいは開業して間もないひとに、市から助成金が支払われる制度です。毎年二月の〆切なので、第三回の今年は、すでに補助金を受け取る方も決まった段階ですが、これは第四回の告知です。この屋台も一回目のプロジェクトに応募して、審査を通ってオープンできました。いかがでしょう？　奥さん方が進めているオンラインショップも応募なさっては？」

「私に言われましても」チラシを受け取るも、早咲パパは戸惑いを隠し切れずにいる。

「起業者にはありがたい制度ではありますが、なにせお役所のやることなので面倒な手続きが多くて」

「わかります。会社で役所相手の仕事をした際、うんざりするほど煩雑な書類を山ほど書かされ、それだけでも一仕事でしたからね」と話しているうちに、早咲パパは静香がなにを言いたいのか、気づいたらしい。「もしかしたら妻達にこのプロジェクトに応募させ、そのために必要な書類を私がつくれと」

「はい。奥さん方だけでなく、娘さんにも応募の資格があります。フリーのゲームクリエイターは立派な自営業ですからね」

「妻と娘は私の言うことなんて、耳を貸すはずがありません」

早咲パパは子どものように不貞腐れてしまう。

なんだよ、もう。ひとの助言を考えもしないですぐ否定しないでほしい。そういうとこじゃないの、奥さんや早咲ちゃんに相手にされなくなったのは。

「それはあなたの心持ちひとつではありませんか」

六平太が身を乗りだし、早咲パパに顔を近づける。

「私の？」

「奥さんと娘さんを顧客だと思い、営業をかける要領で、話を持ちかけてみてはいかがですか。狙った顧客はぜったいに落とすスナイパーだったのでしょう？」

早咲パパは不意打ちを食らったような顔つきになり、六平太をしげしげと見つめてから、呟くようにこう言った。

「ならばどうにかなるかも」

「ぜひやってみてください」さらに六平太が畳みかける。「そして四十年近く会社で磨いてきたスキルを、家族のために発揮するんです」

早咲パパはラムネを一気に飲み干す。そして小さなゲップをひとつしてから、静香を見あげてこう言った。

「娘がつくった大根、もうひとつもらえますか」

私がつくったのかもしれないんだよなぁと思いつつ、「はいっ」と静香は答えた。

けっこう力いるな。

静香はヨシキリザメの皮を、ハサミで切っていた。鍋に入れるには大きいので、葉書サイズに切り分けようとしたところ、包丁だと硬くて歯が立たなかったため、ハサミにしたのだ。切ったサメの皮はボウルの中へ放りこんでいく。

この皮で煮こごりをつくる。昔は有野練物の定番だったが、最近は滅多につくらない。手間がかかるわりにはさほど売れないのが理由だ。それでもかいっちゃんで、おでん以外に口直しの一品としてだしたらよろこばれるのではと思い、つくることにしたのである。

今日は三月最後の月曜だ。午後一時過ぎ、練物づくりは一段落した有野練物の工場で、静香は煮こごりの他にも、かいっちゃんにだす非練物系のおでん種の下拵えをおこなっていた。今日のアシスタントは早咲ちゃんだ。

いつもであればこの時間、昼休みのはずの母が作業台を挟んだ真向かいにいた。その両脇には男性ふたりが付け包丁を使い、俎板の上にあるすり身を伸ばしている。半月ほど前、魚魯から出向してきた二十一歳と十九歳の若い衆だ。いずれも百八十センチ以上の長身で細身だが、作業着の上からでも逆三角形だとわかる体型で、三月おわりなのに浅黒い。なんでも二十一歳がもとからサーフィンが趣味で、彼の誘いで十九歳も習いだし、休日ともなれば、数人の仲間と近場のサーフスポットへ車を飛ばしているという。趣味とはいえ本気度は高く、身体づくりのためにジムにも通っているらしい。

「ちがうちがう。そうじゃないんだよねぇ。私がやるのをよく見てなさいよ」母は右手に持つ付け包丁で、すり身を伸ばしていく。「すり身の表面があなた達のとちがってむらなくキレイでしょ。スナップを利かせて、包丁ぜんたいに均等な力がかかるようにすればこうなるの。いい？」

「はいっ」「はいっ」

清々しい返事だ。十九歳はツーブロック、二十一歳は髪に金メッシュを入れ、耳にピアスをし、どちらもキレイに眉のカタチを整えている。外見こそチャラいものの、根が真面目なのか、悦子さんの教育の賜物か、仕事に関してはきちんと取り組み覚えも早い。しかも魚魯で働いているので魚を捌くのはお手の物、その点では即戦力と言えた。有野練物としては大助かりだ。

「そしたら」母は伸ばしたすり身を、付け包丁でぐぅぅぅっと集め、パンパンパンと叩いたらまた伸ばす。「これを何度か繰り返していくうちに、粘り気が増していくの。ささ、やってごらんなさい」

「はいっ」「はいっ」

「お湯、沸いたかな？」静香は鍋の前に立つ早咲ちゃんに声をかけてから、空のボウルに水を注ぎ、製氷機からだした氷を入れる。

「だいじょうぶです」

「しょうがとお酒は入れた？」と言ったのは母だ。

「入れました」元気よく答える早咲ちゃんの元へボウルをふたつ、持っていく。氷水が入ったほうを彼女に渡すと、静香はサメの皮を鍋につぎつぎと入れていった。

「熱湯にはくぐらせる程度でいいんだからね」

「わかってるって」

背中から聞こえる母の声に、静香は少し苛《いら》つきながら返事をした。熱湯から菜箸で摘んだサメの皮は、氷水のボウルへと移す。氷水が冷たいのだろう、三分もしないうちに早咲ちゃんは険しい顔つきになる。しかしジブリアニメに登場する女の子とおなじく、じっと堪えている。すべておえたところで、そのボウルを流し台へ運んでもらう。そしてサメの皮の表面を親指で擦ると、ザラザラとした部分が自然に取れていく。感触は砂に近い。ある程度ザラザラが取れたら、だしっ放しにしてある蛇口の水で流し、作業をつづける。

これがスベスベになったら短冊切りにして、しょうがとともに中火で十五分、醤油、酒、みりん、塩、砂糖を加えてさらに五分煮る。そして臭み消しに入れていたしょうがを取りだしてから、タッパに流しこむ。しばらくして冷めたら、冷蔵庫に入れる。ヨシキリザメにはゼラチン質が含まれているので、このまま固まって煮こごりになるという寸法だ。

静香はふと早咲ちゃんの顔を上目遣いで見る。真剣そのものだ。血だらけの早咲パパがかいっちゃんを訪れたのは、三日前の金曜だった。二個目の大根を食べたあと、支払いをすませ屋台をでてすぐ、足を絡ませてすっ転んでしまった。そこで六平太が付き添い、自宅まで送っていった。

「どうしました？」

静香の視線に気づき、早咲ちゃんが顔をあげる。

「え？　あ、いや」

金曜の夜の出来事を話そうとしたときだ。

「こんちはぁ」

男性の声が表から聞こえてくる。流し台は工場の奥まったところなので、静香からは店頭が見えない。しかし声だけでだれかがわかった。

「いらっしゃいっ。あら、やだ、懐かしい」母が工場をそそくさとでていく。「辺根くんじゃないのぉ」

やはり六平太だ。

だけどどうして平日の昼日中に？

「ＤＪポリスさんですよね」早咲ちゃんが冷やかすように言い、意味ありげな笑みを浮かべる。

「静香さんに用なんじゃないですか」

「どうもご無沙汰しています」

「活躍は新聞やテレビで拝見しているわよ。すっかり立派になられて」

「立派だなんてとんでもない。命じられた仕事をこなしているだけに過ぎません。それよりおばさんは昔と全然お変わりなくて驚きました」

「あら、まあ」母はおかしそうに笑う。「そんなお世辞が言えるなんて立派になった証拠だわ。まだ餃子巻は好き？」

「はい。十個、もらえますか」

「いくら好きだからってそんなにたくさん？」

「ひとりでは食べません。署に持ち帰って同僚に食べさせるんです」

さらに六平太はウインナー巻と小型ばくだんを五本ずつ、カレーボールといか団子を十五個ずつと、えらく買いこんでいた。そして支払いをすませたあとだ。

「静香いるけど、呼びましょうか」と母が余計なことを言う。

「お願いします。じつは彼女に用があって」

「ほら、やっぱり」早咲ちゃんが小声で囁く。「出番ですよ、静香さん」

「静香ぁ、いらっしゃいな。辺根くん、きてるわよぉ」

「いまいくぅっ」

母娘ともども十数年前とまったくおなじ声の調子で、おなじやりとりをしてから、静香は店頭へでていった。

「よぉ」六平太も十数年前と同様、軽く右手をあげる。「いまちょっといい？　話したいことがあるんだ。十分とかからない」

「べつにいいけど、ここで？」

「あ、いや」六平太は母をちらりと見る。「できればふたりきりで話がしたい」

高校二年の初夏、帰り支度をすませて教室をでようとしたところで、六平太に呼び止められ、まったくおなじことを言われたのを思いだす。そして体育館とプールのあいだとしか言いようがない場所まで連れていかれ、コクられた。

「だったら屋台のある空き地にいこうか」

「そうしよう」


昼間の屋台はブルーシートに包まれており、〈おでん屋台　かいっちゃん　平日午後五時から午後十時　土日祝　午後四時から午後十時　水曜定休日〉と書いた札がぶらさげてある。屋台のまわりには、四本のスタンドで繋がれたチェーンで囲んでいた。夜中にイタズラされるのでは、と心配ではあったものの、いまのところ被害にはあっていない。帆生堂百貨店日本橋本店の地下一階催事場、ウマコレにこの屋台を運びこみたいと、明日世に話してから五日経つが、彼女からまだ返事はなかった。

「有野は練物屋さんを継ぐのか」

有野練物をでて一言も話さなかった六平太が、空き地に着くなり訊ねてきた。

「そういうことになるかな。父さんが亡くなってから、母さんひとりで三十年近くやってきた店を潰すのも、もったいない気がしてきたんだよね」

「だとしたらこの先、伊竹を離れて住むのは無理か」

「無理もなにも他に選択肢ないからなぁ。それがどうかした？」

静香は戸惑いつつも訊ねる。高校二年の初夏のようにコクられずとも、デートの誘いくらいはあるかもと期待していた。だがどうもちがう話らしい。

「俺、四月から千葉なんだ」

「千葉になにしに？」

「出向」

「警察官は地方公務員だから県内しか転勤がないんじゃないの？　出向だなんてあり得るの？　だとしてもなんで千葉？」

自分でも気づかぬうちに、静香は問い詰めるように言っていた。

「成田国際空港警備隊というのが千葉県警にあって、隊員の半数は全国の警察からの出向なんだ。同僚がいくはずだったのが、彼の母が先月末に突然亡くなって、認知症の父の面倒をひとりで見なければならない、出向どころかいまの職務さえままならず、ひとまず介護休暇を取って、認知症でも入居できる施設を探しているが、なかなか見つからないで困っているらしい。それで急遽《きゅうきょ》、俺が代わりにいくことになったんだ」

同僚のことは気の毒に思う。しかしだ。

「六平太の他にいなかったの？」

「いないことはない。でも俺、コロナ前から成田へいきたいって、上の人間に話していたんだよ。まさかいまになってその機会がめぐってくるとはツイてない」

「自分の希望どおりになったんだから、ツイてないことないでしょ？」

「有野とまた、はなればなれになるのが嫌なんだ」

六平太の思いも寄らぬ発言に、静香はすぐさま意味を飲みこめず、きょとんとしてしまう。

「俺、いまでも後悔しているんだ。県立の大学へいったこと。つぎの年に東京の大学を受け直そうかと真剣に考えたものの、実行に移す勇気がなかった。だから大学をでたら東京の会社で働こうと、就職活動では三十社以上受けまくったのにかすりもしなかった。保険として受けた県警の採用試験に合格できたのが、大学四年の冬で、これが俺の運命だと東京へいくのをきっぱり諦めた。いや、諦め切れなかったから、成田国際空港警備隊への出向を希望した。千葉だったら東京にすぐいける。だったら有野に会えると。いや、あの、すまん」

一方的に話しつづけていた六平太は、我に返った顔つきになった。

「キモいだろ、こんな話。ストーカー一歩手前だもんな。いままでカノジョはいるにはいた。だけど有野を忘れることができなくて」

「だったらどうして私が東京にいるあいだ、会いにきてくれなかったの？」

静香は思わずむきになる。

「何度もいこうとしたさ。でも東京で頑張っている有野の邪魔をしちゃいけないと思って控えていた。そう言う有野だって、俺と会おうとしなかっただろ」

「私もおんなじこと思っていたからだよ。好きだからこそ、束縛も干渉もしたくなかった。六平太の生き方を尊重するのが正しい、自分がわがままを言ったら、ふたりの関係はたちどころに崩れてしまうんじゃないかって怖かったんだ」

話しているうちに、目頭が熱くなってきた。どうにか涙は堪えられたものの、洟がでてきてしまい、手で隠しながら、音を立てないように啜る。

「お互い相手に気を遣っているうちに、十数年経ってたわけか」六平太はため息混じりに言う。「間抜けな話だな」

「ほんと」そしてまた、はなればなれになるなんて。「出向っていうことは、いつかはこっちに戻ってくるんだよね」

「二年だ」

「たったの？」六平太の話しっぷりからして、五年十年という答えを覚悟していたのだ。

「二年は長いぜ」

「十数年会っていなかったんだから、どうってことないって」静香は拍子抜けすると同時に、うれしくもなってきた。心が弾み、口が軽くなる。「それに今度はお互い相手に気を遣わないでわがままを言いあって、できるかぎり千葉と伊竹を行き来しようよ。ね？」

六平太からの返事がない。目をぱちくりさせているだけだ。

「どうかした？」

「有野は俺でいいのか」

「六平太は私じゃ駄目なわけ？」

「駄目だったらこんな話、するはずないだろ」

六平太は少し困り顔で答える。高校二年の初夏、静香に告白したときとまるでおなじだった。

私の初恋はまだおわっていない。

まだまだこれからだ。

○△□。
その形にあわせて、右側からはんぺん、こんにゃく、東京揚げと皿に並べ、つみれさんの前に置いた。彼女は腰をあげ、皿に並んだおでん種を真上からスマホで撮る。

「地味だなぁ」

「地味でいいんじゃない？」と静香。「そもそも元の絵が地味なんだし」

「それはそうなんですけどね。大きさが均等じゃないのもちょっと」

たしかに左右に比べ、こんにゃくが小さめだった。

今夜は表にテーブルをだすほど盛況だったのが、午後八時過ぎには申し合わせたように帰っていき、だれもいなくなっていたところ、一週間ぶりにつみれさんがあらわれた。

いつもの席につきながらも、分厚い本を開かず、焼酎の出汁割を頼んでから、つみれ三個ではなく、ネットからプリントアウトした仙厓の○△□を静香に差しだし、この形にあったおでん種をくださいと注文してきたのである。

伊竹美術館内のカフェでは『H・P・ラヴクラフトの世界展』にあわせて発売中のクトゥルフカレーが人気を博しており、今秋に開催予定である『シンプル・イズ・ベスト！　イッツ・ア・禅画ワールド』でも期間限定のメニューをだすことになった。そこでつみれさんは○△□がおでんみたいという話を静香としたのを思いだし、美術館の館長に提案したところ、企画書を提出しなさいと命じられてきたのだ。

「それって〆切は？」

「とくに決まっていませんが、十日以内にはどうにかしないと」

「だったら今週末まで待ってもらえない？　この三品の大きさを均等にするし、他のおでん種でも○△□のを何パターンかつくってもみる」

「いいんですか？　なんかお手数かけることになってしまって」

「商売なんだから、これくらい当然よ」

「静香さん」つみれさんは焼酎の出汁割を一口啜ってから、静香を見あげた。「なんかいいことありました？」

「べつになにも」

静香は否定する。じつを言えば、今日訪れた客の大半におなじことを言われていた。理由ははっきりしている。今日の昼間、この空き地で六平太とお互いの気持ちをたしかめあったからだ。すでに七時間が経とうとしているのに、気を許すと頬が緩んでしまう。

「そうですか」

つみれさんは納得していない顔つきだ。さらに追及されるかと思いきや、べつの話題を振ってきた。

「静香さん、小園くんの上司、覚えていますか？」

「いま言われて思いだしちゃったよ」キツネ目だ。「あのひとがどうかした？」

「先週末、二十人目の見合いをして、その日のうちに相手に断られたんです」

キツネ目が十二人目の見合い相手である明日世を連れて、かいっちゃんを訪れたのは一月のおわりだった。それからたった二ヶ月で八人と見合いしたというのか。如何《いかん》せんハイペース過ぎる。

「番場バルブに出入りする生保レディに、キューピッドおばさんがいて、どれだけ断られても残念がらずに、またひとり攻略できたとお考えになってください、そうやって積み重ねていくことで、経験値があがっていき、最後にはあなたにぴったりな女性に巡り逢えるにちがいありませんと、小園くんの上司に吹きこんで、つぎからつぎへと女性を紹介しているらしいんです。ぜんぶ断られているにもかかわらず、週に一回は女性とデートできるのがうれしくって、遂に俺にもモテ期だと上機嫌で、職場ではパワハラどころか小言ひとつ言わなくなったって、小園くんもよろこんでいました」

幸せな人生と言えなくもない。ここはひとつ、キツネ目の健闘を祈るとしよう。

「小園くんに聞いたの、その話？」

昨日、小園はつみれさんがガイドを担当する、ギャラリーツアーに参加したのだという。

「三回目、いや、四回目だったかな。その度にふたりで、カフェでランチを食べているんです」

「四回も？」

「ええ。まさか小園くんがラヴクラフト好きだとは思ってもみませんでした」

小園くんが好きなのはラヴクラフトではなくて、あなたじゃないの？

そう言おうかと思ったが、余計なお世話だと思い、やめておいた。つみれさんはトボケているのではなく、ほんとに気づいていないらしい。これから先、ふたりの仲がどうなるか、楽しみにしよう。

「静香さん、もうじき九時です」

つみれさんに言われ、トランジスタラジオを手に取り、電源をオンにする。

♪ふぅぅく、ふぅぅく、福がくる
口にふくめば福がくる
福々銘菓の福々ヨォォォカンッ♪

「福々銘菓が九時をお知らせします」

ピィポ、ピィポ、ピィポ、ポォォォォン。

「こんばんは、アカコとヒトミのアカコです」

「アカコとヒトミのヒトミです。今日はなんとスタジオを飛びだしまして」

「飛びだしてはないでしょ。ここまでわざわざスタッフに機材を運んできてもらったじゃん」

アカコがツッコミというよりも訂正のテンションで言う。

「言葉の綾ってヤツだよ。で、私達がいまいるのは、都内某所にあるアカコの自宅で」

「より正しく言えばウチの庭にある桜の木の下ね」

「いままさに満開で、夜桜としゃれこんでおります。それにしてもあんたん家《ち》は広いね」

「東京ドームの七百分の一だもん」

「それじゃ広いんだか狭いんだかわからないってば」

アカコの実家は元地主で、お嬢なのだ。ファンのあいだではよく知られていることで、静香は以前、常連だった遥と実里、どちらかに教えてもらった。

「みなさん、この音、聞こえますか」

ヒトミが問いかけるように言う。グツグツとなにかが煮えている音がした。

「目の前には盛り沢山のおでんが入った鍋が火にかけられております。この番組をいつもお聞きになるリスナーさんであればご存じ、アカコのウチに居候をしている芸人、ちくわぶちゃんが故郷でいきつけだったおでん屋さんからのお取り寄せでして」

「うちら、このおでんにドハマりしたんだよね。先週末には町内会のみなさんとおでんパーティーやって、大好評で」

「マジうまい。練物はどれも魚の味がぎゅっと凝縮されてて濃密なんだよね。ちくわとか、その町の近海で獲れた鯛でつくっているんだけど、ちゃんと鯛の味がするの。弾力があって歯ごたえもあるから、食べごたえがあるし、沁みこんでいた汁が口の中に広がっていくのもたまらないんだよねぇ。っておい、アカコもなんか言ったらどう？　食べてばっかいないでさ」

「ごめん、ごめん。でも食べると止まんなくなっちゃうんだ。食レポはヒトミに任せる」

「そうはいかないって。私にも食べさせろ」

「ふたりで食べてたら、番組にならないよ」

「これって、ここのおでんですよね」

つみれさんが興奮気味に言う。静香はコクコクと頷くばかりだ。

先週の水曜、遥から電話があったあと、彼女はすぐさま『イタケいただきます』におうちおでんセットの松（四～五人前二千円）を十個注文してきた。翌日の午後には東京揚げ二十五個といっしょにアカコの自宅へ発送している。

まさかラジオで紹介するとは。しかも食べながらだなんて。

「最初はさ、ちくわぶちゃんが地元のおでん屋にあった東京揚げというのがおいしかったって言いだして」

「そうそう。だけど東京のどこにも売ってないから、ちくわぶちゃんが、そのおでん屋さんに電話をして、あたしん家に東京揚げを送ってくれる手筈になったんだ。そしたらふつう、宅配便で送られてくると思うじゃない？　ところがちくわぶちゃんの元相方が持ってきたの。驚いたよ。なんでも漫才コンビを解散したあと、わだかまりが残っていたらしくてさ。だったら会ってきなさいって、おでん屋さんにけしかけられたんだって」

「そうだったんですか」つみれさんが驚きの声をあげる。

「けしかけてなんていないよ。会ってきなさいとも言っていないし」

いま思えばだ。遥は遅かれ早かれ実里のもとへいくつもりだったのが、なかなか踏ん切りがつかず、たまたま出逢った静香に、東京揚げの話を持ちだされたことで、これは運命だと決意したのではなかろうか。

「しかも漫才コンビを再結成することにしてさ。ふたたび相方となったその子、地元の勤め先をやめて、上京してきて、ウチで居候してるんだ。今夜は東京での初舞台で、中野にいってるけど、もうおわった頃じゃないかな」

「で、あんたは彼女達の漫才を見てあげたの？」

「見てはないけど、相方の子がきたその日から、ずっと漫才の練習をしてんの。朝昼晩、ウチのどこにいても聞こえてくるんで、気になるところはこうしたほうがいいよって、ＬＩＮＥで送ってる」

「なんでＬＩＮＥ？　おなじ屋根の下にいるのに？」

「そういうことを直に言うの、恥ずかしくない？　ヒトミはできる？」

「私も指導とか苦手だけど」そこでプシュッと音がした。「ちょっとアカコ、なに勝手にビール開けてんのよ」

「ビールじゃないよ、発泡酒」

「おでん食って酒呑んで好き放題だな、あんた」

「このラジオ、いまいち仕事って感じがしないんだよねぇ。今日なんて自分ん家だから尚更だよ」

ゴクゴクゴクと喉が鳴る音が聞こえる。アカコが発泡酒を呑んでいるのだ。

「いまディレクターから注意されました。まだタイトルコールをしていないと。ほら、アカコ」

「ぷはぁあ。なに？」

「なにじゃないよ。アカコと」

「あ、そうか。アカコと」

「ヒトミの」

「ラジオざんまいっ」

最後はアカコとヒトミが声を揃えて言う。そしてテーマ曲が流れてきた。

「そっかぁ、ツインパインズ再結成かぁ」つみれさんがしみじみと言う。「頑張ってるんですね、あのふたり」

「すみれさんも頑張っているじゃない」

「静香さんもですよ」

「ウォンウォン、ウォン」

「おまえも頑張っているよ」

静香はアルゴスの頭を撫でてあげた。


そうだ、みんな頑張っている。

いくら頑張っても自分で望む結果を得られるとはかぎらない。

それでも頑張らないではいられない。

未来のために。

第7話　さつま揚げ

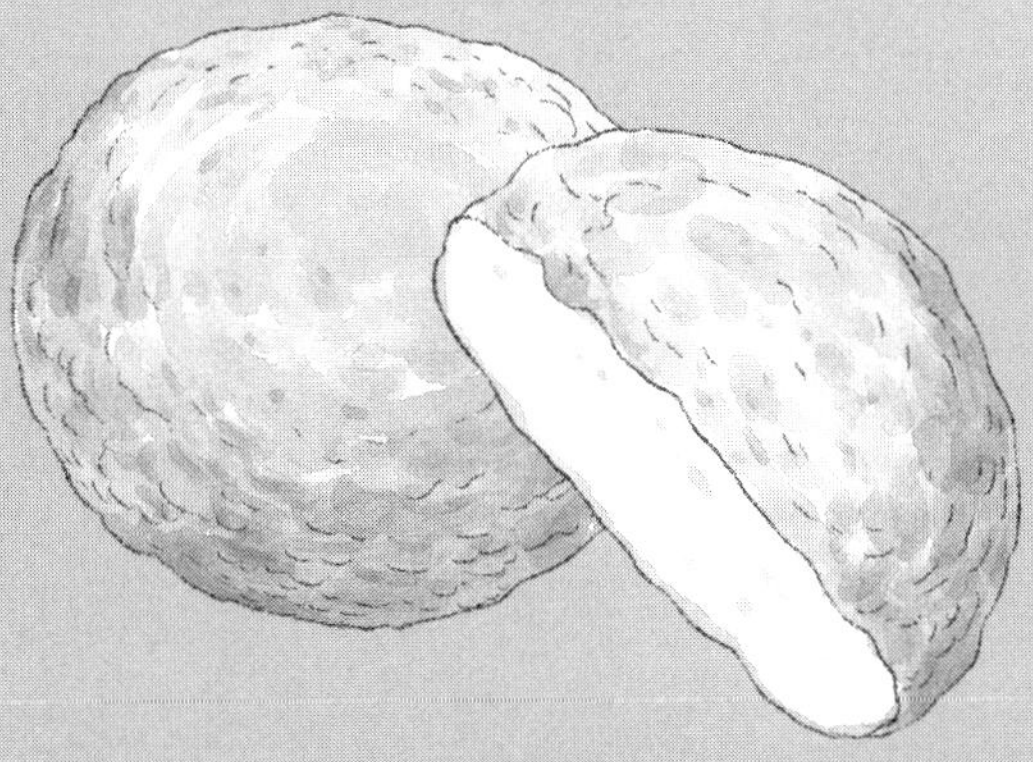

高温の油の中で、小判型に象《かたど》られたすり身が三十枚、じゅうじゅうと音を立てながら、見る見るうちに茶褐色になっていく。その様をじっと見つめながら静香は声を張り上げて言う。

「さつま揚げはこれでおわり？」

「あと三十ッス」答えたのは魚魯から出向してきた若い衆で、十九歳のほうだ。

「他に揚げるものはあるぅ？」

静香はつづけて訊ねた。ほぼ二時間近くフライヤーの前に立ちっぱなしの揚げっぱなしで、なにをいくつ揚げたのかわからなくなっている。

「がんもどきがあと百個だね」

そう答えたのは母だった。

十二月第二火曜の今日、いよいよ帆生堂百貨店日本橋本店での催事出店を明日に控え、有野練物では早朝から従業員総出で練物づくりに追われている。かいっちゃんの屋台は今朝早く、静香が立ち会いのもと、運送会社のトラックに積みこまれ、すでに東京へむかっていた。

ブザーが鳴る。エビしんじょが蒸しあがったのだ。母がキャビネットタイプの蒸し器のドアを開き、角せいろをだして作業台へ運ぶ。エビしんじょのえびは伊竹湾で水揚げされたものだ。原材料にはできるだけ伊竹のものを使い、それをアピールすべきですと明日世に言われたのである。

アカザエビといってふつうに買えば二尾から三尾で約二百グラムが二千五百円以上という高級品である。立派な長いハサミの持ち主で、これをそのまま活かして料理をすればとても映えるため、このハサミが片方でも欠けていると、たちまち価値が下がってしまう。そういった訳ありのを魚魯の悦子さんに集めてもらい、安く入荷できた。試しに十一月末に三日間限定で有野練物とかいっちゃんで販売したところ、一個三百五十円となかなかの値段でありながらも、三日で百五十個を完売、最終日にはべつの出張の帰り、伊竹に寄った明日世にも食べてもらい、催事出店での販売が決まった。

「がんもどきのもと、百こ、できあがりましたぁ」

そう言って工場に入ってきたのは守くんだ。がんもどきの素とは具材を丸めた状態のことである。

「守くん、こっちに持ってきて」

「はぁい」

静香が呼ぶと守くんがむかってきた。昨年のいま頃におこなった、がんもどきの教室とおなじく、『オバケデイズ』のエプロンをつけている。ただしがんもどきの素が入った銀色のバットを抱え持つのは、そのうしろにいる彼の母親だ。

七ヶ月前、ゴールデンウィーク明けから守ママはパートとして有野練物で週三回働くようになった。若い頃はパティシエを目指して、料理学校へ通い、ケーキ屋で働いていた時期もあったそうで、付け包丁ですり身をならす手つきは素人離れしていた。ただし血を見るのは大の苦手で、魚は捌けない。見るのも無理だった。ならばと朝は守くんが小学校へいったあと、すり身ができた頃に出勤してもらっている。今日は工場にひとが多いため、自宅スペースのキッチンで、がんもどきづくりを任せていた。すると三十分ほど前、学校帰りの守くんがおかあさんのてつだいにきましたとあらわれた。他の子どもであれば断るだろうが、彼の料理の腕はがんもどき教室で確認済だったので、キッチンに通してあげた。

「いまなにをあげているの?」

「さつま揚げだよ」守くんの問いに静香は答える。

「みてもいい?」

「守っ。邪魔になるでしょ。わがまま言わないの」

「いいですよ。手伝ってくれたお礼です」注意する守ママにむかって静香は宥めるように言う。「だけど守くん、危ないんで、少し離れたところからにしてね。擂潰機のそばにある椅子を使っていいよ」

ヘルニアはよくなったものの、すり身をつくるときには、母はその椅子に座り、静香に細々と指図してやらせていた。

「さつまあげは、なんのオサカナなの?」ママが持ってきた椅子の上に立って、守くんが訊ねてきた。

「北海道から取り寄せたスケソウダラに、伊竹湾で獲れたシログチとアジを混ぜてあるんだ」

「ホッカイドーでおよいでいたスケソウダラさんも、まさかイタケまでつれてこられて、ほかのおサカナと、すりみになってあげられて、さつまあげになってトーキョーでうられるとはおもっていなかっただろうね」

数奇な運命と言ってもいい。東京で十年働いて、身体を壊し、実家に戻って練物屋を継ごうとしている自分など、たいしたことがないように思えてきた。

「サキおねえさんがいないけど、きょうはおやすみ？」

「一足先に東京にいってでね。いまごろはむこうで、たまごと大根を煮込んでいるよ」

静香はいい色に揚がったさつま揚げをフライヤーから掬いあげ、バットへ移しながら答える。

そして守ママと守くんがつくった、がんもどきの素をフライヤーへ入れていく。

「トーキョーのどこで？」

「ここっとおなじ練物屋さん。何年も前にやめちゃったんだけど、工場は残っていたんで、そこを貸してもらうことにしたんだ」

「デパチカでうるのに、おでんダネをたくさんつくらなきゃいけないもんね」

「わかってるじゃないの、守くん」

「だからあしたはスイヨービで、テーキューービだけど、コーバではおでんダネをつくるんでしょ。ぼく、あしたもてつだいにくるね」

「ありがたい。助かるよ」

これは嘘いつわりのない本心だ。

催事出店の商品ははんぺん、ちくわ、さつま揚げ、大根、たまご、つみれ、つくね、こんにゃく、東京揚げ、餃子巻、がんもどき、エビしんじょの十二点だ。

ひと月ほど前、母は東京揚げのつくり方を教えてくれた練物屋に電話をかけ、平成のおわりに店を畳んだものの工場はそのままだとわかると事情を話し、そちらをお借りして、たまごと大根を仕込ませてもらえないでしょうかと頼んだ。相手は七十代後半の老夫婦で、二つ返事で承諾していただいた。その元練物屋は墨田区向島にあり、帆生堂百貨店日本橋本店まで車ならば二十分と場所としても最適だった。

たまごと大根の担当は、早咲ちゃんが買ってでてくれた。ふだんからやってくれているので適任だ。大学四年の彼女は就職活動をせずに、ゲーム製作に励んでいたが、それも先月末、大手出版社のゲーム事業部に応募し、いまは結果待ちの状態だった。どうなるかわかりませんがと言いつつも、ちょっと自信ありげに見えた。催事出店中の一週間、つみれさんの実家に泊まって向島へ通う。さらには自宅のキャンピングカーで、伊竹産の生たまごと大根を運びますとも言いだした。彼女は今年の夏、運転免許を取得したのだ。そして本人たっての願いで、いまでは週に一度、冷凍車で魚市場へ練物の材料を取りにいってもらっている。魚魯の悦子さんとはすっかりなかよしで、なんならウチを継がないかと冗談半分本気半分で言われているほどだった。

だけど早咲ちゃん、高速、乗ったことないよね、だいじょうぶ？

静香が訊ねると、彼女はこう答えた。

パパに運転してもらいます。ママにもオッケーもらいました。

どうしてママにオッケーをもらわねばならないかと言えばだ。早咲パパは今年の春先、ガラス織維の会社を退社し、早咲ママが友達ふたりとはじめたオンラインショップ『イタケいただきます』の一員として働きだしたのである。雑多な事務仕事をこなしつつ、四十年以上会社で培った営業力を活かし、伊竹市内の生産者を巡り、オンラインショップの店舗数を増やしてもいた。ただし妻達のやり方や方針には口をださず、あくまでもサポート役に徹している。静香と母親はネット販売の出品商品について、月一の割合で早咲ママ達と打ちあわせをするのだが、これはその際に聞いた話だ。早咲ちゃんによればインディーゲームについても相談に乗り、アドバイスをくれることもあるという。

そういうときのパパって、丁寧語で他人行儀なんですよ。最初はキモいと思ってたんですけどね。でもそのうち私を娘じゃなくて、ひとりの大人として扱ってくれているからだと気づいたんですよ。私も口うるさいパパじゃなくて、ビジネスパートナーだと思うことで接しやすいし、いろいろ意見をしやすくなりました。

第四回の伊竹市活き活きプロジェクトには、『イタケいただきます』と早咲ちゃんのどちらも早咲パパが書類をつくり、年明けには応募する方向で進んでいるようだ。

要するに早咲パパは六平太と静香の忠告を実行し、成功させているのだ。だからといって夫婦の縒《よ》りが戻ったわけではなく、早咲ママはヨシエさんの家に暮らしており、『イタケいただきます』の事務所も兼ねているそこへ、早咲パパは出勤しているそうだ。二本柳夫婦も別居のままだが、奥さんのミワが生産者の取材にいくときには、カメラマンとして二本柳が同行しているらしい。どちらの夫婦もいまの距離感こそが最適なのかもしれない。

「お手伝いしますね」

「すみません、お願いします」守ママの申し出に答えたのはつみれさんだ。火曜日の今日、美術館は休館日なので、私にできることがあればと手伝いにきてくれたのだ。そしていま、なにをしているのかと言えば、つみれをつくっていた。

今年の秋に伊竹美術館で開かれた『シンプル・イズ・ベスト！　イッツ・ア・禅画ワールド』の際、カフェで提供された○△□おでんは好評を博した。結局、はんぺん、こんにゃく、東京揚げで大きさを揃えたのだが、地味ながらインスタ映えすると反響が大きかったのである。#○△□というのができて、おでんだけでなく、いろいろな料理や食材の○△□の写真がSNSにアップされるほどだった。つみれさん自身は特別展のたびに、ギャラリーツアーのガイド役を務め、彼女を目当てに訪れるファンもいるほどだ。だが、だれよりもファンなのは小園にちがいない。ちょくちょくツアーに参加をし、そのあとランチをいっしょに食べたり、遅い時間であれば、ふたりしてかいっちゃんにくることも珍しくなかった。

「ママ、わすれないうちに、アリノのおねえさんにたのんでおいたら？」

がんもどきを百個、さつま揚げも最後の三十個、揚げおわったあとだ。フライヤーの火を落としていると、守くんの声が聞こえてきた。守ママは他のひと達とできあがった練物を、発泡スチロールの箱に詰めているところだった。

「私に頼み事ってなんです？」

「それが、あの」静香が訊ねると、守ママは照れ臭そうな表情になった。

「ママはアカコとヒトミのファンで、ゲツヨーはかかさずラジオをきいているの」

「そうだったんですか」

「え、ええ。昨日の放送で、以前はかいっちゃんの常連で、いまはアカコさんとこに居候をしてる漫才コンビが、催事出店の売り子をすることになったたって話を、アカコさんがしてたじゃないですか」

そうなのだ。さらに放送後、『アカコとヒトミのラジオざんまい』公式SNSで、帆生堂百貨店日本橋本店地下一階のウマコレで今週水曜から一週間おこなわれる〈冬本番！　全国ほかほかアツアツグルメ大集合フェア〉に、かいっちゃんが屋台で出店することを、告知してくれた。今年の春にアカコとヒトミがおでんを食べながら、番組を放送したときも公式SNSで、『イタケいただきます』で購入できる旨を書きこみ、リンクまで貼ってくれた。おかげで注文がそれまでの十倍近く伸びた。東京揚げのリクエストも多かったため、急遽、単品で売ることにしたほどである。その後も順調に売れつづけており、アカコとヒトミのラジオを聞いて、どうしても食べたくなってきましたと、かいっちゃんを訪れるひとも多い。

ツインパインズこと遥と実里はまだ事務所にも所属しておらずフリーだった。舞台にはでている。しかしギャラをもらえるどころか、参加費三千円を払い、ださせてもらっている状態で、似たような境遇の芸人仲間もあとふたり雇う。マネキンの派遣会社に頼むよりもだいぶ安くすむので、大いに助かった。彼女達の話では、アカコとヒトミがかいっちゃんのおでんを買いに、ウマコレを訪れるとのことできちんとお礼を言うつもりだ。

「それであの、じつに図々しいお願いで、申し訳ないのですが」

「ママはアカコとヒトミのサインがほしくて、そのためにシキシもかってきたんだ」

なるほど。

「いいですよ」

「ほんとですか」守ママは作業の手を止め、静香のほうを見る。心底、うれしそうだ。

「じつは私ももらうつもりでいたんで。あとで色紙、お預かりします」

静香もみんなと練物の箱詰めをしていると、店の前にトラックが止まった。その脇には『福々銘菓』とデカデカ書いてある。運転席からひとがおりてきたので、静香は工場から店先にでていく。

催事出店で販売する練物は一週間毎日、有野練物からできたてを東京まで運ばねばならない。運送会社に頼むと費用がかさむ。成田にいる六平太とのズームの際、そんな話というか愚痴をこぼしたところだ。

福々銘菓も毎日、伊竹の工場から銀座の支店まで、福々饅頭を自社ドライバーが運んでいるんだ。そこに練物を載せてもらったらどうだろ。ひとまず俺から親父に話してみるよ。

次の日の朝、なんと福々銘菓の会長、つまりは六平太の父から静香のスマホに直接、電話があった。そして片道のガソリン代一週間分いただければという条件で、運んでもらえることになったのだ。

六平太が成田に赴任してほぼ九ヶ月、ＬＩＮＥでは毎日やりとりをして、週に二、三回はビデォ通話で話をしていた。その内容は高校の頃、海が見える公園で交わしたのと似たような、たわいのない話ばかりだった。

　できるかぎり千葉と伊竹を行き来しようよと言っていたのに、どうしても時間がつくれず、直接会ったのは一度きりだ。静香が帆生堂百貨店で明日世と打ちあわせをしたあと、東京駅の中にあるホテルのフランス料理店でディナーを食べた。おとなのデートがしてみたいと静香が言ったところ、六平太がセッティングしてくれたのだ。しかし実際に会うとお互い照れ臭いうえに、慣れない場所ということもあり、あまり会話が弾まなかった。それでも静香は満足だった。

　ウマコレにきてくれると約束はしているものの、はたしてどうなるかわからない。きたとしても、たぶんランチを食べるくらいだろう。焦ることはない。ゆっくりと時間をかけて、愛を育んでいけばいい。

「こんちはぁぁ」

　静香は少なからず驚いた。トラックから下りてきたのは二十歳そこそこと思しき女性だったのだ。しかもアイドルグループにでもいそうなくらい愛らしかった。

「あなたが運転手？」

「ってよく言われます。十八歳で入社して以来、配送を担当して、今年で三年目になります。どうぞご安心ください。スピーディーかつ安全運転を心がけ、無事故無違反と腕はたしかですので」

　彼女は自信に満ちた笑みを浮かべながら、自分の右腕を左手でぽんぽんと叩いた。静香としては女性のほうが助かる。初回の今日は練物だけではなく、静香も東京まで運んでもらうからだ。交通費を浮かすためとは言え、知らないオジサンの隣に座るのは気まずいし、居心地が悪いと思っていたのである。

つづけて工場から練物が詰まった発泡スチロールの箱をトラックに運びこんだ。こういうときに活躍するのは、やはり魚魯からきているサーファーコンビだった。

そのあいだに静香は自室へいき、パーカーとジーンズに着替えた。できるだけ作業のしやすい服のほうがいいと明日世に言われたのだ。東京に着くのはだいたい午後八時頃、催事出店の準備にかかるのは九時の予定で、おわるのは夜中の二時三時は当たり前らしい。

二階から降りて仏間にいく。一週間分の着替えと念のためスーツも入れたキャリーバッグを昨夜のうちに置いといたのだ。仏壇の前に座り、鉦《かね》を鳴らし、目を閉じ手をあわせる。

そして立ちあがったときだ。長押の上に飾ってある祖父の写真が目に入った。なんだか祖父が自分を見つめているように思えた。静香はキッチンから椅子を持ってくると、その上に立って祖父の写真を外す。

「なにやってんだい、あんた」背後から母が声をかけてきた。

「この写真、持ってっていい？」

「いいけどどうするつもり？」

「屋台に飾るんだ」いま思いついたことを静香は口にする。

「いいんじゃない」母はにっこり笑って同意した。「なんかこう歴史がある店みたいで箔がつくよ。おじいさんもよろこぶわ」

　表にでると従業員が店の前で一列に並んでいた。静香を見送るためらしい。その光景を見て、静香は六平太の言葉を思いだす。

　我々みんながいるからこそ、世の中は成り立っているのです。だから不要な人間なんてひとりもいません。

「ウォンウォン、ウォン」

　アルゴスもいた。訴えるように吠えている。そうだ、犬もだね。

「やっぱりこういうときは万歳三唱かしらね」と美々。

「やだ、そんな時代錯誤なこと」と奈々。「フレェェェフレェェって応援団みたいのはどう？　あなた達、デキない？」

「無理ッスよ、そんなの」「できませんって」

　奈々の無茶ぶりをサーファーコンビが断る。

「よろしくお願いします」守ママが紙袋をさしだしてきた。色紙にちがいない。

「がんばってね、アリノのおねえさん。ぼくもがんばって、がんもどきつくるから」

「ウォンウォン、ウォン」

　アルゴスがふたたび吠える。留守のあいだ、家のことはお任せくださいとでも言っているかのようだ。

静香はトラックの助手席に乗りこむ。

「それじゃ出発しますね」運転席でドライバーの女の子が言い、エンジンをかけた。

いよいよだ。

車窓を開き、店のほうに顔をむけると、ちょうど母と目があう。母は右手を前にだし、親指を突きあげた。静香もおなじポーズを取る。

むから先は東京だ。そして未来でもある。

この作品の執筆にあたり、左記の方々にご協力いただきました。心より感謝申し上げます。
吉祥寺塚田水産
柳屋蒲鉾店
東京おでんだね（https://odendane.com/）

初出　Webジェイ・ノベル
第1話　2023年7月11日配信
第2話　2023年7月25日配信
第3話　2023年8月8日配信
第4話　2023年9月5日配信
第5話　2023年10月3日配信
第6話、第7話は書下ろし
単行本化に際して、加筆・修正をしました。

本作品はフィクションです。
実在の個人・団体とは一切関係ありません。

［著者略歴］
山本幸久（やまもと・ゆきひさ）
1966年東京都生まれ。中央大学文学部卒業。編集プロダクション勤務などを経て、2003年『笑う招き猫』で第16回小説すばる新人賞を受賞しデビュー。温かみ溢れる軽妙なユーモアに定評がある。主な著作に『ある日、アヒルバス』『店長がいっぱい』『芸者でGO!』『人形姫』『花屋さんが言うことには』『大江戸あにまる』などがある。

おでんオデッセイ

2023年12月1日　初版第1刷発行

著　者／山本幸久
発行者／岩野裕一
発行所／株式会社実業之日本社
〒107-0062
東京都港区南青山6-6-22　emergence 2
電話（編集）03-6809-0473　（販売）03-6809-0495
https://www.j-n.co.jp/
小社のプライバシー・ポリシーは上記ホームページをご覧ください。

ＤＴＰ／ラッシュ
印刷所／大日本印刷株式会社
製本所／大日本印刷株式会社

ISBN978-4-408-53847-1（第二文芸）